SUR LA LIGNE NOIRE

JOE R. LANSDALE

SUR LA LIGNE NOIRE

Traduit de l'anglais (États-Unis)
par Bernard Blanc

Thriller

ÉDITIONS DU
ROCHER

Collection dirigée
par Frédéric Brument

Titre original : *A Fine Dark Line.*
Première édition : Myterious Press, 2003.

La présente édition est publiée en accord avec l'auteur, représenté par Baror International Inc., Armonk, New York, USA.

ISBN : 2 268 05831 X

À la mémoire de Cooter.
Protecteur courageux, fidèle et sincère.
Ami.
Le chien de la famille.

Si les films, la musique et certains événements cités dans ce livre datent vraiment de 1958, j'ai apporté quelques modifications chronologiques dans l'intérêt de mon récit. Que l'on me pardonne cette transgression. J'ai inventé la ville de Dewmont et le drive-in Dew Drop, et à ma connaissance, ils n'existent donc pas dans le monde réel. Dans le cas contraire, ils n'auraient aucun rapport avec cette fiction. Des parties de ce roman sont inspirées par des faits autobiographiques, mais elles servent seulement de prétextes et ne sont pas censées représenter des personnes réelles ou des faits historiques.

J.R.L.

Première partie

LE DRIVE-IN DEW DROP
ET LA BUVETTE, 1958

1

Je m'appelle Stanley Mitchel Jr, et j'ai décidé de raconter ici ce dont je me souviens.

Cette histoire s'est déroulée à Dewmont et elle est véridique. Tout cela s'est produit sur une courte période de temps – et c'est à moi que c'est arrivé.

Cette ville doit son nom au colon qui l'a fondée, un certain Hamm Dewmont. On ne sait pas grand-chose de lui. Il a débarqué, il a baptisé l'endroit, et puis il s'est évanoui dans la nature.

À ses débuts, Dewmont n'était qu'un rassemblement miteux de cabanes plantées au bord de la Sabine River, au cœur de l'East Texas, une région d'argile rouge et de sable blanc, de sapins immenses et de marécages infestés de serpents.

À la bibliothèque municipale de Dewmont, on voit toujours des clichés jaunis de ces quelques taudis éparpillés sur la rive de la Sabine, immortalisés par l'objectif d'un appareil photo primitif. On ne parierait pas grand-chose sur l'avenir de ce campement – tout au plus d'être englouti dans les flots à la suite d'un glissement de terrain, un jour de gros orage. Mais, les années passant, ces baraquements ont donné naissance à une vraie ville, au début du XXe siècle, tandis que les grands sapins finissaient en bois d'œuvre.

Plus tard, Dewmont grossira au point d'héberger une population d'une centaine de milliers d'habitants, mais les événements que je vais rapporter ici sont antérieurs à cette expansion; ils datent de la fin des années 1950, quand nous, les Mitchel, nous nous y sommes installés.

Avant notre déménagement à Dewmont, mon père était garagiste dans un village de trois cents âmes, No Enterprise[1], un nom qui lui allait comme un gant. Un soir, à son retour à la maison, il avait décidé qu'il en avait marre de travailler sous des voitures, allongé sur le ciment glacé ou sur des chariots de contrôle grinçants. Et il nous annonça quelque chose qui nous surprit tous, y compris maman.

Papa adorait le cinéma et il avait appris on ne sait comment que le drive-in de Dewmont était à vendre. Le propriétaire qui l'avait construit était mort d'une crise cardiaque peu de temps après son ouverture. Sa famille avait hâte de s'enfuir quelque part vers l'Ouest, vu que les dettes lui collaient aux fesses comme les plumes au goudron.

Et donc, papa rassembla les économies de toute une vie, versa un acompte et nous embarqua à Dewmont : ma mère qu'il appelait Gal, ma sœur aînée Caldonia, et moi. Plus mon chien Nub.

Dewmont, à l'époque, n'était guère qu'une longue rue bordée d'immeubles en brique, parmi lesquels se trouvait notre concurrent, le cinéma le Palace.

Je me souviens de notre arrivée. La journée était chaude et claire et quelques petits nuages flottaient dans le ciel bleu. On pouvait embrasser toute la grand-rue d'un seul regard, avec ses voitures garées le long des trottoirs, ses gens affairés et, dans le lointain, les arbres immenses qui encadraient l'horizon.

Notre drive-in, le Dew Drop, était juste à l'entrée de la ville, en face d'un lotissement cossu.

Je suis certain que les habitants de cette zone résidentielle n'étaient pas très heureux de nous avoir dans le voisinage, nous qui accueillions toute la populace du coin – ainsi, d'ailleurs, que leurs propres enfants qui venaient se divertir chez nous pour un dollar par voiture.

Le Dew Drop était un de ces rares cinémas en plein air dont le mur principal servait d'écran. Dans la plupart des autres drive-in, les films sont projetés sur une simple plaque de bois ou de métal fixée sur un grand cadre. Mais les constructeurs du Dew Drop étaient en avance sur leur temps et ils avaient vu les choses en grand.

1. Aucune Initiative. *(N.d.T.)*

Le Dew Drop ressemblait à un fortin du Far West. Sur son fronton, une fresque représentait des Indiens à cheval, aux superbes coiffes guerrières, poursuivis par la cavalerie US avec ses uniformes bleus tape-à-l'œil et ses chapeaux blancs immaculés. Pistolets et fusils crachaient de petits nuages blancs pour indiquer que les soldats étaient en train de tirer, et l'un des Indiens, visiblement touché, tombait de sa monture. Pour lui, c'en était fini des chevauchées et des scalps.

Suspendue au-dessus de cette scène, sans raison apparente, trônait une gigantesque goutte de rosée[1] bleu océan, accrochée à une armature métallique. On aurait dit qu'elle n'allait pas tarder à s'écraser sur le toit pour éclabousser le monde.

À l'arrière du bâtiment, face aux voitures, le mur blanc faisait office d'écran. De ce côté-là, on avait peint la goutte de rosée en vert – un vert peu ragoûtant qui me faisait penser à une cloque purulente. Je me demandais pourquoi on avait pris cette peine, puisque le soir, pendant les projections, elle disparaissait dans l'obscurité au-dessus de l'écran illuminé.

À l'intérieur de cet écran, notre maison était des plus normales. Au rez-de-chaussée se trouvaient la cuisine, le salon, la salle de bains et la chambre de ma sœur Callie. Un couloir donnait sur la buvette où nous vendions des hot dogs, du pop-corn, des sucreries et des sodas. Peu de temps après avoir repris l'établissement, nous avions ajouté au menu du poulet frit et des saucisses en brochette.

Au premier étage, il y avait deux chambres à coucher, une pour mes parents et une pour moi. J'étais aux anges, car dans notre ancien domicile à No Enterprise il n'y en avait qu'une, et Callie et moi nous devions dormir sur des matelas installés la nuit au milieu du salon. Ici, au Dew Drop, nous avions nos propres lits, notre espace privé – ce qui me convenait tout à fait vu que j'avais découvert depuis peu les joies de la masturbation. Je n'avais pas encore bien compris tous les tenants et aboutissants de la chose, mais en tout cas c'était vachement mieux que de jouer aux dames contre moi-même.

---

1. En anglais : *Dew Drop*, d'où le nom du cinéma. *(N.d.T.)*

Au-dessus, il y avait un autre étage, une sorte de grenier, avec un escalier qui montait au toit du drive-in, sur lequel régnait l'immense goutte bleue.

De là-haut, on pouvait surveiller l'arrivée des voitures et, depuis l'autre côté, observer aussi notre arrière-cour : des haut-parleurs alignés sur des poteaux comme à la parade et, la nuit, beaucoup de bagnoles et des tas de gens.

Contiguë au bâtiment du drive-in s'élevait une cabane à outils verrouillée par un cadenas et, immédiatement à côté, il y avait une petite aire de jeux avec une bascule, des balançoires et un toboggan pour les gosses qui s'ennuyaient pendant le film. Le tout était encerclé d'une palissade, essentiellement en tôle ondulée, avec une partie en grillage à la hauteur de l'aire de jeu.

Cet été-là, Caldonia et moi on donna un coup de main au drive-in. Un Noir nommé Buster Abbot Lighthorse Smith, déjà employé par le précédent propriétaire, s'occupait du projecteur. Il était vieux, renfrogné, massif, et il ne parlait pas beaucoup. Il bossait avec une telle discrétion qu'on finissait par oublier sa présence. Il arrivait à pied une heure avant la séance, faisait ce qu'il avait à faire, rangeait les bobines du film quand c'était fini et puis rentrait chez lui.

Mes parents ouvraient leur cinéma du lundi au samedi, sauf quand il pleuvait à torrent et au plus fort de l'hiver. Même dans l'East Texas il fait parfois trop froid pour passer une soirée dans un drive-in.

Voilà pourquoi on fermait entre la semaine de Noël et le 1er mars. Pendant cette période, papa en profitait pour réparer les haut-parleurs, amener du gravier propre ou refaire les peintures et les menuiseries.

Quand il ne retapait pas notre ciné, s'il se retrouvait à court d'argent, il dépannait des voitures sur la pelouse. Mais il détestait ce travail et il attendait avec impatience le jour où il n'aurait plus à jouer de la clé anglaise et à rechercher des fuites dans les tubulures des radiateurs.

Autant il n'aimait pas s'occuper des voitures, autant il adorait son drive-in. Parfois, le dimanche, quand le cinéma faisait relâche, il s'asseyait devant le bâtiment sur une chaise de jardin métallique ; je m'installais à côté de lui et j'en profitais généralement pour tourmenter les fourmis avec un brin d'herbe. Lui, il contemplait les cow-boys et les Indiens, comme s'il regardait un film.

Et je pense que, dans son esprit, ces personnages peints bougeaient vraiment. Peut-être était-il fasciné aussi par l'idée de posséder sa propre entreprise. Mon père n'était pas issu d'un milieu très fortuné, il avait quitté l'école très tôt, il avait passé sa vie à mettre un peu d'argent de côté pour arriver là où il en était aujourd'hui, et il était fier de ce qu'il avait accompli. Pour lui, être propriétaire de ce drive-in était aussi valorisant que d'être médecin ou avocat. Et pour l'époque, surtout s'il considérait ses origines, il estimait que, financièrement, il ne s'en sortait pas si mal.

À treize ans, j'étais le plus jeune du clan Mitchel, et je n'avais pas vraiment inventé le fil à couper le beurre. J'étais aussi ignorant des complexités du monde qu'une poule qui tombe sur un couteau. Pour moi, les garçons naissaient dans les choux et les filles dans les roses.

J'ai honte de l'avouer, mais je n'étais pas déniaisé depuis longtemps au sujet du Père Noël, et cette révélation m'avait mis en rage. Six mois avant de partir pour Dewmont, des gamins de mon école m'avaient révélé le pot aux roses et, à cause de ça, je m'étais battu comme un chiffonnier avec Ricky Vanderdeer. J'étais rentré à la maison en boitant, avec une joue meurtrie, un œil au beurre noir – bref, j'avais pris une jolie dérouillée.

Fâchée de me voir dans cet état, mais aussi un peu gênée qu'un garçon de mon âge crût encore au Père Noël, ma mère me fit asseoir et me sermonna – si le Père Noël n'existait pas, il vivait néanmoins dans le cœur de ceux qui avaient foi en lui. J'en restai sans voix, tellement stupéfait qu'on aurait pu me renverser d'une simple chiquenaude. Je ne voulais pas d'un Père Noël qui vivait dans mon cœur. Non, moi je voulais un gros monsieur barbu, vêtu de rouge, qui m'apportait des cadeaux en se glissant dans ma cheminée ou dans le trou de ma serrure, conformément à ce que maman m'avait toujours raconté. Je me fichais éperdument d'un non-être installé à l'intérieur de moi.

Cette découverte me mena immédiatement à la conclusion que s'il n'existait aucun gros et sympathique vieux bonhomme habillé de rouge sur son traîneau magique, il y avait aussi de fortes chances pour que le Lapin de Pâques et ses œufs colorés fussent une invention. Sans parler de la Petite Souris des dents de lait, une des rares créatures légendaires sur laquelle j'avais déjà de sérieux doutes car j'avais retrouvé une de mes quenottes qu'elle était censée venir récupérer. Elle traînait sous mon lit, là où ma mère, la véritable Petite Souris, l'avait probablement laissée tomber.

On m'avait ouvert les yeux, mais ça ne me plaisait pas. J'avais juste l'impression d'être une andouille.

Mon ignorance ne se limitait pas au Père Noël et aux diverses autres créatures mythologiques. Je n'étais pas non plus une flèche à l'école. J'étais plus intelligent que la majorité de mes congénères, et je lisais mieux qu'eux, mais mon niveau en maths était digne du peloton d'exécution.

En comparaison de No Enterprise, un bled avec trois rues, deux magasins, deux ruelles, une station-service, un café de six tables et un ivrogne que tout le monde appelait par son prénom et, curieusement, respectait pour son dévouement à la mission qu'il s'était choisie, Dewmont pouvait passer pour une métropole.

Et pourtant, au fil du temps, elle commença à nous paraître une petite ville aussi endormie que la précédente. Du moins en apparence. Et surtout pendant les longs mois d'été où on étouffait.

Les turbulences des années 1960 étaient encore loin devant nous et, de toute façon, Dewmont avait toujours un peu de retard sur le calendrier. Les gens s'y habillaient et s'y comportaient encore comme s'ils vivaient dans les années 1930 ou, tout au plus, 1940. Le dimanche, les hommes s'affublaient d'un épais costume noir, d'une fine cravate assortie et d'un chapeau de feutre. Ils ôtaient toujours leur couvre-chef en entrant dans une maison et ne manquaient jamais de le soulever quand ils croisaient une dame.

Comme la climatisation était encore très rare à cette époque, même dans les magasins, l'air était aussi chaud et collant à l'intérieur qu'à l'extérieur – on avait l'impression d'être enduits d'une petite couche de mélasse tiède. En été, ces fameux costumes du dimanche pesaient sur leurs victimes masculines, comme si on les avait dessinés pour servir d'instruments de torture. Leurs cravates pendaient mollement sur leurs chemises tachées de sueur et le rembourrage en coton de leurs épaulettes qui ne cessait de glisser formait des bosses. Le tissu buvait la sueur comme une éponge et les bords des chapeaux s'affaissaient.

Vers la fin de l'après-midi, les gens ôtaient leurs vestes et restaient en bras de chemise, ou même en maillot de corps, ils s'asseyaient sur leur véranda ou sur des chaises de jardin métalliques et ils bavardaient longtemps, bien après l'apparition des lucioles. À l'intérieur des maisons, ils se calaient devant leurs ventilateurs.

L'été, la nuit tombait très tard et le soleil, dont aucun grand immeuble ne gênait la course, plongeait telle une boule de feu dans les arbres de l'East Texas. Au crépuscule, on aurait juré qu'il incendiait la forêt.

On entendait rarement le vocabulaire d'aujourd'hui quand on était en bonne compagnie. De simples expressions comme «merde!» et «bon sang!» prononcées en présence de ces dames tuaient une conversation aussi sûrement que l'assommoir du boucher peut abattre un bœuf.

La Grande Dépression était loin, même si elle perdurait dans la mémoire de ceux qui l'avaient connue. La Deuxième Guerre mondiale était terminée et nous avions sauvé le monde de l'emprise des méchants, mais le boom économique qui transformait le reste du pays n'avait pas encore vraiment trouvé le chemin de l'East Texas. Ou alors, il ne s'y était pas attardé. La brève embellie économique de la prospection pétrolière avait disparu si vite qu'on avait du mal à se souvenir qu'on avait connu des temps meilleurs.

À la radio, on écoutait du rockabilly – ou du rock and roll comme on finirait par l'appeler –, mais il n'y en avait pas beaucoup dans l'air qu'on respirait. Un petit groupe de jeunes traînait simplement au Dairy Queen[1] dans l'après-midi et la soirée, et surtout les vendredis et samedis soir.

Certains d'entre eux, comme Chester White, arboraient des bananes et roulaient dans des bagnoles trafiquées. La plupart des garçons avaient les cheveux coupés assez court avec une longue

1. Une chaîne de fast-food. *(N.d.T.)*

mèche pompadour à l'avant, tenue en place par une généreuse dose de gel. Ils portaient des pantalons droits au pli impeccable, des chemises blanches amidonnées et des chaussures marron cirées. Et ils frimaient dans la voiture de papa quand ils pouvaient l'emprunter.

Les filles avaient des jupes à carreaux et des queues-de-cheval, mais leur vrai moyen de se révolter c'était de faire passer en boucle la même chanson sur le juke-box, généralement d'Elvis, et certaines jeunettes baptistes s'aventuraient même à danser, malgré le risque de damnation éternelle que cela faisait courir à leur âme.

Les Noirs savaient rester à leur place. Les femmes aussi. « Gay » n'était encore qu'un simple synonyme de « joyeux ». La plupart des gens estimaient toujours que les enfants devaient se tenir correctement et se taire. Les magasins fermaient le dimanche. Notre bombe était plus grosse que leur bombe et l'armée des États-Unis d'Amérique était invincible, même face aux Martiens. Notre président était un brave type aux airs de grand-père débonnaire, bedonnant et chauve qui adorait jouer au golf et était un héros de la dernière guerre.

En bref, dans mon ignorance béate, je pensais que le monde était très bien tel qu'il était.

2

À mon arrivée à Dewmont, je me suis lié d'amitié avec un garçon nommé Richard Chapman. Il était un peu plus âgé que moi, mais on était dans la même classe vu qu'il avait redoublé.

Comme Huckleberry Finn, Richard n'était pas le genre de gars qui ferait plus tard un adulte efficace, mais dans la catégorie « ado », c'était le meilleur. Sur son vélo, il allait plus vite que le vent, il savait planter son canif entre ses orteils sans jamais se blesser, il connaissait la forêt comme sa poche, il grimpait aux arbres mieux qu'un singe et il était capable de jongler avec quatre balles en caoutchouc.

De généreuses doses de brillantine Vitalis, mais aussi la transpiration et un excès de sébum rendaient encore plus luisante sa tignasse brune et graisseuse. Richard se coiffait en arrière, à la manière de Johnny Weissmuller, à qui d'ailleurs il ressemblait.

Les mèches de Richard lui retombaient en permanence dans les yeux et il passait une partie de son temps à les rejeter en arrière d'un mouvement brusque de la tête, ce qui rendait tout le monde nerveux car il était de notoriété publique qu'il avait des poux. Mais malgré cela, moi qui étais affublé d'un épi et d'une tache blanche sur ma frange, j'enviais les tifs dégueulasses de Richard, ainsi que ses muscles.

Dans mon esprit, si Richard se retrouvait un jour dans un avion qui s'écrasait dans la jungle, il survivrait et deviendrait un nouveau Tarzan. Il apprendrait à chasser, à construire une cabane et à combattre les indigènes.

Moi, en revanche, en ces circonstances, je serais sans doute immédiatement dévoré par des lions ou battu à mort par des singes.

Un samedi matin, Richard vint à la maison pour regarder *Jungle Theater* à la télévision. Tout en suivant l'émission, il tripotait avec admiration mes bottes de cow-boy Roy Rogers. Il les adorait. Elles étaient en cuir rouge et portaient, sur leur tirant, le nom de «Roy Rogers» écrit en lettres d'argent.

Chez lui, Richard n'avait plus la télé depuis le jour où une tempête avait arraché leur antenne et l'avait réduite à un amas de ferraille tordue. Son père avait décidé que c'était un signe de Dieu et revendu le poste à un impie.

Avant la fin de l'émission, Richard plaça la semelle d'une de mes bottes sur la plante de son pied pour voir si elle lui allait, puis il me dit qu'il était obligé de filer. Il devait rentrer pour finir ses corvées et se prendre une raclée parce qu'il était en retard dans son boulot et qu'il n'avait pas demandé la permission de sortir.

– Et pourquoi tu ne l'as pas demandée? m'étonnai-je.

– Parce que papa aurait refusé.

– Ben alors, pourquoi t'es venu?

– Parce que j'avais envie.

– Et la raclée?

Richard haussa les épaules.

Comme il avait l'habitude de se faire rosser, l'idée de recevoir une correction paternelle supplémentaire ne l'effrayait pas outre mesure. Il m'expliqua que s'il se mettait dans la peau de Tarzan torturé par les indigènes, il arrivait à s'endurcir mentalement pour encaisser les coups.

Richard se prenait souvent pour Tarzan.

Les «corvées» dont il parlait, c'étaient des tâches d'adulte dans la ferme décrépite de M. Chapman. Moi, je ramassais mes affaires et je faisais des bricoles ici et là, mais pour Richard il s'agissait de nourrir les poules, de donner la pâtée aux cochons et le fourrage aux vaches, de semer et de moissonner. Il réparait les clôtures, taillait des pieux et, une fois, il avait même dû creuser une tranchée de quatre mètres de profondeur sur deux de longueur pour construire des latrines, et ce avant le petit déjeuner.

Son père l'obligeait à bosser aussi dur que les autres journaliers qu'il embauchait pour travailler aux champs. Tous ces gens, généralement des Noirs et parfois des *wetbacks*[1] mexicains, nés au Texas ou de l'autre côté de la frontière, défilaient sans interruption dans la ferme des Chapman.

Ils venaient presque toujours de l'extérieur – les résidents de Dewmont, eux, savaient que ce n'était pas un bon plan de s'engager chez Chapman – et ils ne restaient jamais très longtemps. Ils s'enfuyaient, ou alors le père de Richard les jetait dehors en les accusant de paresse ou de manquements religieux.

M. Chapman, qui pensait avoir été appelé par Dieu, avait établi une sorte d'église dans sa grange. Richard me racontait qu'il était obligé d'apprendre par cœur des passages entiers de la Bible et d'écouter les sermons de son paternel, comme tous les saisonniers. D'après lui, c'était à cause de ces séances qu'une bonne partie des ouvriers décampaient – ou alors ils en avaient tout simplement marre de travailler si dur pour un salaire de misère.

Tout cela m'était parfaitement étranger. Bien sûr, mon père se mettait parfois en colère contre moi et il m'était déjà arrivé de me prendre une bonne fessée. Mais c'était sans commune mesure avec les corrections brutales que recevait Richard, et je ne vivais pas comme lui dans la crainte d'être rossé à intervalles réguliers. De fait, ma dernière claque sur les fesses remontait à plus de deux ans.

Mais, pour être honnête, je n'étais troublé ce jour-là ni par les corvées de Richard ni par les coups qu'il allait se prendre. Non, c'était la perspective d'une longue journée d'été, un samedi, sans personne avec qui m'amuser qui m'ennuyait davantage.

Après le départ de Richard et la fin de l'émission à la télé, je quittai la fraîcheur de notre ventilateur de fenêtre à refroidissement à eau et sortis dans la chaleur aveuglante du dehors.

Une fois encore, Nub et moi, on alla jouer à la lisière de la forêt, de l'autre côté de la palissade du drive-in. Celle-ci mesurait environ trois mètres de haut et elle était fabriquée avec des plaques de tôle

1. Littéralement les « dos en sueur », des ouvriers agricoles mexicains entrés illégalement aux États-Unis. *(N.d.T.)*

soutenues par des poteaux et des barres transversales. Elle était censée empêcher les fraudeurs qui cherchaient à se faufiler dans le cinéma sans payer.

À l'origine, le côté extérieur avait dû être décoré d'une espèce de fresque. Quelqu'un s'était donné la peine d'orner quatre longs morceaux de celui-ci de dessins très colorés de soucoupes volantes et de petits hommes verts. Et puis ce quelqu'un en avait eu marre et s'était contenté d'enduire le reste avec ce même vert qui avait servi pour la goutte de rosée géante et la peau des aliens.

Je jouais habituellement à ce que j'avais nommé la « Chasse de Nub », un truc très simple – je m'enfuyais en courant et Nub essayait de m'attraper, et, bien sûr, il y arrivait toujours. À ce moment-là, il plantait ses crocs dans le bas de mon jean et s'y accrochait avec des grognements de grizzly, tandis que je tentais de lui échapper en le tirant derrière moi. Je le traînais sur quelques mètres, puis je me dégageais et repartais en courant.

Nub se relançait à mes trousses sans la moindre hésitation et nous reprenions notre jeu, d'un bout à l'autre de la bande d'une centaine de mètres qui séparait le drive-in de l'orée de la forêt. Ç'avait été une de nos activités favorites, cet été-là, à part l'exploration des bois et le lancer de cailloux dans l'étang qu'on m'avait interdit d'approcher. Il était assez vaste, avec une eau aussi verte que notre palissade. De la mousse et des nénuphars flottaient à la surface.

Souvent, j'apercevais d'énormes grenouilles rassemblées sur les feuilles des nénuphars, les troncs des arbres morts et le long des berges. L'odeur flottant sur cet endroit évoquait quelque chose de primitif, comme un marais préhistorique qui aurait englouti des dinosaures. J'aimais imaginer ces monstres, flottant entre deux eaux, en hibernation, et penser qu'à n'importe quel instant l'un d'eux pourrait soudain surgir devant moi, réveillé par un coup de tonnerre ou un éclair qui aurait crevé les algues gluantes de la surface de l'étang, et foncer, tout ruisselant, pour dévaster Dewmont – en commençant par l'école, avec un peu de chance.

J'adorais venir ici pour observer les batraciens et les libellules bleues et vertes. Une fois, je suis tombé sur un énorme mocassin d'eau qui se réchauffait au soleil sur la rive, deux pattes de grenouille émergeant encore de sa gueule.

Mais ce jour-là, alors que je courais à toutes jambes entre la forêt et notre palissade, tentant d'échapper à Nub, je trébuchai soudain sur quelque chose et je m'affalai de tout mon long – une chute douloureuse, je vous jure. Un truc avait accroché le haut de ma tennis noire et j'avais l'impression qu'un petit malin avait lâché une enclume sur ma cheville. Je m'assis, les larmes aux yeux, massai mon pied et délaçai doucement ma chaussure pour voir si on allait être obligé de m'amputer. Mais je ne découvris qu'une grosse marque rouge, virant déjà au violet.

Je me frictionnai de nouveau et Nub me lécha les orteils. Puis je regardai l'endroit où j'étais tombé et j'aperçus un machin marron foncé et effilé qui sortait du sol.

Je réenfilai ma chaussette et ma tennis et, laissant mes lacets détachés, je boitillai jusque-là pour y jeter un coup d'œil. C'était le coin d'une boîte métallique. Je fus aussitôt excité comme une puce. J'avais peut-être découvert une malle au trésor enterrée là par quelque pirate ? Ou l'extrémité d'un engin volant arrivé de la planète Mars ? Ou encore la flèche d'une machine-taupe creusant son chemin depuis le sous-sol, comme dans *Au cœur de la terre* d'Edgar Rice Burroughs que je lisais justement cet été-là ?

Je renonçai à cette dernière idée presque immédiatement, vu que l'objet n'avait pas l'air de creuser du tout. Il émergeait juste du sol. Peut-être, me dis-je, que c'était la pointe de la machine-taupe en panne de moteur et qu'Abner Perry et David Innes étaient coincés là-dedans, comme dans le roman, attendant que je leur vienne en aide ?

Bien sûr, je ne pensais pas un mot de tout cela, pas plus que je n'imaginais qu'un dinosaure allait surgir de ce vieil étang et dévaster Dewmont, même si je devais avouer qu'en mon for intérieur, une partie de moi-même y croyait *vraiment* et estimait qu'à un certain niveau de la réalité, dans un autre univers, dans un coin reculé de mon esprit, tout cela était réel... Pour le reste, je voyais bien qu'il ne s'agissait que d'une simple boîte métallique.

Je tentai de la dégager à mains nues, mais elle était prise trop solidement dans la terre et les racines.

Je retournai au drive-in, récupérai la clé du cadenas planquée sous une brique à côté de la cabane à outils, m'emparai d'une pelle et revins sur les lieux.

Quand j'arrivai à l'endroit où Nub et moi avions trouvé notre trésor, mon chien avait déjà commencé à creuser avec ses pattes et ses dents et il avait bien avancé le boulot.

Je le repoussai doucement et, malgré mon pied douloureux, je me mis au travail.

Je fus forcé de m'arrêter et de reprendre mon souffle à plusieurs reprises. L'air était si chaud que j'avais l'impression de respirer des boules de poils de chat. Je regrettai de ne pas avoir rempli et apporté la gourde militaire que mon oncle Ben m'avait offerte, et j'envisageai même un instant d'aller la chercher, mais finalement je renonçai à cette idée.

Je m'acharnai et je finis par dégager l'objet en question. Il était deux fois plus gros qu'une boîte à cigares et fermé par un petit cadenas rouillé. Je me mis à le secouer, mais il résista d'autant mieux qu'il était grippé par la rouille. Et sa serrure était bouchée par de la terre et des racines.

Et puis, brusquement, il se mit à pleuvoir. Quelques instants plus tôt, il n'y avait pas le moindre nuage dans le ciel, et soudain ils étaient là et une petite pluie régulière tirait de la terre cette odeur délicieuse qui vous donnait envie de jardiner ou de faire une bêtise.

Je savais qu'il fallait que je me dépêche de finir, car maman n'allait sûrement pas vouloir que je sois trempé. En plus, c'était presque l'heure du dîner.

J'envisageai de briser le cadenas à coups de pelle, mais j'hésitai, de peur de casser l'outil de mon père.

Je décidai que le mieux était d'utiliser un truc plus approprié. Mais quand j'arrivai au cabanon, j'entendis ma mère qui m'appelait pour manger.

Je posai ma boîte sur une étagère et la dissimulai derrière un carton graisseux débordant de fusibles et d'interrupteurs. Puis j'allai me laver les mains et je passai à table.

Je n'imaginais pas, alors, que ce qui se produirait au cours de ce repas me ferait oublier la boîte pendant un certain temps.

Je suppose que papa aurait pu choisir un moment plus approprié pour se bagarrer avec Callie et, à mon avis, il l'aurait fait s'il n'avait pas été pris au dépourvu et choqué par ce qu'il avait découvert. Mais il ne ressemblait en rien aux pères qu'on voyait à la télé dans les années 1950, calmes, pondérés, avec toujours de sages maximes à la bouche.

Nous étions assis à table à l'attendre, devant le poulet frit, la purée et la sauce, quand il arriva. Il tenait quelque chose à la main à l'aide d'une pince à épiler.

Je crus d'abord que c'était un petit ballon. Ça pendait de la pince et l'extrémité supérieure était nouée. À l'intérieur, il y avait un truc. Papa l'exhiba d'une main tremblante.

Il regarda Caldonia et dit :

– J'ai ramassé ça dans ta chambre.

Le visage de Caldonia prit la même couleur que le manteau du Père Noël. Elle s'affaissa sur sa chaise. Même sa queue-de-cheval sembla soudain se dégonfler.

– Tu n'avais pas le droit de..., souffla-t-elle.

Et pourtant il l'avait fait.

Plus tard, on apprit qu'il était entré dans la chambre de Callie pour refermer la fenêtre à cause de la pluie et qu'il avait trouvé ce qu'il agitait maintenant sous notre nez. Mais à cet instant, tout ce que je savais c'était que notre père avait l'air très fâché et qu'il était debout devant la table, avec un drôle de ballon qui pendouillait au bout d'une pince à épiler.

– Tu n'as que seize ans ! dit-il. Et tu n'es pas mariée.

– Oh papa ! s'exclama Callie et, rapide comme l'éclair, elle sauta de sa chaise et fonça se réfugier dans sa chambre.

Toujours avec son machin à la main, mon père se tourna vers ma mère qui, alors, se leva très lentement, repoussa sa chaise sous la table et quitta la pièce en étouffant un sanglot. Je l'entendis pleurer dans le couloir, tandis que, plus loin, Callie gémissait.

Papa me regarda et annonça :

– Je vais aller me débarrasser de ça.

Ne sachant pas de quoi il voulait « se débarrasser », ni même ce qui se passait exactement, je fis juste oui de la tête et, quand il sortit, je restai assis là, abasourdi. Il fut de retour un moment plus tard, s'installa à table et regarda fixement dans le vide pendant un certain temps. Finalement, il se rendit compte que j'étais toujours là, immobile, et il me dit :

– Allez, Stanley, sers-toi.

Je remplis donc mon assiette et commençai à manger. J'avais envie de comprendre cette histoire, mais pas assez tout de même pour oublier que j'étais affamé. J'avais attaqué mon second morceau de poulet quand maman revint, se rassit et arrangea longuement sa serviette sur ses genoux.

– Tu lui as parlé, Gal ? demanda mon père.

La voix de maman tremblait.

– Un peu. J'en rediscuterai avec elle.

– Bien. Bien.

Elle leva les yeux vers moi, m'adressa un faible sourire et me dit :

– Callie ne dînera pas avec nous ce soir. Tu me passes le poulet s'il te plaît, Stanley ?

3

On était dimanche et le drive-in était fermé. En ce temps-là, le dimanche était une affaire sérieuse pour les chrétiens et aucun commerce respectable n'était ouvert. Certains soutenaient que le véritable jour de repos et de prière consacré au seigneur c'était le samedi, mais pour la loi, c'était le lendemain.

Depuis des années, au Texas, on avait un truc appelé la « *blue law*[1] » qui interdisait la vente de certaines choses le dimanche. L'alcool par exemple. Ou alors, on pouvait acheter un marteau mais pas de clous, une perceuse mais pas de mèches. Rien de ce qui aurait pu permettre de travailler. Si on vous voyait en train de bosser un dimanche, on vous regardait comme si vous veniez de mettre le feu à la salle des associations au moment où de jeunes scoutes aux joues roses grignotaient leurs petits goûters.

Si je me rappelle bien, même la vente de certains produits d'hygiène était taboue, ce jour-là.

Et donc, à l'époque, notre drive-in ne fonctionnait pas le dimanche. Mes parents n'allaient pas à l'église et, pour autant que je m'en souvienne, on ne parlait jamais de religion à la maison, du moins pas d'un point de vue théologique.

---

1. Un ensemble de lois, différentes selon les États US, prescrivant un repos absolu le dimanche, héritage des communautés puritaines qui fondèrent les premières colonies. *(N.d.T.)*

Mais peu importe les croyances de la famille – il y avait sans aucun doute une espèce de dimension morale dans la faute de Callie. C'était suffisamment grave pour que ma mère en appelât à Dieu. À deux reprises. Je pense qu'elle Lui lançait des menaces.

Cet après-midi-là, comprenant que ce drôle de ballon noué m'intriguait, mon père tenta de m'expliquer ce qui se passait. On était assis sur des chaises à l'arrière de la maison, sous l'auvent de la buvette, et on contemplait la lointaine palissade verte encore humide de la pluie de la veille.

Sans me regarder, il me demanda :

– Fiston, tu sais ce qui est arrivé avec Callie ?

– Tu as trouvé quelque chose dans sa chambre qui n'aurait pas dû y être.

Papa resta immobile et silencieux un moment. Je l'observais à la dérobée car, d'une certaine manière, je sentais que ce que nous avions là n'était pas une conversation les yeux dans les yeux.

– Quelque part, tu as raison, reprit-il enfin. Est-ce que tu es au courant pour les petits oiseaux et les abeilles ?

Bien sûr que je l'étais ! Est-ce qu'il voulait que je lui dise la différence entre les deux ? Est-ce que c'était une leçon de zoologie ? Je répondis :

– Je pense que oui.

– Eh bien, il y a un temps pour les petits oiseaux et les abeilles. Le moment venu, toi aussi tu l'apprendras.

– Oui, m'sieur.

– Bon, en ce qui concerne Callie, elle a appris trop vite. Ou peut-être qu'elle savait déjà, mais alors elle a franchi le pas trop rapidement.

– Avec les oiseaux et les abeilles ?

– Oui, enfin, d'une certaine façon.

– Et ça te met en colère ?

– Oui, je suis blessé. J'ai un peu peur.

Je me tournai vers lui. Impossible de m'en empêcher. Papa ? Avoir peur ? Pour moi, il était invincible. C'était le genre d'homme à aller à la chasse à l'ours avec une tapette à mouches et à obliger l'ours à rentrer à la maison avec lui, en portant la tapette. Et voilà qu'il se fâchait pour une histoire d'oiseaux, d'insectes et de ballon noué.

– Pourquoi, papa ?

– Parce que Callie est ma petite fille chérie, que je veux ce qu'il y a de mieux pour elle et qu'elle est trop jeune pour s'adonner à ce genre d'activités.

– Est-ce qu'elle les lançait dans sa chambre ?

– Elle faisait quoi ?

– Les ballons à eau. Est-ce qu'elle les lançait dans sa chambre ?

Il me considéra pendant un long moment, cligna des yeux et finit par répondre :

– Oh... Oh, je vois... Eh bien oui, fiston. C'est ce qu'elle faisait. Je ne peux pas permettre ce genre de chose... Bon, si tu veux bien, on en reparlera un autre jour.

Là-dessus, il se leva et disparut dans la maison.

Je restai dehors encore un peu, et puis je rentrai aussi, troublé, d'un pas mal assuré. Je ne savais pas très bien quel avait été exactement le sujet de notre conversation, mais j'étais sûr d'une chose : de toute façon, ce n'était pas un truc que mon père souhaitait vraiment aborder avec moi.

Les jours suivants, il se produisit un certain nombre d'événements qui me semblèrent sans relation apparente. Oh, je comprenais que Callie était punie pour cette histoire de ballon à eau – n'empêche que je fus stupéfait d'entendre mes parents lui annoncer qu'elle n'avait plus le droit de se promener dehors toute seule pendant six mois, voire plus, et « peut-être même pour toujours », avait ajouté mon père. Elle ne sortirait qu'avec le reste de la famille.

De son côté, Callie ne cessait de pleurnicher et cela aussi me surprenait. Généralement, elle était assez stoïque face aux punitions, d'autant que les siennes étaient toujours plus légères que les miennes, du moins à ce qui me semblait. En temps normal, elle menait papa par le bout du nez, mais pas cette fois. Il était plus dur avec elle que maman, et pourtant celle-ci n'était déjà pas tendre. Elle n'arrêtait pas de lui donner des corvées bizarres et, de temps en temps, elle la regardait et se mettait à pleurer.

Quant au petit ami de Callie, Chester, un garçon de dix-neuf ans qu'elle avait rencontré le deuxième jour de notre installation à Dewmont, il ne rendit plus visite à ma sœur, car mon père et lui eurent ce que, des années après, ma mère qualifierait d'*altercation*.

Pour être plus précis, papa lui avait dit de ne plus jamais se pointer à la maison. Mais, quelques jours plus tard, Chester ignora ce conseil : un dimanche après-midi, il débarqua pour, selon ses propres termes, avoir une conversation « entre hommes » avec mon paternel.

Il arriva dans sa voiture noire au moteur gonflé, avec des langues de flammes peintes sur les portières. Ses cheveux gominés formaient une espèce de sculpture qui rappelait la quille noire d'un bateau après un naufrage. Il portait une chemise rose et noire, un jean aux ourlets remontés et, vous l'avez deviné, des *chaussures en daim bleu*, comme dans la chanson d'Elvis [1].

Chester descendit lentement de sa bagnole, tel un dignitaire de la planète Rockabilly en visite sur la Terre.

Papa l'attendait déjà, car j'étais en train de jouer devant la maison avec Nub et, dès que j'avais aperçu Chester, je m'étais précipité à l'intérieur pour cafarder.

Je suivis mon paternel. Chester avança une jambe à la façon d'Elvis et lança :

– Monsieur, je veux vous éclairer sur quelque chose au sujet de Callie et moi.

Ce n'était pas le ton qui convenait. Pour toute réponse, papa lui sauta dessus. Le premier coup de poing s'écrasa sur la bouche de Chester et le jeune homme laissa échapper un bruit qui me fit penser aux cris de douleur d'un chat torturé par des gamins. Mon père était déjà à califourchon sur lui et le frappait comme à la parade.

Bon, en fait, s'il avait vraiment été sérieux, Chester ne se serait jamais relevé. Papa se contentait de le gifler méthodiquement en répétant :

– Ça te met du plomb dans la cervelle, merdeux gominé ? Du plomb dans la cervelle ?

1. *Blue Suede Shoes. (N.d.T.)*

Je ne sais pas si le niveau intellectuel de Chester s'élevait grâce à ce traitement, mais sa voix avait certainement grimpé de plusieurs octaves. Après cinq minutes de gifles, elle atteignit le niveau des ténors des Petits Chanteurs de Vienne, en moins mélodieux.

Et la matinée s'écoula ainsi, à l'ombre du drive-in, mon père assis sur Chester, tentant désespérément d'augmenter son QI avec des baffes. Du moins, ce fut ainsi que je le vécus. En réalité, il ne dut pas le corriger plus d'une quinzaine de minutes.

Chester implorait Dieu de descendre des cieux pour le sauver et si Dieu ne Se montra pas, l'intervention de maman et de Callie exauça son souhait.

Craignant de voir papa perdre vraiment les pédales et finir par commettre l'irréparable, ma mère, ma sœur et moi on l'attrapa pour l'éloigner d'Elvis. Mon père le traita de salopard tandis que le garçon se repliait en boitillant vers sa voiture, les joues tuméfiées par les gifles, ses cheveux graisseux pendouillant sur son visage, sa banane écrasée contre son cou et de l'herbe collée aux fesses de son jean. Ses chaussures en daim bleu, en revanche, en jetaient toujours.

– Je t'avais prévenu ne plus jamais te montrer par ici ! hurla mon paternel. Si je te revois dans le coin, je te botterai le cul tellement fort qu'il faudra que tu loues un foutu treuil pour le soulever quand tu voudras aller chier !

Avec son nez qui pissait le sang sur l'univers entier, Chester grimpa dans sa vieille Ford, mit les gaz et démarra sur les chapeaux de roue en éparpillant le gravier derrière lui.

– Qu'est-ce qui t'a pris, bon sang ? s'exclama ma mère.

Papa jeta un coup d'œil à ma sœur et grommela :

– Ce qui compte, c'est qui a pris Callie.

– Stanley ! protesta maman.

Les flics débarquèrent un peu plus tard. Papa les emmena à l'écart et discuta un moment avec eux. J'entendis un des policiers éclater de rire. Un autre lui tapa dans le dos. Et l'affaire s'arrêta là.

De toute façon, personne n'aimait vraiment Chester. Il fut donc bien obligé d'encaisser cette rouste et de l'apprécier, comme le super cadeau de Noël qu'il avait toujours désiré.

Voilà le genre de choses qui se produisaient chez nous, et je n'avais pas la moindre idée de ce que tout cela signifiait.

Ce soir-là, je commençai un bouquin intitulé *L'Île au trésor*. J'avais déjà lu des livres de pirates, mais jamais comme celui-là. J'en dévorai la moitié avant de m'endormir, et le lendemain matin, la tête encore pleine de chasses aux trésors, je me souvins de la vieille boîte rouillée que j'avais découverte derrière le drive-in. Après le petit déjeuner, je me glissai dans le cabanon pour l'ouvrir.

En me tenant debout sur la boîte pour la bloquer, j'insérai un pied de biche dans la boucle du cadenas que je réussis enfin à briser, après bien des efforts et avec l'aide de Nub qui aboyait et sautait partout autour de moi.

J'en sortis un petit sac en cuir. À l'intérieur, enveloppé dans ce qui ressemblait à un bout d'imperméable, se trouvait un paquet d'enveloppes marron retenues par un ruban bleu ciel délavé.

Ce n'était pas ce que j'avais espéré.

Déçu, je les remis dans la boîte et j'emportai le tout dans ma chambre. Une fois la porte fermée, je m'assis sur mon lit avec ma trouvaille.

Je me sentais un peu nerveux. Un simple ballon à eau avait causé de gros ennuis à Callie. Je me demandais ce que je risquais de mon côté avec cette histoire.

Je repris le paquet d'enveloppes, je défis le ruban et m'emparai de celle du dessus. Elle n'était pas scellée. Du bout des doigts, j'en tirai ce qui semblait être une lettre.

J'en lus un morceau et mon cœur se serra. C'était écrit par une fille et dans un style à l'eau de rose. J'ouvris les autres enveloppes, survolai leur contenu, puis je remis tout en place, refermai la boîte et la poussai sous mon lit.

Environ une semaine plus tard, papa embaucha une Noire nommée Rosy Mae Bell. Elle était solide, grosse et très foncée de peau. On aurait dit que ses vêtements étaient taillés dans les rideaux de ma mère et elle portait un chiffon coloré noué sur la tête, avec un petit nœud sur le devant. Elle ressemblait un peu au portrait d'Aunt

Jemima qui trônait sur l'étiquette du sirop de mélasse du même nom. Ou, comme nous disions : «*srop*».

Elle était chargée du ménage et de la cuisine. Le travail au drive-in expliquait ces changements à la maison : maman estimait que si elle devait s'occuper de la buvette toute la soirée et s'embêter avec Callie et moi pendant la journée, il lui fallait quelqu'un pour l'aider.

Rosy n'était pas exactement une fée du nettoyage, mais c'était une cuisinière divine. Même la table de Dieu n'était sans doute pas aussi bénie que la nôtre. Je me rendais compte que maman était un peu jalouse de Rosy Mae et quand on s'installait pour dîner tôt – en été, le drive-in ouvrait ses portes à 20 heures, et donc on commençait à tout préparer une heure avant –, elle avait toujours quelque chose à reprocher aux petits pains feuilletés ou à la sauce à la viande. Mais c'était juste pour la forme, car elle savait, comme nous tous et comme Rosy (même si celle-ci faisait toujours semblant d'être d'accord avec maman), qu'on n'aurait pas trouvé plus succulent.

Rosy et moi, on a immédiatement été comme cul et chemise.

Pendant la journée, alors qu'elle était censée nettoyer la maison, elle passait beaucoup de temps avec moi, à me raconter des histoires ou à m'écouter lui dire des choses dont je n'avais même jamais parlé à mes parents. Elle se plantait souvent sur le canapé du salon pour lire des magazines à l'eau de rose. Elle pouvait se le permettre quand maman était partie aux commissions et que papa était dehors à tondre la pelouse ou à récupérer les gobelets, les sacs de pop-corn et toutes les saletés que les spectateurs balançaient par les vitres de leurs voitures.

Au milieu de ces déchets, il y avait de plus en plus de ces drôles de ballons transparents identiques à celui que papa avait retrouvé dans la chambre de Callie.

Mon travail consistait à balayer la buvette et la petite véranda de devant. Je voyais mon père ramasser les ordures à l'aide d'un bâton avec un clou à l'extrémité. Il les piquait et les fourrait dans un sac, mais il me semblait qu'il s'attaquait toujours à ces ballons avec une rage spéciale. Peu à peu, je comprenais que ces drôles de trucs avaient une particularité mystérieuse, voire sinistre, que je n'avais jamais soupçonnée.

Rosy Mae et moi, nous avions passé une sorte d'accord. Je faisais le guet pour elle quand je balayais la véranda ou quand j'étais dans la buvette et que j'apercevais papa par les fenêtres. En plus, j'avais une ouïe si fine que Rosy Mae avait fini par me surnommer « le grand frère de Nub ». Si j'entendais maman rentrer ou si je voyais papa finir ce qu'il était en train de faire, je revenais aussitôt dans la maison et j'appelais Rosy d'une certaine façon pour lui signaler qu'elle devait se lever, planquer son magazine, attraper son plumeau et se remettre au boulot.

Et elle était rapide comme l'éclair. Le journal disparaissait dans le grand sac en cachemire qui ne la quittait jamais et elle s'attaquait à la poussière avec enthousiasme. Il fallait voir ce sacré morceau de femme manier le plumeau ! On aurait dit un ours lancé dans le grand ménage de son antre.

Un samedi matin – le jour de congé de Rosy Mae –, j'étais sur la véranda, assis sur une chaise de jardin métallique à côté de mon père, qui taillait un bâton et me parlait de *Vertigo*, le nouveau film avec Jimmy Stewart qu'on diffusait ce soir-là. Hélas, il n'aurait pas le temps de le voir parce qu'il avait un travail fou. Et ça le faisait râler, car il adorait cet acteur. Du coup, il pensait organiser une projection privée le lendemain soir, juste pour nous et quelques amis – sauf bien sûr ceux de Callie. Ma sœur aurait le droit de regarder le film, mais son amusement s'arrêterait là.

L'idée me plaisait, et surtout le fait que Callie ne pourrait pas inviter ses potes. Je dois dire que sa punition n'était pas pour me déranger. J'étais un peu jaloux de la facilité avec laquelle elle se faisait des copains. On n'était pas à Dewmont depuis longtemps, et elle en avait déjà un bon paquet. Elle était si mignonne, si rigolote, il lui suffisait de se montrer quelque part pour que les garçons se bousculent autour d'elle et que les filles, bien qu'un peu jalouses au début, finissent par l'apprécier également.

Enfin, la plupart des filles.

– Est-ce que je peux inviter quelqu'un ? demandai-je.

– Bien sûr. Qui ça ?

– Rosy Mae.

Papa se tourna vers moi.

– Fiston, Rosy Mae est noire.

– Oui, m'sieur, répondis-je.

Il me sourit.

– Bon, elle est O.K., je l'aime bien. Mais les Blancs et les Noirs ne se fréquentent pas de cette manière. Simplement, ça ne se fait pas. Je n'ai rien contre elle, tu vois. Elle est parfaite tant qu'elle reste à sa place, mais si je propose à quelques-uns de nos amis de venir, je ne pense pas qu'ils apprécieront d'être assis à côté d'une femme de couleur pour regarder un film.

– Et pourquoi pas ?

– Eh bien, les Noirs sont différents, fiston. Ils ne sont pas comme toi et moi. Les Blancs respectables évitent de trop se faire voir en compagnie des nègres.

Tout cela, j'aurais dû le savoir, je suppose, mais à No Enterprise je vivais dans un cocon. Les seuls Noirs que j'y croisais conduisaient des chariots tirés par des mulets avec des charrues à l'arrière.

Et il y avait oncle Tommy, le rémouleur, qui réparait aussi les appareils ménagers. Il vivait près de la rivière dans un cabanon, avec des toilettes au fond du jardin.

Je savais que tous ces Noirs étaient pauvres, mais là, au cours de cette conversation avec mon père, je découvris qu'en plus, ils étaient différents de nous et qu'on les considérait comme inférieurs. Si j'avais déjà entendu le mot « nègre », je me rendis soudain compte qu'on pouvait le prononcer de manière à s'en servir comme d'une arme, même dans une conversation entre Blancs.

Il m'apparut aussi que mes parents n'avaient pas de vrais amis à Dewmont et qu'ils avaient sans doute passé bien plus de temps en compagnie de Rosy Mae qu'avec n'importe lequel de leurs éventuels invités.

Papa, sentant ma déception, ajouta :

– Si tu veux, propose à un de tes copains de venir. Pourquoi pas Richard ? Il a un petit air de voyou, mais je pense qu'il est O.K.

– Ouais. D'accord. Peut-être.

– Tu penses qu'il a des poux ?

– Il se gratte beaucoup la tête.

– Sa tignasse m'a bien l'air d'être un repaire à bestioles.

Richard était sympa. Je l'aimais bien. Mais je sus brusquement que je me sentais plus proche de Rosy Mae, même si je la connaissais depuis moins longtemps que Richard.

Rosy Mae et moi, on passait vraiment des moments spéciaux ensemble. Je n'avais pas besoin de réfléchir à ce que j'allais dire avant de lui parler. Je n'avais évidemment pas avoué à Richard que j'aimais la poésie, mais je l'avais raconté à Rosy Mae. Et même si elle était incapable de faire la différence entre un poème et une bouse de vache, elle comprenait mon intérêt et elle le respectait. Elle accepta même que je lui lise un texte de Robert Frost – et deux fois, en plus. Elle avait vu aussi toutes les histoires de Tarzan, assise au balcon du Palace Theater, là où les Noirs s'installaient; et au Cinéma Noir, dans la ville voisine de Talmont, elle avait vu des tas d'autres films dont je n'avais même jamais entendu parler. Des cow-boys noirs. Des gangsters noirs. Des comédies musicales noires. Je ne savais même pas que ce genre de choses existait. Elle appelait ça: «le cinéma de couleur».

Se rendant compte que je ruminais ce qu'il m'avait dit, papa ajouta:

– Je veux juste que tu saches que je n'ai absolument rien contre Rosy Mae.

Ouais, pensai-je, à part le fait que c'est une négresse. Je regagnai la maison, montai dans ma chambre et m'affalai sur mon lit. Je me sentais... bizarre. Je ne sais pas comment décrire cette impression autrement. L'information reçue ce jour-là m'avait frappé comme une balle de fusil. Un coup tiré contre Rosy mais qui m'avait atteint par ricochet.

J'avais laissé la porte ouverte. Nub ne tarda pas à me rejoindre et il sauta à côté de moi dans le pieu. Au bout d'un moment, Callie apparut à la porte. Après l'incident du ballon, papa et maman lui avaient laissé leur chambre, à l'étage, à côté de la mienne, et eux s'étaient installés dans la sienne, au rez-de-chaussée.

Callie, pieds nus, portait un pantalon corsaire rose et une chemise blanche d'homme, trop grande pour elle. Elle avait une queue-de-cheval. Comme la plupart des filles de son âge, elle empestait le parfum. Moi aussi d'ailleurs, trois ans plus tard, je cocotterais l'eau de Cologne.

Adossée au chambranle, elle me lança :

– Si maman te chope avec tes chaussures sur le lit et avec ce cabot, tu vas avoir quelques ennuis.

– C'est vrai que tu t'y connais, en ennuis..., répliquai-je. En plus, elle s'en fiche, pour Nub. Ils le laissent grimper dans leur pageot.

– Peut-être. Mais en ce qui concerne mes ennuis, Stanley Mitchel Junior, tu es totalement à côté de la plaque. To-ta-le-ment. Je n'ai rien fait. Et me voici aux arrêts, alors que ce sont les plus belles années de ma vie et que je devrais être en train de m'amuser !

– Tu devrais surtout ne pas avoir ces ballons dans ta chambre...

À ces mots, je tournai la tête pour l'observer et je constatai qu'elle était devenue rouge comme une pivoine.

– Je te signale que ce n'est pas ce que tu crois.

Je n'avais aucune idée de ce qu'il fallait que je croie, mais je dissimulai mon ignorance.

– Ouais, ouais, c'est ça !

– C'est Jane Jersey qui a jeté ce truc par la fenêtre... Enfin, c'est elle que je soupçonne. C'est quelqu'un de méchant et elle est amoureuse de Chester. Elle ne supporte pas de nous voir ensemble et elle veut salir ma réputation. Pour la sienne, c'est déjà fait. Sans parler de son horrible coiffure. Tu pourrais planquer une pastèque dans ses cheveux. Ça me rappelle une nasse à poissons.

– Et toi, pourquoi tu aimes Chester ? Il est affreux. On dirait un cosmonaute. Je crois que je l'ai aperçu dans *Invasion of the Saucer Men*. Tu sais, le petit monstre à gauche de l'écran.

– T'es méchant, Stanley.

– Et toi, tu es en train de me raconter que Jane Jersey a introduit ce ballon par ta fenêtre au bout d'un bâton ? Et tu veux que je gobe ça ?

– La plupart des filles que je connais s'entendent bien avec moi, mais il y en a quelques-unes qui sont jalouses. Jane Jersey est la plus jalouse de toutes. Elle sortait avec Chester avant, mais ce n'est pas moi qui les ai séparés. Ils avaient déjà rompu. J'ai rencontré Chester au Dairy Queen et ça a tout de suite collé. Mais y a rien de sérieux entre nous. Je le trouve marrant, c'est tout. Il n'est pas comme les autres. C'est pour ça que Jane me tire la gueule. Elle me jette des sales regards, me dit de foutre la paix à son mec. Voilà pourquoi elle a lancé cette capote dans ma chambre…

– *Capote ?*

– C'est comme ça qu'on les appelle, Stanley, ce ne sont pas des « ballons ». Si tu veux être poli, tu dis « un préservatif ». C'est vraiment dégueu ce qu'elle a inventé là… Je ne sais pas si elle l'a jetée pour que papa ou maman la trouvent. Je pense plutôt qu'elle voulait me faire savoir qu'elle aussi elle fait ce qu'elle croit que je fais avec Chester. Mais en réalité, je ne fais rien. Et dans le cas contraire, je serais assez maligne pour ramasser les capotes et m'en débarrasser. Et si Chester le fait avec elle comme elle le prétend, alors je ne veux plus le voir.

Je finis par renoncer :

– Et qu'est-ce qu'elle fait et que toi tu ne fais pas ?

– Hein ?

– Jane Jersey. Tu dis qu'elle voulait te montrer qu'elle aussi elle fait ce qu'elle croit que tu fais… Qu'est-ce que vous fabriquez donc avec Chester, toutes les deux ?

Callie ferma la porte.

– Tu ne connais vraiment rien à tout ça, hein, Stanley ?

– J'ai quelques idées.

– Naan, t'es au courant de rien. Tu continues à appeler ça un ballon.

– Et alors, d'une certaine manière, c'est un ballon, non ?

Callie éclata de rire.

– T'es complètement à côté de la plaque.

– Ouais, en tout cas je sais que papa est furieux. Ça, je le sais !

Callie s'assit au bout du lit.

– Papa a tort et je pense qu'il s'en rend compte. C'est juste qu'il attend pour être certain.

– Il attend quoi ?

– De voir si je vais être enceinte ou pas, au cas où y aurait eu une fuite.

– Enceinte ? Et quelle fuite ?

C'est incroyable, je le reconnais volontiers, mais je n'avais aucune idée de la façon dont les filles avaient des bébés. À l'époque, c'était quelque chose dont on ne parlait tout simplement pas avec ses parents ni en compagnie de gens respectables.

Callie, en revanche, était très versée dans tout ça et elle n'avait pas les pudeurs de papa et maman. Elle me demanda :

– Tu veux savoir comment une fille peut tomber enceinte ?

– Euh, pourquoi pas.

– Bien, mais avant, que ce soit bien clair : je ne fais ça avec personne… N'oublie pas cette partie de l'histoire. Bon, tu te souviens de ces chiens, l'autre jour, dans la cour ? Ceux que papa a arrosés à la lance à incendie ?

– Ceux qui étaient collés par les fesses ?

– Ils n'étaient pas collés, m'expliqua Callie. Le chien mâle s'était retourné, c'est pour ça que leurs culs se touchaient. C'était son machin qui était collé.

– Son machin ?

– Oui, son zizi.

– Dans son derrière ?

– Non, dans sa foufoune.

Tout cela commençait à me mettre sérieusement mal à l'aise.

– Laisse-moi t'expliquer, dit Callie.

Quand elle eut terminé son histoire, j'étais scié.

– Les gens font ça ?

– Oui.

– Pourquoi ?

– Parce que c'est bon. Enfin, c'est ce qu'on m'a raconté.

– Est-ce que c'est bon quand on porte un de ces ballons ? C'est ça qui fait que c'est bon ?

– Je n'ai aucun moyen de le savoir.

– Ooooh, toi et ton Chester gominé ?

– Je n'ai rien fait. Je vais te dire un truc, Stanley. Je n'aime pas Chester autant que ça. Bon, je l'aime bien, mais pas de cette manière. Il est plutôt du genre stupide. J'adore me balader dans sa voiture, mais pour te dire la vérité, c'est de Drew Cleves que je suis amoureuse.

– Jamais entendu parler de ce gars.

– Oh, c'est une célébrité locale. Il est dans la classe au-dessus de moi. C'est un beau garçon. Il joue dans l'équipe de foot. Très populaire. Bien sûr, je déteste le foot. Même si j'ai décidé d'entrer chez les Pom-Pom Girls.

– Tu n'as même pas encore mis un pied au lycée, et tu sais déjà tout ça ?

– Oui. Contrairement à toi, Stanley, je ne suis pas quelqu'un d'exécrable. Les gens m'aiment bien. Enfin, disons la plupart. Je pense que je vais devoir rayer Jane de cette liste.

Puisque Callie, pour une fois, n'était pas avare d'informations, je me décidai à lui demander quelque chose qui m'intriguait.

– Callie ?

– Ouais.

– Papa dit que Rosy Mae est une négresse. C'est vrai ?

– C'est un mot affreux. Maman nous interdit de l'utiliser. Papa ne devrait pas parler comme ça. Rosy Mae est une « Noire ». Ou une « personne de couleur ».

– Il dit aussi qu'il ne faut pas se faire trop voir en compagnie de Rosy Mae, sauf quand elle vient travailler ici.

– Ça ne devrait pas se passer de cette façon, Stanley, mais c'est comme ça. Je n'ai rien contre les gens de couleur, mais je pense que si je traînais en leur compagnie, je ne serais plus très populaire chez mes copains.

– C'est pour ça qu'ils ne viennent pas à notre école ? Parce que ce sont des nègres ?

– Stanley, si tu prononces encore une fois ce mot horrible, c'est moi qui vais te filer une fessée ! Les personnes de couleur n'aiment pas qu'on les appelle « nègres ». Je n'ai pas le courage de les fréquenter plus, mais je sais que ce n'est pas bien de ma part, et aussi que c'est mal de dire « nègres ». Et tu devrais le savoir toi aussi. C'est juste que le monde est encore en retard sur la manière dont il faudrait traiter son prochain, Stanley. Hé, c'est quoi ça ?

– Quoi ça quoi ?

– Cette vieille boîte rouillée qui dépasse de dessous ton lit ?

– Je l'ai trouvée.

Callie s'en empara et demanda :
– Qu'est-ce qu'il y a dedans ?
– Juste quelques lettres.
– Tu l'as trouvée où ?
Callie l'ouvrit.
– Elle était enterrée derrière de la maison. Nub et moi, on est tombés dessus.
– *Enterrée* ? Waouh !
Je m'assis sur le bord du lit et regardai Callie tandis qu'elle sortait le sac, en extrayait les lettres et détachait le ruban.
– Elles sont à moi, protestai-je.
– Naan. Elles appartiennent à la personne qui les a écrites. Toi, tu es juste « tombé dessus », espèce d'andouille.
– C'est simplement des lettres d'amour.
Callie lut la première. Quand elle eut fini, elle avait les larmes aux yeux.
– C'est si mignon.
– Moi, j'ai trouvé ça cul-cul.
– C'est mignon, pas cul-cul. Et tellement démodé ! Tu as noté la date ?
Je secouai la tête.
– Ç'a été écrit pendant la guerre. La première année de la guerre.
– C'est loin.
– Je suis née à cette époque, répliqua Callie. En 1942. C'est donc pas si vieux que ça. On dirait que c'est une femme qui parle à celui qu'elle aime.
– T'es en train de me dire que c'est un type qui les a conservées dans cette boîte ?
– Ben, c'est à ça qu'on pense en la lisant. Je suppose que ça pourrait aussi être la lettre d'un garçon à une fille. Il n'y a que des initiales, c'est M. qui écrit à J., donc je n'en suis pas sûre. Peut-être qu'en jetant un coup d'œil aux autres…
– Comment cette boîte a bien pu se retrouver enterrée là ?
– Aucune idée.
Callie tira une seconde enveloppe du paquet et en sortit la lettre.

– Là aussi, c'est signé M. J'imagine que c'était une espèce de petit jeu amoureux entre eux. Tu as remarqué qu'il n'y a ni timbres ni adresse ?

– Et alors ?

– À mon avis, elles n'ont probablement jamais été envoyées par la poste mais plutôt remises de la main à la main.

Callie se mit à farfouiller dans la pile tout entière.

– Hé, il y a que quatre lettres sur le dessus ! Le reste, c'est des pages arrachées d'un journal intime, écrites recto verso, et puis en diagonale.

– En diagonale ?

– Elles sont d'abord rédigées d'une façon normale, puis on fait pivoter la page et on continue son texte entre les lignes déjà écrites. Tu vois ?

Je regardai. Elle avait raison.

– Comment peut-on lire un truc pareil ? demandai-je.

– Les gens faisaient ça pour économiser du papier, surtout pendant la guerre. Sans doute qu'on finit par s'y habituer. Où as-tu trouvé ces trucs, exactement ?

Je le lui expliquai.

– Allons y jeter un coup d'œil.

Je n'avais rien d'autre à faire, alors j'acceptai. Callie rangea les lettres et le journal intime dans la boîte, puis fit disparaître celle-ci sous le lit.

Elle remit ses chaussures et on sortit. Je lui indiquai l'endroit où je l'avais déterrée. Nub recommença à creuser dans le trou comme s'il y avait encore autre chose là-dedans, et puis il s'interrompit brusquement et fila comme une flèche vers les bois, à la poursuite de va savoir quoi.

Un instant plus tard, on l'entendit aboyer.

Je l'appelai, mais il ne revint pas.

– C'est bizarre qu'on ait planqué ça ici, à l'orée de la forêt..., murmura Callie. Nub ! Ferme-la !

– Ne parle pas à Nub comme ça !

– Il me donne la migraine.

Je l'appelai de nouveau, mais il refusait toujours d'obéir.

– Allons voir, dis-je à Callie.

Avec ses sapins serrés et ses ronciers, la forêt était presque impénétrable. Ce ne fut pas facile de rejoindre Nub, mais on finit par le retrouver. Il s'était dressé, les pattes de devant appuyées contre un vieux chêne, la tête en arrière, et il gueulait en direction d'un écureuil, bien plus haut, dont on ne voyait que la queue qui battait au vent.

J'attrapai Nub par son collier et l'éloignai de l'arbre. Ses petits cris perçants me vrillaient les oreilles.

– Tais-toi, Nub ! ordonnai-je.

– Mon Dieu, Stanley, t'as vu ça ?

Me retournant, je n'aperçus d'abord que Callie, puis je distinguai les marches d'une ancienne véranda, à moitié enfoncées dans le sol.

Et la silhouette d'une maison, une grande maison.

En m'approchant, je découvris des morceaux de charpente pourrie éparpillés par terre et presque entièrement recouverts d'aiguilles de pin et de feuilles de chêne.

Callie leva les yeux.

– Mon Dieu !

Je suivis son regard. Des bouts de planches pendaient des branchages, comme d'horribles décorations de Noël. Il y avait là un cadre de fenêtre, avec un reste de vitre brisée, retenu par la branche d'un sapin. Une grosse partie du toit était encore suspendue de la même manière dans les airs. Et même une porte noircie, où un rameau avait poussé à travers le trou de la poignée.

Le plus étrange, c'était encore un escalier métallique en colimaçon qui partait du sol, entre deux sapins, et grimpait sur une dizaine de mètres, traversé ici et là par des branches, jusqu'au moment où ses deux rambardes et les arbres s'entremêlaient et ne faisaient plus qu'un.

J'examinai l'escalier rouillé. Il ne touchait plus le sol. La végétation l'avait soulevé de plusieurs centimètres. Je m'y agrippai et tirai dessus.

– Ne fais pas ça ! souffla Callie. Tu vas te le prendre sur la tête.

Je grimpai deux marches.

– Ça tient, Callie. Je pourrais monter jusqu'en haut comme ça.

– Ben, il vaut mieux pas !

– Tu penses que c'est une tornade qui a détruit la maison ?

– Aucune idée. Ça ne s'est pas passé récemment, mais c'est pas non plus si vieux que ça. Ce grand chêne est là depuis je ne sais combien de temps, alors que les sapins sont encore jeunes. Le chêne était probablement dans le jardin, mais les autres ont grandi depuis. Regarde ça.

Callie se pencha et ramassa un morceau de bois à moitié caché sous les aiguilles.

Elle me le tendit. C'était une planche irrégulière et noircie d'une trentaine de centimètres. Elle s'effrita dans ma main, laissant une trace noire sur mes doigts.

– Un incendie, Stanley. Le bâtiment a brûlé et ses ruines ont été lentement soulevées par les arbres au fur et à mesure qu'ils ont poussé. C'est extraordinaire, non?

– Ça fout les chocottes.

– C'était une grande baraque, Stanley. Je parie qu'ici on est au milieu.

– Tu veux dire que c'était une espèce de manoir?

– C'est bien possible. Et si c'est le cas, la boîte n'a peut-être pas été enterrée. Pendant l'incendie, elle est tombée à travers les planchers en feu et, au fil du temps, l'herbe a poussé par-dessus et l'eau l'a recouverte de boue. Tout a bougé doucement. Et elle est restée là jusqu'à ce que toi et Nub vous la retrouviez.

Nub s'intéressa de nouveau à l'écureuil, qui s'était mis à courir dans l'arbre et surveillait le chien tout en couinant et en fouettant l'air de sa queue.

Comme le tronc du chêne était légèrement incliné, Nub réussit à se percher sur une branche basse pour mieux aboyer dans sa direction.

Callie se mit à rire et dit:

– Récupère ce clébard débile avant qu'il fasse un vol plané!

J'appelai Nub, mais il refusa de redescendre. Finalement, je grimpai pour l'attraper et, me laissant pendre par les pieds, je le passai à Callie. Puis je me rétablis sur la branche et sautai sur le sol.

– Sale petit cabot! murmurai-je en lui caressant la tête.

Pendant qu'on s'éloignait de la forêt, on entendit les couinements furieux de l'écureuil qui nous demandait de lui rendre son compagnon de jeu.

4

Callie voulait examiner de plus près les lettres et les pages du journal, mais c'était presque l'heure du repas, et ensuite il faudrait ouvrir les portes du drive-in.

Le samedi, c'était notre plus grosse soirée. Et le moment où papa était le plus nerveux. Il se tordait les mains et avalait du bicarbonate de soude dilué dans de l'eau contre les ulcères à l'estomac.

En gros, un bon samedi soir garantissait notre chiffre d'affaires pour la semaine. Toutes les autres séances, du lundi au vendredi, n'étaient que des extra. Le samedi, les gens sortaient en famille ou en amoureux. La foule se précipitait en masse chez nous pour vénérer les divinités qui défilaient sur le grand écran blanc.

Comme Rosy Mae était en congé le samedi, on avait pris l'habitude de dîner sur le pouce, un plateau-repas ou des hot dogs ou encore du poulet frit de la buvette. Mais ce soir-là, peut-être parce que maman voulait nous rappeler qu'elle aussi savait faire à manger quand il le fallait, on eut droit à un grand tralala avec du jambon braisé, des haricots verts aux petits lardons, une sauce à la viande et une purée si légère qu'elle aurait flotté comme un nuage si on l'avait jetée en l'air. On aurait dit que maman avait voulu lancer un défi à Rosy Mae. Mais, aussi sensass que pouvait être sa cuisine, s'attaquer à Rosy Mae sur ce terrain, c'était comme tenter de battre une quinte royale avec un malheureux flush.

On terminait le repas et on se préparait à vaquer à nos occupations de la soirée quand on entendit la porte d'entrée s'ouvrir (elle était rarement fermée à clef, mais cela changerait plus tard). Une voix qu'on connaissait demanda :

– Z'êtes là, les Mitchel ?

C'était Rosy Mae qui nous appelait depuis le seuil. Elle avait juste avancé la tête à l'intérieur, comme si c'était la première fois qu'elle venait chez nous.

Maman lui cria :

– Entre, Rosy Mae !

Rosy Mae s'exécuta, mais elle s'arrêta sur le seuil de la cuisine, son sac en cachemire serré contre elle, comme un chaton.

Son foulard avait disparu et ses cheveux crépus étaient tressés en une multitude de nattes qui rebondissaient autour de sa tête comme des ressorts de sommier. Son visage noir était couvert de taches plus sombres encore, notamment autour des yeux. Ses lèvres étaient enflées et une coupure aussi rouge que le péché originel entaillait l'une d'elles. Le col de sa robe était tout déformé et sa manche droite déchirée jusqu'à l'épaule.

– Mon Dieu ! s'exclama maman. Qu'est-ce qui t'est donc arrivé ?

– J'voulais pas vous déranger, mais j'savais pas où m'réfugier. Mon homme, Bubba Joe, y m'a flanqué une sacrée rouste, et c'est un peu d'ma faute, j'crois, vu qu'j'arrêtais pas d'lui répondre et tout ça, mais c'te fois, j'ai eu la trouille. L'a sorti un couteau. Y m'a dit qu'il allait m'découper en morceaux.

Maman se précipita vers le réfrigérateur, versa des glaçons dans une serviette.

– Voyons si on peut faire dégonfler un peu ton œil. Pauvre petite. Tu as appelé la police ?

– Non m'dam' ! Ça sert à rien d'toute façon. J'l'ai déjà prévenue une fois. Y m'ont dit qu'c'était une affaire privée et qu'si un nègre voulait battre sa femme, c'était pas leurs oignons. En plus, on n'est même pas mariés.

– Dans ce cas, c'est vrai que vous n'avez pas l'autorisation officielle de vous battre, persifla mon père.

– Non, m'sieur. Rien du tout.

– Tu n'es pas drôle, Stanley, protesta ma mère.

Elle guida Rosy Mae jusqu'à une chaise à notre table et elle posa la serviette pleine de glace sur sa pommette gauche, la plus enflée. Sous cet angle-là, les cheveux de Rosy Mae ressemblaient à un nœud de serpents. On aurait dit la Méduse.

– C'est ce côté-là qui est le plus touché, murmura ma mère.

– Oui m'dam', c'est pass'qu'y m'frappe surtout avec son poing droit. Y tape bien avec le gauche aussi. Mais en général, y préfère l'droit. Et il a une bague à c'te main-là.

– Bon sang, et pourquoi vous êtes-vous disputés ? s'exclama papa.

– Pass'que j'lui ai répondu.

– À quel propos ?

– Qu'est-ce que ça peut faire, à propos de quoi ? intervint maman. Une femme a quand même le droit de parler franchement à un homme sans se faire démolir le portrait !

– Eh bien, certaines ne savent pas se tenir à leur place, répliqua papa.

– Stanley Senior, répliqua maman, laisse-moi te dire que ma place est là où *moi* je décide qu'elle est. Tu entends ?

Mon père resta silencieux, mais il était facile de deviner, à la couleur de son visage, qu'il était embarrassé. Et rien qu'à regarder ses épaules un peu voûtées, on voyait bien qu'il avait compris que le moment était venu de se taire. C'était lui qui savait « se tenir à sa place ».

– Si un homme se permet un jour de me frapper, ajouta maman, il vaudrait mieux qu'il évite d'aller dormir.

Elle considéra papa, comme s'il était capable d'une chose pareille. Il lui rendit son regard d'un air ébranlé.

– Oui m'dam'..., murmura Rosy Mae. C'est c'que je m'disais moi aussi. J'vais l'choper pendant son sommeil. J'ai c'te bon' vieille hachette sous un seau, dans la cour. J'm'en sers pour zigouiller les poulets que j'mets à frire, et j'peux l'abatt'd'la même manière, quand y ronflera. Mais faudra qu'y pionce. Pass'qu'il est fort. J'me demandais aussi si j'allais pas lui jeter d'la soude sur sa méchante gueule. J'connais plein de nègres qui font ça et sûr qu'ça marche bien. Ça t'aveugle et ça t'décolore la peau... Mais j'ai pas eu l'courage d'faire ni l'un ni l'autre… J'sais pas pourquoi j'suis venue ici, m'dam'Mitchel. C'est juss'qu'j'avais pas d'aut'endroit où aller. Et pis j'ai pensé qu'il oserait pas m'embêter dans une maison d'Blancs. C'est c'que je m'disais, vous voyez.

– Ne bouge pas de là tant que tu ne te sentiras pas mieux, ordonna maman. Je vais te préparer une assiette.

– C'est ben gentil à vous, m'dam', mais j'pense pas que j'devrais être installée ici à vot'table et qu'vous m'donniez à manger.

– Il y a autre chose, dit maman. Tu travailles pour nous, alors à partir d'aujourd'hui tu t'assois à table avec nous et tu prends tes repas avec nous.

Je vis papa jeter un regard à ma mère. Celui qu'elle lui rendit aurait écorné un bœuf.

– Callie, va chercher des couverts et une serviette pour Rosy Mae, et sers-la copieusement. Stanley Junior, verse-lui un verre de thé glacé.

Callie et moi, on s'empressa d'obéir. Callie déposa l'assiette devant Rosy Mae et lui tapota gentiment l'épaule.

– Bon, alors, pourquoi t'a-t-il frappée ? demanda ma mère.

– Ça n'a pas d'importance, grommela papa. Tu l'as dit toi-même. Elle a juste été insolente.

– En aucun cas il n'avait le droit de la traiter ainsi…, répliqua maman. Mais figure-toi, Stanley Senior, que ça compte pour moi de savoir pourquoi il l'a battue. Bien entendu, à condition que tu veuilles en parler, Rosy.

– Y m'a dérouillée pass'que j'lui donnais pas tout l'argent qu'je gagne ici. Y réclame tout, mais y fait qu'le claquer au jeu et dans les bars. Y voulait aussi qu'j'aille faire un autre p'tit boulot, mais moi j'fais pas ça.

– Quel petit boulot ?

– Ah non, m'dam'Mitchel, j'peux pas parler d'ça devant les enfants !

Maman écarquilla les yeux.

– Oh, fit-elle.

– Oui, m'dam', z'avez compris. C'est ça, le p'tit boulot. Et moi, je l'fais pas. À une époque, il avait des femmes qui bossaient pour lui, mais moi j'suis quelqu'un d'respectable et j'veux rien avoir à faire avec ça. Pour personne. Même si on m'cogne. Y devra m'tuer avant !

– Il t'a frappée parce que tu as refusé ?

– J'lui ai dit ça d'manière un peu trop franche, sans trop prendre d'gants. Ça lui a pas plu, oh non ! Mais il va finir par s'calmer. Comme toujours. Quand il aura dessoûlé, dans un jour ou deux. Après ça, y s'tient bien pendant quelque temps. C'est toujours l'vendredi, l'jour d'ma paye, qu'y pique sa crise. Ensuite, le lundi ou l'mardi, y redevient com'y faut.

– Ça te fait au moins quelques jours de tranquillité par semaine..., murmura ma mère. Rosy Mae, tu n'as pas besoin de rentrer chez toi ce soir. Tu dînes avec nous et puis tu pourras dormir dans le salon. Je ne veux pas te savoir trop près de cet homme-là.

Papa était assis, bouche bée, ne sachant plus trop quoi dire. Maman ôta la glace de la pommette de Rosy Mae et ajouta :

– Bon, allez, mange maintenant. Nous aussi, il faut qu'on passe à table.

Au début, Rosy Mae hésita, et puis la faim prit peu à peu le dessus.

– Alors ? C'est comment ? demanda maman.

– C'est vraiment bon, m'dam'Mitchel. Ça manque juss'd'un peu d'sel dans ces haricots verts, mais c'est vraiment bon et j'vous remercie.

– Du sel ? répéta maman.

– Oui m'dam', mais juss'un peu.

Une fois le repas terminé, maman dit :

– Rosy Mae, si tu veux, tu peux aller t'allonger sur le canapé du salon. Nous, il faut qu'on ouvre le drive-in.

– M'dam'Mitchel. Vous m'avez nourrie et vous allez m'héberger c'te nuit. Je s'rais contente d'vous aider pour frire le poulet, ou avec c'que vous faites, n'importe quoi.

– Eh bien, ce n'est pas vraiment de la cuisine à part le poulet, répondit ma mère. Mais c'est d'accord, tu peux t'en charger. Mais si tu te sens fatiguée ou que tu as trop mal, tu rentres et tu t'allonges.

– Tous mes remerciements, m'dam'.

– De rien, Rosy Mae, ça me fait très plaisir.

Rosy Mae acheva son repas et accompagna ma mère à la buvette. Je savais que ce soir-là les clients mangeraient le meilleur poulet frit jamais acheté dans notre drive-in, voire n'importe où ailleurs en ce monde. Et qu'il serait assaisonné à point.

Mon père resta assis à la table de la cuisine, les yeux rivés sur la porte par laquelle maman et Rosy venaient de disparaître. Il avait une drôle d'expression – comme s'il venait de se réveiller pour constater que son ancienne vie n'était qu'un rêve et que son pied gauche s'était transformé en jambonneau.

Callie et moi, on finit notre assiette et on demanda l'autorisation de sortir de table. On promit à papa qu'on serait de retour largement à temps pour l'ouverture du drive-in et on fila dans ma chambre. Callie ressortit la boîte métallique de dessous mon lit pour continuer à lire les lettres.

– C'est toujours M. qui écrit à J. Est-ce qu'il y a les noms complets quelque part ?

– Je ne crois pas, dis-je. J'en sais rien. J'ai pas tout regardé.

– Ces dernières pages, elles proviennent d'un journal intime… Ben, c'est bizarre.

– Qu'est-ce qui est bizarre ?

– On dirait que c'est celui de la fille. C'est le même style que les lettres. À voir ces trucs entourés d'un ruban et enfermés dans une boîte cadenassée, on imagine qu'ils étaient précieux pour quelqu'un, mais que ce quelqu'un voulait garder la chose secrète. Ça m'amène à penser que tout ça appartient à une seule personne, ce J. Peut-être à cette fille qui a écrit le journal et ces lettres qu'elle n'a jamais envoyées. Tu comprends ? On veut le faire, et puis on le fait pas… Ou peut-être que J. lui a tout rendu. Les gens réagissent parfois comme ça, quand ils rompent. Tu sais, à cette époque, pendant la guerre, les lettres avaient plus de valeur qu'aujourd'hui, Stanley.

– Comment se fait-il qu'on ait juste des pages arrachées ? Où est le reste ?

– C'est étrange, hein ?

Callie continuait à étudier attentivement le journal.

– Ici, il y a quelque chose d'intéressant, bien que tu sois un peu jeune pour l'entendre.

– Oh, tu sais, j'en ai tellement entendu ces derniers temps ! Je ne pense pas que d'autres informations me tueront.

– Elle parle de relations sexuelles dans son journal. Elle dit... Hummm, je ne sais pas si je dois te lire ça. Peut-être que ce serait mieux que tu le fasses toi-même.

Elle me tendit la page et je la parcourus. Puis je demandai :

– Ça veut dire quoi, « enfiler » ?

Callie rougit.

– C'est pour ça que je t'ai demandé de le lire tout seul, idiot. J'avais pas envie de prononcer ce mot, ni de te l'expliquer.

– Bon, je l'ai lu, mais maintenant tu dois me dire ce que ça signifie.

Elle s'exécuta.

– Oh ! fis-je, avant de lui rendre la fameuse page.

– Elle parle de ce qu'elle et ce garçon, J., ont fait. Elle dit que ça s'est passé dans la forêt, sur une couverture. Elle ne fournit pas d'autres détails, juste qu'ils se sont donné du plaisir. Ce qui signifie qu'ils l'ont fait.

– Qu'ils ont fait quoi ?

– Oh, pour l'amour du ciel, Stanley, t'es bouché ou quoi ? Tu te souviens de ce que je t'ai raconté à propos des chiens ?

– Oh, ça !

Je me sentais encore plus mal à l'aise que le jour où j'avais appris que le Père Noël n'existait pas. Dans le cas présent, il y avait quelque chose que tout le monde semblait connaître, sauf moi.

– Tu dis que ça s'est passé dans la forêt. À l'endroit où on a découvert ces ruines, d'après toi ?

– Aucune idée. Sans doute que non. Cette maison devait toujours être debout quand ces trucs ont été écrits. À mon avis, M. a arraché ces pages de son journal et elle les a données à J. en gage de souvenir. Oui, j'imagine que c'est ça. Voilà pourquoi c'est J. qui est en possession de tout ça. Bon, je crois que t'en as entendu assez pour aujourd'hui, je ne voudrais pas que ça te monte à la tête. Et il va falloir que tu trouves un meilleur endroit que le dessous de ton lit pour planquer ce truc. Maman ou Rosy Mae finiront par mettre la main dessus… Oh la vache !

Callie parlait tout en lisant.

– Quoi ? demandai-je.

– Elle pense qu'elle est peut-être enceinte… Écoute ça : « J'ai de la peine pour le bébé… Mais tout ira bien. Il existe des solutions. » Elle parle de se débarrasser de son enfant avant sa naissance, Stanley. Et ce n'est pas fini : « Ou alors nous pourrions nous habituer à l'idée. Ce ne serait pas si mal d'avoir un bébé avec nous. »

– Qu'est-ce que tu veux dire par « se débarrasser de son enfant » ?

Callie m'expliqua l'affaire en quelques minutes.

– C'est possible, un truc pareil ?

– Certains médecins s'en chargent, mais c'est interdit par la loi.

– Donc J. devait vivre dans la maison dans les arbres ?

– Je suppose, même si à l'époque cette baraque n'était pas « dans les arbres ».

– Je le sais bien.

– Avec toi, on ne peut jurer de rien, Stanley. Quand on aura le temps, il faudra enquêter pour savoir à qui appartenait ce bâtiment qui a brûlé. Ça devrait nous aider à retrouver le propriétaire de cette boîte.

– Ouais, super ! On dirait une histoire de détective. Comme les Hardy Boys. Ou Nancy Drew[1].

– Oui, bon, c'est intéressant, Stanley, mais ce n'est pas non plus l'affaire du siècle, on est d'accord ?

– Pour moi, c'est un meurtre.

– Peut-être, dit Callie. J. n'est pas aussi amoureux de M. qu'elle l'est de lui, et quand elle tombe enceinte, il décide de se débarrasser d'elle. Ça a pu se passer comme ça. Mais s'il lui en voulait à ce point, pourquoi les a-t-il gardées, ces lettres ?

– Il les a cachées ?

---

1. Les frères Frank et Joe Hardy et leur équivalent féminin, Nancy Drew. Les aventures de ces héros de polar des années 1930 ont marqué des générations d'adolescents aux États-Unis. *(N.d.T.)*

– Pourquoi ne les a-t-il pas tout simplement détruites ?

– Tu vois, fis-je, ça t'intéresse quand même cette histoire.

– Je suppose. Mais ça ne signifie pas que j'en suis dingue au point d'y passer mes jours et mes nuits. Je me dis simplement que, vu que je n'ai rien d'autre à faire cet été, on pourrait arriver à comprendre ce mystère. Ou pas. On verra. Viens, maintenant faut aller aider les parents.

Callie sortit de la chambre. Je rangeai la boîte sur la plus haute étagère de mon placard et la dissimulai sous une chemise pliée et ma toque de Davy Crockett en fourrure de raton laveur.

La dernière séance de *Vertigo* se termina bien après minuit. C'était toujours ainsi, en plein été. Comme le soleil se couchait tard, si on voulait passer le même film deux fois, on en avait pour jusqu'au petit matin.

Cette nuit-là, on était archi-pleins. Tout le monde voulait voir le nouvel Hitchcock. Bien sûr, pour moi ce n'était pas possible. J'allais devoir attendre la projection réservée à la famille.

Je passai la soirée à bosser à la buvette et quand on la ferma à 23 heures, papa alla se poster à la sortie pour s'assurer que personne ne se glissait par là pour voir à l'œil la dernière heure du film.

Il nous fallut une bonne heure pour tout ranger et tout nettoyer. Rosy Mae semblait aller beaucoup mieux. Même qu'elle fredonnait tout en versant la vieille graisse de la friteuse dans un tonneau, les mains protégées par des gants de laine.

Elle fit la vaisselle et elle me demanda ensuite de l'accompagner sur notre véranda, à l'avant de la maison, pour lui tenir compagnie pendant qu'elle s'offrait une cigarette. Elle avait peur de son homme, Bubba Joe, mais ma mère ne laissait personne fumer à l'intérieur.

Maman nous entendit et dit :

– Je préférerais que vous ne sortiez pas sur la véranda, vous deux. Ça m'effraie d'imaginer que ce Bubba Joe pourrait être planqué quelque part dans le noir. Pourquoi est-ce que tu ne montes pas sur le toit avec Stanley, Rosy Mae ?

– Oui m'dam'.

En haut des escaliers, une rampe donnait accès à la trappe qui ouvrait sur la terrasse et on déboucha juste sous la goutte de rosée géante.

Au-dessous de nous, on vit les dernières voitures quitter le drive-in à la queue leu leu, avec leurs phares qui perçaient la nuit. J'aperçus Buster qui sortait de la buvette, sa thermos à la main, et se dirigeait lentement vers le portail en longeant les véhicules. Il me sembla entendre quelqu'un crier « négro ! » depuis l'une des bagnoles.

Buster continua son chemin sans même daigner lever la tête.

Rosy Mae sortit une boîte de Sir Walter Raleigh et déposa une ou deux pincées de tabac sur une feuille de papier à rouler. Comme un vieux cow-boy, elle forma rapidement la cigarette entre ses doigts, lécha la gomme, puis la cala entre ses lèvres.

Elle tira une grosse allumette de cuisine de sa chevelure folle, se pencha, la gratta contre sa robe et alluma sa cigarette.

– Ooooeee, souffla-t-elle. J'avais vraiment besoin d'ça !

Elle se mit presque immédiatement à tousser.

– Oooh, mais pas d'ça. Tape-moi dans le dos, m'sieur Stanley.

Ce que je fis, vigoureusement.

– Merci. C'était descendu par l'mauvais tuyau.

– Pas la peine de me donner du monsieur, dis-je, je suis encore un enfant.

– Oui m'sieur, mais t'es un enfant blanc.

– Appelle-moi Stanley.

– D'accord, Stanley.

– Cet homme avec qui tu vis... Il est dangereux ?

– Y m'fout la pétoche. J'connais des négros qui changent de trottoir quand ils l'voient arriver. À cause d'ça, j'me trimballe toujours avec un rasoir.

Rosy Mae glissa la main dans un pli de sa robe et le sortit pour me le montrer. Elle l'ouvrit d'un coup sec. La lame darda comme une langue, trancha l'obscurité, puis se replia et s'en retourna aussitôt dans son vêtement.

– Mais lui aussi, il en a un. Et il a déjà découpé des gens avec. Moi, j'm'en suis encore jamais servi. Mais j'ai menacé un négro, une fois. J'te dis ça pour qu'tu comprennes qu'y fait r'sortir mon mauvais côté. Mais j'ai pas envie d'blesser qui qu'ce soit. Et surtout pas lui.

– Tu l'aimes ?

– Sûr que j'l'aime, Stanley. Vraiment. J'sais pas pourquoi et j'ai l'idée que j'devrais pas, mais j'l'aime quand même. J'ferais mieux d'le tuer avec c'te bonne vieille hachette dont j'me sers pour trancher la tête à mes poulets, mais j'y arrive pas. Y fait rien d'autre que d'me rendre folle et triste. Y traîne avec d'autres femmes, y boit comme un trou, y claque not'fric aux cartes, y joue tout l'temps aux dés. Y vaut rien du tout.

– Mais alors, pourquoi est-ce que tu l'aimes ?

– Mon poussin, j'en ai aucune idée. J'ai pas d'raison. Les hommes ont les leurs, qui valent souvent pas grand-chose et qui durent pas longtemps. Mais une femme, non. Elle a pas vraiment d'raison d'aimer. Elle aime, c'est tout.

– Mais tu as peur de lui ?

– Oui. Je l'aime, mais en même temps, j'le déteste aussi.

– Et lui, il est amoureux de toi ?

– J'sais pas s'il aime quelqu'un. Y s'aime même pas lui-même. Et, m'sieur Stanley… euh, Stanley, faut s'aimer soi-même avant d'être capable d'aimer quoi qu'ce soit d'autre. Même si c'est qu'une fleur ou qu'un simple buisson qu'tu cultives. T'entends c'que j'dis ?

– Oui, m'dame.

– T'es si bien élevé.

– Tu penses qu'il pourrait te faire du mal ?

– Oui, mais l'juge pas trop vite. Tu sais c'que la Bible dit là-dessus ? Ne jugez pas si vous voulez pas être jugé vous-même.

– Non, je ne savais pas.

– Ben, c'est c'qui est écrit. Quelque part. Du moins c'est c'que m'a raconté un pasteur, mais comme y laissait traîner ses doigts sur mon genou, p't'être qu'y disait pas la vérité. J'y ai répondu, p't'être ben qu'il faut pas juger, mais moi en tout cas j'dois vous dire d'enlever vot'main d'ma jambe. Et il l'a fait… Bubba Joe, il a pas eu la vie facile, tu comprends, m'sieur Stanley.

– Stanley, juste Stanley.

– Oui, sûr. Il a été salement persécuté par les Blancs.

– Par les Blancs ? Comment ça ?

Rosy Mae éclata de rire.

– Oh, mon petit ! T'es vraiment mignon tout plein. T'es totalement innocent, et c'est bien comm'ça, pass'qu'un jour t'auras tout compris et tu seras plus pareil. Et alors, pour toi, toutes les personnes d'couleur seront des « nègres ».

– Je ne pense pas.

– J'espère que t'as raison, mon chéri, j'l'espère vraiment.

– Comment a-t-il été persécuté, Rosy Mae ?

Elle tira sur sa cigarette et souffla la fumée. Un petit nuage blanc resta suspendu un instant au-dessus de son nez, s'étendit et puis disparut.

– C'est un homme, Stanley. Juss'comme toi tu l'seras quand tu grandiras. Et comme ton père. C'est un homme. Mais Bubba Joe, on l'traite comme un gosse. Le Blanc l'appelle « mon garçon », alors qu'c'est un adulte. L'est plus grand qu'la plupart des types qu'tu verras jamais. Y fait un mètre quatre-vingt-dix et y pèse dans les cent cinquante kilos. Il est fort comme un bœuf. Et j'vais t'expliquer une aut'chose. C'est un héros d'la guerre.

– Vraiment ?

– Oui, oui. L'est parti là-bas, en Corée, et c'est un héros. L'est revenu avec une blessure qui l'oblige à marcher avec la patte un peu raide. Mais quand il est rentré à Dallas, on lui a dit d'aller s'asseoir au fond du bus. Et on lui a expliqué qu'y pouvait plus manger à la table des Blancs. L'est devenu mauvais à cause d'la façon dont on l'a traité, Stanley. À cause de c'que les siens ont dû endurer. Quand il était p'tit, ces encagoulés du Klan z'ont appris que son père avait volé une pastèque et un poulet pour nourrir sa famille qu'avait faim. Alors ils l'ont attrapé, ils l'ont emmené dans les marécages et ils l'ont méchamment fouetté. Après, ils l'ont foutu à poil, y z'ont capturé ce gros mocassin d'eau, l'ont enfermé dans un sac en jute et y z'ont forcé son père à mettre le pied dedans avec le serpent, pis y z'ont ficelé le sac autour d'sa jambe et d'sa taille pour l'empêcher de l'enlever. Et y z'ont attaché ses mains derrière son dos et y l'ont abandonné comme ça.

J'avais l'impression que quelqu'un me frottait un glaçon sur le haut du crâne.

– Qu'est-ce qu'il a fait, alors ?

– Eh ben, Bubba Joe tient c'te histoire d'son papa et y m'l'a racontée quand il était dans un d'ses bons jours et qu'il avait l'air content qu'je sois avec lui. M'a dit qu'son paternel y pouvait pas rester dans la forêt jusqu'à c'que lui ou qu'le serpent meure. Et donc il a tenté de regagner sa maison. Au début, tout allait bien, pis l'serpent est tombé au fond du sac et quand il lui a marché d'ssus, c'te saleté a planté ses crocs dans la toile. Alors, l'père de Bubba Joe y pense qu'y peut continuer à avancer, tant qu'le serpent est coincé comme ça. Et pendant un moment c'est bon, et pis l'serpent y s'détache et y l'mord. Quand l'a fini par arriver chez lui, l'avait été bouffé trois ou quatre fois.

– Est-ce qu'il est mort ?

– Presque. Mais on l'a emmené chez un guérisseur qui soigne les chevaux et tout ça. Y lui a coupé la jambe qu'était devenue aussi noire qu'le fond d'un puits et aussi grosse qu'le tronc d'un chêne. Le paternel de Bubba Joe a survécu, mais maintenant, y peut plus travailler sans sa jambe. Et ça l'rend mauvais. Et il passe une partie d'c'te méchanceté à Bubba Joe. Le Noir a autant d'raisons qu'le Blanc d'être mauvais, mais des fois c'est encore pire pour lui pass'qu'on l'traite jamais en adulte, sauf dans sa propre maison, et c'est pour ça qu'y perd la tête. Y sait que dès qu'y sort d'chez lui, y redevient un négro comme les autres. Si un p'tit Blanc le croise sur un trottoir, y doit descendre dans l'caniveau et lui céder l'passage. Et si ce p'tit Blanc l'appelle « mon garçon », alors il a pas d'autre choix que d'sourire et d'la fermer. Au bout d'un moment, ça lui tape sur le système.

– Sur le tien aussi, Rosy Mae ?

– Oui, mon p'tit. Bien sûr. Mais tout ça n'excuse pas qu'on fasse du mal aux gens. Des tas d'personnes sont malheureuses, mais ça n'arrange pas leurs affaires d's'en prendre aux autres. Du moins, ça devrait pas. Bon, j'ai fini de fumer mon clope. Redescendons pour voir s'il nous reste du boulot... à part mettre l'feu à la piaule ou braquer une banque...

– Rosy Mae ? Tu sais quelque chose sur cette maison qui était à l'endroit où il y a ces arbres maintenant ?

J'indiquai les sapins du doigt, de l'autre côté du drive-in.

– C'te vieille ruine ? Elle appartient aux Stilwind. C'est une grande famille d'ici, qui habite toujours dans l'coin. C'te maison là-bas, elle a cramé c'te même nuit où on s'en est pris à la p'tite mamzelle Margret Wood et qu'on l'a assassinée. Et y a aussi la jeune Stilwind, Jewel Ellen, qu'est morte brûlée. C'est incroyable de voir à quel point les sapins ont poussé vite après l'incendie. C'était, attends… en 1945. Pour sûr, c'vieux chêne et certains d'ces hêtres et d'ces gommiers étaient déjà là… Y sont là depuis aussi longtemps que j'me souvienne. Z'ont juste grandi.

– Cette Margret, c'était qui ?

– Ben, elle avait dans les quinze ans à c'te époque. J'pense qu'on avait à peu près l'même âge quand c'est arrivé.

– Qui l'a assassinée ?

– Personne ne l'sait.

– Ça s'est passé dans cette maison ?

– Où vas-tu chercher ça ? C'est mamzelle Jewel Ellen qu'est morte dans cette maison. Pendant l'incendie. Mamzelle Margret, elle, on l'a tuée à côté d'la voie d'chemin de fer. Quelqu'un lui a fait un truc pas très gentil. Et m'sieur Stanley, ni toi ni moi on n'a besoin d'entrer dans les détails. Mais j'peux t'dire qu'elle a été déposée sur les rails de sorte qu'le premier train qui s'est pointé lui a tranché la tête. C'est c'que j'ai entendu, en tout cas. Et on l'a jamais retrouvée, c'te tête. On murmure qu'son fantôme s'promène encore dans les parages, là où la forêt borde les rails. Là où on l'a assassinée. Y a même eu un gars qu'a prétendu avoir vu un chien errant s'balader par là avec sa tête dans sa gueule. Mais ça aurait aussi bien pu être un loup. Ou un loup-garou.

– Un loup-garou ?

– M'sieur Stanley…

– Stanley tout court.

– Stanley. Les Blancs croient pas à c'genre de trucs et beaucoup d'Noirs non plus. Mais moi j'pense qu'y a des hommes capables d'se transformer en loups et tout ça. C'est ça, un loup-garou.

Comme dans le film avec c't'homme qui devenait un loup. J'dis pas qu'c'est l'garou qui a emporté la tête d'c'te fille, j'dis juss'qu'c'est possible. P'têt'que c'était juss'un d'ces vieux chiens errants ou une vermine quelconque. Ou p'têt'qu'son crâne a éclaté comme une citrouille quand l'train a roulé d'ssus. P'têt'qu'elle avait déjà été tranchée avant qu'on place son corps sur les rails. En tout cas, personne a jamais récupéré la tête de mamzelle Margret. Mais y paraît qu'son fantôme rôde encore par là-bas, presque toutes les nuits, à sa recherche, et j'pense qu'c'est vrai. J'l'ai jamais vu moi-même, mais j'connais beaucoup de gens qui l'ont croisé.

– Qu'est-ce qui a causé cet incendie ?

– Oh, mon garçon, j'sais pas. J'me rappelle juss'que toute la maison a cramé et qu'cette mignonne petite Jewel Ellen a brûlé avec.

– Tu la connaissais ?

– Je les connaissais tous. Ma mère lavait le linge de cette famille et c'te mamzelle Margret, elle vivait à l'autre bout de la ville, dans le quartier pauvre. Tu comprends, avant c'était ici qu'était l'argent, à l'endroit où y a votre drive-in maintenant. Et pis l'argent est parti habiter ailleurs, il a traversé la route. Tu vois, toutes ces belles et grandes maisons d'l'autre côté d'la nationale ?

– Oui, m'dame. Enfin, je sais qu'elles sont là-bas, mais je ne les ai jamais vraiment regardées.

– J'suis pas sûre qu'ce soit une bonne idée d'les regarder. Quand j'les vois, là-bas, j'me sens comme la femme de Lot dans la Bible, quand elle a jeté un coup d'œil derrière elle sur c'qu'elle désirait plus qu'tout et que Dieu l'a changée en statue d'sel. Sûr, elle, au moins, elle les a eues une fois dans sa vie, ces choses-là. Mais moi, j'ai jamais rien eu d'tout ça. Et j'l'aurai jamais. C'est pas la peine que Dieu me transforme en quoi qu'ce soit pour m'punir d'm'être retournée. Pour moi, y a rien à voir derrière. L'endroit où j'suis, c'est juss'une cabane de négro que j'loue. J'regarde jamais ni en avant, ni en arrière.

– Et Margret ?

– Mamzelle Margret vivait de l'autre côté d'la ville, au-delà des voies du chemin d'fer. C'est là qu'sont installés les petits Blancs, pas loin des marécages. Sa maison était un peu en retrait des autres.

« Mamzelle Margret, elle était pauvre, mais à mes yeux elle se débrouillait pas si mal qu'ça. Ma maman aurait été contente de devenir aussi pauvre qu'elle. Pour ma mère, oui, c'te maison aurait été un palais. Y avait un petit jardin à l'arrière, même si c'était du terrain marécageux. Et puis c'te piaule, elle était jolie, peinte en blanc, et assez grande pour qu'la fille elle ait p'têt'même sa propre chambre. Et mamzelle Margret elle était juss'belle comme un cœur. Elle avait des cheveux noirs, des yeux noirs, une peau vraiment magnifique, et son sourire... Elle avait un grand sourire, et une grosse dent en argent juss'à côté des deux d'devant.

« J'la croisais assez souvent. Elle avait pas de papa pass'qu'il avait décampé à sa naissance. C'est c'qu'on m'a dit. J'pense que son paternel, c'était une sorte d'croisement entre un Mexicain et un visage pâle, ou un truc comme ça. Et sa maman, elle avait du sang indien.

– Donc ils n'étaient pas vraiment blancs ?

– Ben, pour une petite fille d'couleur comme moi, ces gens-là y sont blancs. Mamzelle Margret, elle avait l'allure de quelqu'un qui finirait par devenir actriss'de cinéma, tel'ment elle était jolie. J'aimais beaucoup c'te dent. Mais j'sais pas si les Blancs auraient voulu d'une actriss'avec une dent en argent.

« On m'a raconté qu'sa maman, par contre, elle était plutôt du genre mauvais. En fait, j'sais pas grand-chose d'ces gens-là, sauf que mamzelle Margret était gentille. C'te Jewel Ellen était gentille aussi. Mais le frère d'Jewel Ellen, James Ray, lui, l'était pas toujours sympa. Une fois, y m'a pincé les fesses. J'étais dans la rue en train d'porter le linge sale des Blancs pour qu'ma maman le lave, et y m'a touché l'derrière en rigolant, et y m'a dit qu'y m'donnerait des sous si j'faisais des choses avec lui. J'me suis carapatée en vitesse.

Dans ma tête, je pensai : M. pour Margret, J. pour James. Une partie de la solution commençait à émerger.

– Et ce James, il est encore dans le coin ? demandai-je.

– Après l'incendie, il a grandi, il a habité sur la colline en face, là où sont les riches. J'pense qu'il y est toujours. Il a un grand magasin en ville. Une boutique pour hommes où on vend des costumes. Plus la p'tite épicerie juss'à côté. Et aussi l'cinéma. Les Noirs peuvent acheter des hamburgers et des sodas à un guichet à l'arrière de c'te épicerie. Le cinéma a un grand balcon, c'est là qu'y s'installent. Mais James Ray lui-même, j'sais pas grand-chose sur lui. Y m'invit'pas à dîner chez lui, tu piges ? Tout c'que j'me rappelle, c'est qu'il m'a pincé les fesses quand j'étais qu'une petite fille.

« Allez, viens maintenant. J'veux pas qu'on croie que j'me repose pass'que ta maman l'a été vraiment bonne avec moi. Descendons voir si on peut pas aider encore à que'qu'chose. Au fait, Stanley, j'aurais rien dû dire à ta mère à propos du sel dans les haricots verts, hein, c'est ça ?

– Non m'dame.

– C'est c'que j'ai pensé quand ça m'a échappé, mais c'est juss' qu'j'ai pas pu m'empêcher.

Cette nuit-là, une fois le drive-in fermé et Rosy Mae installée sur le canapé du salon, je me glissai hors de ma chambre, laissant Nub roulé en boule sur mon lit. J'ouvris la porte de chez Callie, passai la tête à l'intérieur et l'appelai.

– Callie ?

– Qu'est-ce qu'y a ?

– Je voulais te parler.

– Tu m'as plus parlé en quarante-huit heures que depuis le jour où t'as ânonné tes premiers mots…

– J'ai découvert des trucs sur la maison qui a brûlé.

– Oh… Entre.

Je m'assis au pied de son lit. Ma sœur se cala contre son oreiller et se tourna vers moi. Je devinais tout juste ses traits dans la pénombre. Ses longs cheveux noirs étaient défaits et lui tombaient sur les épaules. Dans la clarté de la lune, je voyais un petit bout de son visage et des chevaux dessinés sur son pyjama. Grâce au ventilo, la chaleur était presque supportable.

– Qu'est-ce que t'as appris ? me demanda-t-elle.

Je lui racontai ce que m'avait révélé Rosy Mae.

– Ça fout les chocottes, Stanley. Imaginer qu'une petite fille a brûlé juste à côté de chez nous…

– Ce qui est effrayant, c'est l'idée que cette Margret a été assassinée cette même nuit où Jewel Ellen Stilwind est morte, et que son frère s'appelle James. Tu ne penses pas que c'est étrange, Callie, que ces lettres soient écrites par M. à J. ? De Margret à James – qui l'a mise enceinte.

– Il n'y a pas forcément de rapport. Il n'y a pas si longtemps, tu ne savais même pas comment on faisait pour mettre une fille enceinte.

– Maintenant, je suis au courant. Allez, c'est intéressant quand même, tu trouves pas ?

– Peut-être qu'on verra ça demain. Pour l'instant, faut que je pionce. Je suis crevée. Fiche le camp !

Je rapportai aussi à Callie ce que Rosy Mae m'avait dit à propos du fantôme de Margret, de sa tête disparue et du loup-garou.

– Oooh, n'importe quoi ! J'y crois pas. Les Noirs passent leur temps à inventer des histoires de spectres. Et puis j'ai pas besoin d'entendre ça maintenant. Toute cette histoire me fout la trouille et j'ai pas envie de faire des cauchemars. Allez, dégage !

– C'est pas plus difficile de voir les rapports dans tout ça que de croire que quelqu'un a jeté ce ballon par la fenêtre de ton ancienne chambre au rez-de-chaussée…

– Stanley, espèce de petit merdeux, sors d'ici !

Je me repliai avec des remords. Je savais bien que je n'aurais pas dû lui lancer cette pique à la fin, d'autant que j'avais besoin de son aide. Et puis zut, c'est le genre de vacheries qu'on s'envoie entre frères et sœurs. Je n'avais pas pu me retenir.

Je n'éteignis pas la lumière immédiatement. Je sortis la boîte de dessous mon lit et étudiai de nouveau son contenu. Cette fois, je lus chaque ligne avec soin. Aucune mention, là-dedans, du nom de famille de Margret. Mais j'étais convaincu que ces lettres avaient été écrites à James et que Margret avait arraché les pages de son journal intime pour les lui donner – peut-être pour empêcher que sa mère ne les trouve, ou pour n'importe quelle autre raison.

Je finis par ranger le tout et je me glissai dans mon pieu.

Dans mes rêves, cette nuit-là, une fille décapitée longea la voie ferrée à la recherche de sa tête.

Dans mes rêves, un loup-garou, comme l'appelait Rosy, courut à travers les broussailles, avec la tête de Margret dans la gueule.

5

Le lendemain matin, après le petit déjeuner, j'entraînai Callie jusqu'au parking.

– Tu vas m'aider à trouver d'autres informations ? lui demandai-je.

– Oh, j'sais pas.

– Hier soir, tu m'as dit que oui.

– J'ai rien promis. Hier, cette histoire me paraissait marrante. Mais aujourd'hui, à la lumière du jour, je n'en suis plus si sûre. On fait quoi si c'était la même Margret ? Alors ?

– Elle a été tuée. Et personne n'a jamais mis la main sur son meurtrier. C'est une vraie énigme policière, Callie. James Stilwind habite sur la colline, avec les richards. Il sait peut-être quelque chose.

– Parce que tu vas juste te pointer chez lui et l'interroger sur sa sœur qui a cramé, sur une fille assassinée nommée Margret et une vieille boîte pleine de lettres qui lui a peut-être appartenu ?

– Je n'ai pas vraiment réfléchi à ce que j'allais faire. Pas vraiment. Tu m'aides ou pas ?

– On m'interdit de sortir. À quoi je pourrais te servir ?

– Mais, la nuit dernière…

– J'avais oublié que j'étais coincée ici. J'oublie ça tout le temps parce que je suis innocente, tu vois. Et puis tu m'as balancé ta vanne débile sur ce ballon… Alors résous-la toi-même, ton énigme à la gomme !

Sur ces mots, Callie repartit d'un air décidé, le gravier crissant sous ses pas, et elle disparut dans la maison – un drôle de terme, quand on y pense, pour un écran de cinéma suffisamment épais pour contenir deux étages, un toit en terrasse et toutes les commodités d'un véritable foyer…

Je pris mon vélo dans la cabane à outils, calai Nub sur mes cuisses et puis je pédalai jusqu'à la zone résidentielle.

C'était la première fois que je regardais vraiment ces maisons.

Elles étaient construites selon des plans différents, mais elles étaient grandes et elles avaient l'air neuves – comme si, chaque jour, quelqu'un venait les briquer de la cave au grenier. Certaines vérandas étaient si spacieuses qu'elles auraient pu héberger une famille de quatre personnes. Elles étaient toutes plus magnifiques les unes que les autres.

Je fis descendre Nub, qui se mit à courir à côté de moi et je traversai le lotissement jusqu'au moment où la pente, trop raide, m'obligea à marcher en poussant ma bécane. Je lus les noms des proprios inscrits en lettres noires sur les boîtes aux lettres – toutes du même modèle, toutes rutilantes. Mais aucun Stilwind nulle part.

J'aperçus une petite fille qui jouait devant chez elle sur une pelouse tirée à quatre épingles. Elle était assise à une table d'enfant, avec les chaises assorties, un service à thé et des poupées. Elle portait une robe rose et un ruban de la même couleur dans ses cheveux blonds et brillants. On aurait dit qu'elle se préparait à partir à l'église.

Je l'appelai depuis la chaussée.

– Est-ce que tu sais où habitent les Stilwind ?

– Non. Pourquoi t'es habillé comme un nègre ?

– Qu'est-ce que tu racontes ?

– Ben, tu portes ton jean avec le bas des jambes retroussé.

– Tous les garçons font ça.

Elle but une gorgée de thé et dit :

– Pas par chez nous. C'est ta maman qui t'a cousu cette chemise ?

– Et alors ?

– Elle l'a taillée dans un sac à patates d'après un patron de couture ?

– C'est pas un sac à patates… C'est un tissu écossais.

– Moi, je ne porte pas de vêtements faits à la maison... Ni des occasions.

– Et alors ?

– Et ton petit chien, il a une tête de corniaud.

– C'est toi qui as une tête de corniaud ! répliquai-je.

– Ça, par exemple ! s'exclama-t-elle en se levant de sa chaise et en posant une main sur sa hanche.

Je repartis en poussant ma bicyclette. Quand je fus à bonne distance de cette emmerdeuse, je m'examinai de la tête aux pieds. Mon jean était reprisé et ma chemise était un peu élimée et décolorée par endroits, d'accord, mais j'avais l'air O.K. J'étais sûr que même dans ce quartier personne ne se mettait sur son trente et un juste pour jouer dehors ou se balader à vélo.

Un peu plus loin, je croisai trois garçons qui faisaient des passes avec un ballon de foot. Ils étaient vêtus comme moi, avec des jeans et des tennis. Mais il y avait pourtant une différence – ils avaient l'air aussi soignés et sûrs d'eux que des banquiers et, comme la fillette me l'avait signalé, ils ne retroussaient pas le bas de leur pantalon.

J'allai remonter en selle et repartir quand l'un d'eux m'interpella :

– Qui t'es, toi ?

Je me retournai et le regardai. Il était grand et blond. Probablement dix-sept ou dix-huit ans. Il répéta sa question et je lui dis qui j'étais.

– On dirait bien que tu t'es trompé de quartier, pas vrai, petit ? Tu sais ce qui s'est passé la dernière fois qu'une racaille de ton espèce s'est aventurée par ici avec son clébard pouilleux ? Je vais t'expliquer. Il a disparu, lui et son cabot.

Un de ses deux copains, brun et plus massif, s'approcha du trottoir. L'odeur de sa gomina me chatouilla les narines. Elle sentait le luxe, au contraire de la Vitalis bon marché que j'utilisais.

– On a retrouvé son cadavre près de la voie ferrée, poursuivit Baraqué. Son pantalon était baissé et on lui avait enfoncé son clébard la tête la première dans le cul. Mais le chien n'était pas mort vu que quand les sauveteurs sont arrivés, il a remué la queue.

Baraqué et Blondinet éclatèrent de rire.

Je savais qu'ils se fichaient de moi, mais je n'étais pas très à l'aise pour autant.

– Je ne suis pas une racaille ! protestai-je.

– T'habites pas sur cette colline, donc tu dois en être une, dit le blond.

– Je vis au drive-in, de l'autre côté de la nationale.

Le blond redevint sérieux.

– Oooh. D'accord. J'y vais de temps en temps, à ton drive-in. C'est cool. Te fâche pas. J'y emmène mes petites amies. J'ai pas envie de me faire mal voir là-bas. On blaguait, c'est tout, tu sais comment c'est.

Le troisième garçon, qui n'avait encore ouvert la bouche, nous rejoignit sur le trottoir, le ballon de foot à la main. Il était grand et mince, les cheveux bruns, assez beau. Les deux autres retournèrent dans le jardin. Il pivota et leur lança le ballon. Le blond l'attrapa.

– T'occupe pas de ce qu'ils racontent, me dit-il. Ils se croient drôles, mais ils sont à peu près aussi marrants que le rideau des couchettes d'un sous-marin. Ignore-les, c'est ce qu'il y a de mieux à faire. Je m'appelle Drew. Drew Cleves.

Je connaissais ce nom. C'était le type dont Callie m'avait parlé l'autre nuit, celui pour qui elle en pinçait. Mais je décidai de garder cette information pour moi.

– T'habites ici ? demandai-je.

– Non, vers là-bas, plus loin.

– Tu sais où vivent les Stilwind ?

– Oh, ouais. Tout en haut de la colline. Après le virage. Pile poil quand la rue se termine. Mais en fait ils n'y sont plus. Il n'y a plus personne là-dedans. Ils l'ont mise en vente, leur baraque, mais personne n'en veut.

– Pourquoi ?

– On raconte qu'elle est hantée. J'ai entendu des tas d'histoires là-dessus quand j'étais plus jeune.

– Elle a l'air hantée ?

– Non, elle est juste un peu délabrée. Mais il y a eu un meurtre ou un truc dans ce genre. Ou peut-être que c'était pas un meurtre. Tout ça est assez vague.

– Donc les Stilwind ne sont plus à Dewmont ?

– Oh si, mais plus par ici. Je sais pas exactement où ils sont maintenant. En fait, il y en a un peu partout… Ils sont nombreux, tu vois. Mais je ne sais pas où. Pourquoi tu t'intéresses à eux ?

– Simple curiosité. Il y a longtemps, ils avaient une maison derrière notre drive-in. Elle a brûlé.

– J'en ai entendu parler, dit Drew. Mon père les connaissait à cette époque. Je crois qu'ils ont construit celle d'ici peu de temps après l'incendie. Je ne me suis jamais vraiment posé de questions sur tout ça. J'y suis juste monté une fois avec Tatum, lui, là.

Il indiqua le blondinet d'un geste de la main.

– On devait avoir dans les douze ans. Ne le dis à personne, mais on a cassé un carreau à l'arrière de la piaule avec un caillou. L'endroit a juste un air pas rassurant, c'est tout. Hé, je t'ai entendu dire que t'étais de la famille des nouveaux propriétaires du drive-in ?

J'acquiesçai d'un signe de tête.

– Alors, j'ai dû rencontrer ta sœur, Callie, au Piggly Wiggly [1], au début de l'été. Elle est très mignonne.

– Oui, c'est ce qu'on dit. Elle a essayé d'avoir un job à temps partiel là-bas.

– On l'a embauchée ?

– Non. Mais ma mère dit que ce magasin est bien.

– Moi, j'y vais juste pour acheter des bonbons ou un Coca de temps en temps. Mes parents préféreraient mourir plutôt que d'être vus dans un Piggly Wiggly.

– Ah ouais ?

– Ouais, ils sont comme ça. Mais si c'était moi qui m'occupais des courses, je vois pas pourquoi j'irais pas. Du pain c'est du pain, il change pas de goût en fonction de l'endroit où tu l'achètes.

– Je suppose que t'as raison.

– Callie sort avec Chester White, n'est-ce pas ?

– Non, c'est fini entre eux. Mon père ne l'aime pas. D'ailleurs il lui a cassé la gueule.

– Ton père a bien fait. Il a eu raison de lui foutre une peignée, je veux dire. C'est pas un type fréquentable. Et pourquoi il l'a corrigé ?

1. Chaîne de supermarchés à bas prix. *(N.d.T.)*

Je décidai de mentir.

– Sais pas exactement.

– Je suis sûr qu'il avait un motif valable. Hé, tu devrais venir jouer un peu au foot avec nous.

– Sûr.

– Maintenant, si tu veux.

Je pensai : *voilà un garçon qui a très envie de revoir ma sœur.*

– Non, merci. Pas aujourd'hui. Je vais jeter un coup d'œil à cette baraque, et puis je rentre chez moi. J'ai encore des trucs à faire.

Drew me tendit la main et je la serrai.

– C'était sympa de te rencontrer, dit-il. Salue bien ta sœur de ma part. Et ne te préoccupe pas de ces glandus. Ils ne reconnaîtraient même pas une merde de chien s'ils en voyaient une. Cette maison... Elle est juste en haut de la colline.

J'acquiesçai d'un signe de tête et remontai la rue en poussant mon vélo. Nub trottait à mes côtés, en bavant, la langue pendante.

Soudain, le ciel s'assombrit et le vent se leva. Un gigantesque nuage, chargé de pluie, nous surplombait comme un immense parapluie noir. Le vent était le bienvenu, pourtant. Il était frais et il sentait la flotte, et les poils de mes bras se dressaient sous l'effet de l'électricité statique.

Au sommet de la colline, la route tournait légèrement. Je franchis le virage et je me retrouvai devant la maison Stilwind, au bout du cul-de-sac, exactement comme Drew l'avait dit. Un panneau À VENDRE, avec le nom d'un agent immobilier, était planté sur la pelouse de devant.

Vue de loin, elle n'était pas très différente des autres villas du quartier, mais en m'approchant je constatai qu'elle aurait eu sacrément besoin d'un bon coup de peinture. Les vitres disparaissaient sous les insectes écrasés et les traînées de pluie, et la porte d'entrée était gonflée comme le ventre d'un ivrogne. Les haies avaient poussé d'une manière anarchique et perdu toute forme, et l'allée de ciment qui faisait le tour du bâtiment était craquelée un peu partout. Des chênes tout proches oscillaient dans le vent et leurs branches raclaient le toit avec un bruit de chat grattant sa litière. Par endroits, elles avaient descellé des bardeaux mal fixés et les avaient éparpillés dans le jardin, comme un vieillard arrachant la peau morte de ses pieds.

Et pourtant, cette baraque était si magnifique, au milieu de ce terrain boisé, que le spectacle me coupa le souffle. Je mis mon vélo sur sa béquille et restai là à la contempler.

Nub, assis dans la rue, la regardait avec moi, en tournant la tête de tous les côtés.

– Qu'est-ce que t'en dis, mon pote ?

Mais Nub ne semblait avoir aucune opinion sur la question.

Je remontai l'allée, grimpai les marches de la véranda et frappai à la porte bombée. J'étais certain, bien sûr, que personne ne m'ouvrirait. Nub resta planté sur son derrière à m'observer, cherchant probablement à deviner, dans son petit cerveau canin, ce que j'étais en train de fabriquer.

Comme prévu, personne ne m'ouvrit.

Alors, Nub et moi, on fit le tour du bâtiment et on découvrit une immense piscine en forme de cœur, avec un grand plongeoir. À notre approche, une nuée de corbeaux prit soudain son envol, comme une explosion de fragments de nuit noire. Ils grimpèrent dans le ciel, semblèrent s'immobiliser un instant, puis se dispersèrent aux quatre vents. Mais ils se rejoignirent un peu plus loin, comme si tout cela avait été calculé, et ils replongèrent dans les arbres.

Il y avait une charogne de tatou au fond de la piscine vide. Elle était presque entièrement aplatie par le soleil et la pluie. Et, bien sûr, les corbeaux en avaient dévoré depuis longtemps les meilleurs morceaux.

Des arbustes encadraient les vestiges du court de tennis, dont le revêtement, craquelé par endroits, était envahi de jacobées et de mauvaises herbes. Au-delà, on voyait un petit verger abandonné et une vaste étendue de forêt.

Je m'approchai de l'arrière de la maison et je poussai la porte de service. Elle s'ouvrit légèrement, puis sa partie inférieure gondolée par la pluie se coinça. J'appuyai plus fort sur le battant et je réussis à dégager un passage suffisant pour entrer.

L'intérieur était sombre, avec quelques taches d'une lumière sale qui coulait à travers les fenêtres crasseuses. L'endroit empestait – le pire, c'étaient les odeurs de moisissures et les remugles acides des nids de rats.

Je m'avançai, Nub sur les talons. Mes yeux s'habituèrent à l'obscurité, mais la puanteur était presque insupportable.

Je remarquai des empreintes dans la poussière. Il y avait des traces d'animaux – des écureuils, et peut-être un raton laveur –, mais aussi des pas humains : de petits pieds dans des chaussures étroites. Arrivé devant l'escalier, je vis qu'ils menaient au premier.

Je m'arrêtai au bas des marches et me demandai si j'allais monter. Finalement, je décidai que non. L'étage était peuplé d'ombres comme si quelque chose les avait toutes rassemblées là-haut et emprisonnées avec une chaîne invisible.

Et j'avais la désagréable impression que ce quelque chose était tapi sur le palier intermédiaire, juste à l'endroit où l'escalier tournait.

Nub regarda dans cette direction et les poils de son dos se hérissèrent soudain comme les piquants d'un porc-épic. Il se mit à grogner. J'eus beau écarquiller les yeux et tendre l'oreille, je ne vis ni n'entendis rien.

Puis une ombre qui me fit penser à une vieille sorcière de Halloween glissa sur le mur et disparut.

C'était trop pour moi.

J'appelai Nub à voix basse et on sortit de là en toute hâte. Dehors, l'air était frais et chargé de pluie. Il me débarrassa de mon malaise et des odeurs de moisi et d'urine de rat. Je décidai que cette ombre inquiétante n'avait été qu'un simple mouvement de lumière.

Enfourchant mon vélo, je me mis à pédaler, sous la chape sombre du nuage noir, respirant avec plaisir l'odeur de la pluie. Nub courait à mes côtés, la langue pendante comme une petite socquette rose.

Je descendis de la colline comme une flèche, avec le vent dans mes cheveux et le visage arrosé par quelques gouttes. Au bas de la pente, comme ma vitesse n'avait cessé d'augmenter, j'eus soudain l'impression que le carrefour se précipitait vers moi.

Je freinai de toutes mes forces, debout sur les pédales, mais ma lourde bicyclette J. C. Higgins ne voulut rien savoir. Les pneus dérapèrent sur la chaussée humide et je me cassai la gueule. En tombant, je me cognai violemment la jambe contre le ciment de la rue.

Emporté par mon élan, je glissai jusqu'au milieu de la nationale. Un klaxon hurla si fort que mes cheveux se dressèrent sur ma tête. Je vis le radiateur d'un poids lourd Mack Gros-Comme-Une-Catastrophe foncer sur moi, et j'eus le temps de penser qu'il y avait de fortes chances pour que je n'assiste jamais à cette projection familiale de *Vertigo*, ni aux événements qui se dérouleraient au-delà de la prochaine seconde.

À ce moment-là, je ne ressentis ni peur, ni regrets. Juste de la résignation.

Alors que je poursuivais ma glissade, j'aperçus, du coin de l'œil, Nub qui courait entre le camion et moi. Le klaxon beugla à nouveau et quelque chose me heurta brutalement.

DEUXIÈME PARTIE

BUSTER ABBOT LIGHTHORSE SMITH

6

– T'as eu de la chance ! s'exclama Richard.

Trois jours s'étaient écoulés depuis mon accident. Richard Chapman, assis sur une chaise à mon chevet, inscrivait son nom sur le plâtre de ma jambe gauche avec un petit bout de crayon qu'il ne cessait de fourrer dans sa bouche pour l'humidifier. Son écriture était lente et laborieuse et ses lettres si mouillées qu'elles bavaient.

– Ça ne tiendra sans doute pas longtemps, murmurai-je.

– Je recommencerai, répondit-il. Et la prochaine fois avec de l'encre.

Il travaillait penché en avant et sa longue tignasse brune lui tombait presque jusqu'au menton. Nub, qui était allongé sur le lit à côté de moi, plissait la truffe en reniflant ses cheveux qui effleuraient ma jambe. Si on considère que mon chien pouvait passer des heures à se lécher le trou de balle et que, malgré tout, l'odeur des tifs de Richard le dégoûtait, on imagine à quel point les mèches de mon ami étaient une infection !

– Si j'avais vraiment eu de la chance, je n'aurais pas été blessé du tout, protestai-je. Je n'aurais pas la jambe cassée. Mon vélo ne serait pas un tas de ferraille tordue. Et je ne serais pas condamné à passer le reste de l'été avec un plâtre. Je suis juste content que Nub n'ai rien.

– T'aurais pu être écrasé comme un vulgaire opossum, tellement ce camion était gros.

– Quand le conducteur m'a vu, il a freiné comme un fou. Puis Nub m'a doublé et une autre voiture lui a roulé dessus. Mme Johnson était dans son jardin et elle a assisté à toute la scène. Elle l'a racontée à maman et maman me l'a racontée.

– C'est qui, cette bonne femme ?

– Elle habite un peu plus loin, après le drive-in. Ma mère la connaît juste comme ça. C'est elle qui s'est précipitée pour me ramasser et récupérer mon vélo. Elle et le chauffeur du poids lourd. Ce type n'y est pour rien. J'ai glissé directement sous ses roues.

– T'as pensé que tout était fini quand t'as vu ce mastodonte te foncer dessus ?

– Je n'ai rien pensé du tout. Je ne me souviens pas de grand-chose avant l'hôpital, quand ils m'ont plâtré.

– Tu ne te rappelles pas ce qui t'est arrivé entre les deux ? Quand le camion a roulé sur ta jambe et tout ça ?

– Non, que dalle. Et c'est pas le camion qui m'a bousillé la jambe, c'est mon dérapage et ma chute sur la route. En tout cas, c'est ce que prétend Mme Johnson. Je me suis salement écorché sur le béton, ça c'est sûr. J'ai pris aussi un joli gnon sur le crâne, mais si j'étais resté en position assise, ce gros cube m'aurait arraché la tête ! En fait, j'ai glissé juste entre ses roues et il est passé au-dessus de moi sans me toucher, comme l'autre voiture avec Nub.

– Je me souviens qu'un jour je me suis planté une flèche dans le côté. Je l'avais taillée avec mon canif et je me suis empalé dessus en tombant pendant que je courais. Elle m'a traversé la chair de la hanche. Ça m'a fait un mal de chien, mais je n'ai eu qu'un petit trou et j'ai pas beaucoup saigné. Ça a vite guéri. Heureusement d'ailleurs, parce que mon père m'a mis aux champs presque tout de suite pour faucher les fanes de maïs. Il n'a aucune pitié pour les gens qui se blessent bêtement.

– J'aurais encore préféré m'enfoncer une flèche dans la hanche, tu vois. Ce serait toujours mieux que ça ! grommelai-je.

Richard finit d'écrire son nom, rejeta ses cheveux gras en arrière et balança le crayon sur une pile de bandes dessinées qui trônait sur ma table de nuit.

– Tu veux que je t'en ramène d'autres ? me proposa-t-il. Faudra me les rendre, mais je peux t'en prêter.

– T'as encore des *Batman* ?

– Naan, j'avais que ceux-là. Mais j'ai des *Superman*. J'peux pas me payer les nouveaux, ils coûtent dix *cents* pièce. Mais à l'arrière de leur magasin, les Greene soldent des exemplaires qui n'ont plus que la moitié de leur couverture. Je verrai si y a pas des *Batman*. Ceux-là ne coûtent que cinq *cents* pièce. Dès que j'aurai un peu d'argent, j'irai jeter un coup d'œil.

– Comment c'est possible ?

– C'est les invendus. Au bout d'un certain temps, ils découpent une partie de la couverture qu'ils renvoient à l'éditeur pour se faire rembourser, et puis ils vendent la bédé. Z'ont pas le droit, mais ils le font quand même. À la maison, je dois planquer les miennes, parce que quand mon paternel en trouve une, il la déchire. En fait, il l'emporte aux chiottes et il se torche le cul avec. Il gueule que c'est de la littérature du Diable. J'y ai réfléchi, mais honnêtement j'arrive pas à imaginer le Diable en train de bouquiner un *Batman*.

– Il t'interdit aussi les comics ?

– Pour lui, la seule chose qu'on doit lire, c'est la Bible. Il dit que tous les autres livres ne sont rien que vanité humaine. D'ailleurs, il a décidé que je quitterai l'école et que je me trouverai un travail dès que je serai un peu plus grand. Il prétend que c'est ça, le destin de l'homme. Et je crois bien que c'est ce que je ferai.

– Ça m'étonne que ton père n'ait pas décidé que tu deviennes prédicateur.

– Naan, lui seul a le droit de l'être. Et le tien ? Qu'est-ce qu'il veut que tu fasses plus tard ?

– Il m'a laissé le choix. Il me répète de prendre un boulot que j'aimerais faire gratos, et puis de m'arranger pour gagner ma vie avec. J'y ai pas encore vraiment réfléchi. Maman, elle, elle voudrait que je sois instituteur.

– Ton paternel autorise ta mère à le contredire comme ça ? Elle te dit ce que tu dois devenir, alors que lui il te laisse décider tout seul ?

Cette question me prit au dépourvu.

– Sûr, répondis-je finalement. Il s'en fiche.

– Chez nous, le chef c'est mon père et quand il ordonne un truc c'est comme ça et puis c'est tout.

– Je pense que dans notre famille c'est plutôt maman qui décide.

– Ta mère ?

– Papa croit qu'il est le patron, mais en réalité, à la maison, c'est maman qui porte la culotte.

– Pas la mienne. Si elle lui répondait, il la frapperait. Il m'a dit qu'il fallait parfois se conduire avec les femmes comme avec les nègres.

– Ça ne me semble pas correct. Personne ne devrait être traité comme ça.

– Ben, je te répète juste ce qu'il m'a dit. Ma mère passe son temps à lire la Bible, c'est la seule qualité que mon paternel lui accorde. Hé, tu connais Elvin Turner ?

– Non.

– Il a rossé un négro avec un bâton. Bon, c'était pas un négro baraqué, mais Elvin lui a quand même foutu une branlée sous prétexte qu'il l'avait regardé d'une façon bizarre.

– Il doit être fier de lui, ton Elvin ! dis-je d'un ton ironique.

– Ouais, il fait le malin, mais je ne suis pas sûr qu'il soit aussi courageux quand il n'a pas son bâton. Et en plus, le négro avait beau être petit, il s'est bien défendu... Bon, faut que je file. Mon vieux va me flanquer une rouste avec la lanière du rasoir ou avec sa putain de ceinture si je ne rentre pas à temps pour faire mes corvées.

– Merci de m'avoir prêté tes bédés, Richard.

– C'est O.K.

– Richard ? N'utilise plus le mot « négro » chez nous, tu veux ? Rosy Mae pourrait t'entendre et ça risquerait de la vexer.

– Oh. Bon, c'est d'accord.

– Autre chose. T'as entendu dire qu'il y avait un fantôme dans cette maison en haut de la colline ?

– Naan.

– Et le long de la voie de chemin de fer ?

– La fille qui cherche sa tête ? Mon paternel nous parle d'elle et de sa mère de temps en temps et pas du tout en bien. De toute façon, il dit rarement du bien de quelqu'un – à part Jésus. J'y suis déjà allé une fois ou deux fois pendant la nuit. C'est un endroit qui fout la trouille, et ça tu peux m'croire.

– T'as vu quelque chose ?

– Naan. Mais il paraît que c'est comme une lumière qui se balade en sautillant.

– Je suis confronté à une énigme qui semble avoir un rapport avec cette fille décapitée, dis-je.

– Quelle énigme ?

Je lui en expliquai les grandes lignes.

– Oui, je suis au courant de l'incendie de la maison Stilwind. Mon père a raconté ça plusieurs fois. Il travaillait pour les Stilwind – des petits boulots et tout et tout. Mais je ne savais pas que cette piaule était là-bas, derrière votre drive-in.

– Le drive-in n'existait pas à l'époque. Quand tu rentreras chez toi, jette un œil à ces arbres et regarde en l'air. Tu verras.

– D'accord.

Et Richard s'en alla en grattant sa tête pleine de poux.

Rosy Mae se pointa quelques minutes plus tard. Elle habitait chez nous depuis le soir où elle avait débarqué sans prévenir, blessée et déboussolée. Elle dormait toujours sur le canapé du salon. Elle me dit, avec un grand sourire :

– J'te jure, la maman d'ce m'sieur Richard va devoir l'forcer à s'pencher pour lui verser du kérosène sur la tête et l'débarrasser d'ces bestioles. Ou lui laver les cheveux au savon d'soude. J'm'en suis fabriqué avec de la graisse de porc, d'la soude et des feuilles de menthe bouillies. J'lui en donnerai un gros morceau s'il promet d's'en servir.

– Pas de problème avec Richard, dis-je.

– L'est venu te rendre visite, c'est ça ?

– Oui, m'dame.

– C'que t'es bien élevé ! Y t'a apporté ces illustrés ?

– Oui, m'dame.

– Alors c'est un brave gars, hein ? Dans c'cas, il est mieux qu'son père.

– Pourquoi tu dis ça ?

– Son père, l'est toujours sur les nerfs comme un canard gavé au maïs à la veille d'Noël.

– Sur les nerfs ?

– Ah ah. Il est pris par c'te religion et l'en a rien tiré d'bon pour personne, sauf pour lui. Tu sais, y a vingt ans, c'était un bel homme, mais plus maint'nant. L'a laissé toute c't'amertume l'bouffer.

– Pourquoi est-il amer ?

– Dieu seul le sait ! Y a des gens comme ça, y sont comme les kakis. Amers à la naissance, doux pendant pas très longtemps, et après y pourrissent vite…

Rosy Mae s'assit sur la chaise qu'avait occupée Richard, s'empara d'une de mes bandes dessinées sur ma table de nuit et la feuilleta un instant.

– J'me débrouille avec les comics et aussi les revues d'cinéma, mais dans les livres, y a des mots qu'j'ai jamais appris qui m'bloquent.

– Je peux t'aider à lire mieux, si tu veux.

– Tu ferais ça ?

– Ouais.

– J'pense qu'j'ai pas assez d'cervelle pour apprendre encore aut'chose en plus de c'que j'sais déjà.

– Bien sûr que si.

Le visage de Rosy Mae s'illumina.

– Bon, j'suppose que j'peux m'améliorer si j'm'en donne la peine. Après tout, j'sais lire ces journaux, pas vrai ? Même si j'dois parfois sauter des mots ou les deviner. J'ai appris à déchiffrer quelques trucs pass'que j'voulais connaître les prix dans les magasins et tout ça. Y le fallait pour que l'Blanc d'l'épicerie, m'sieur Phillips, y me prenne pas plus cher. Y triche toujours sur les prix quand c'est des Noirs. D'un aut'côté, vu qu'on est obligés d'acheter par la porte d'derrière, c'est dur d'savoir s'il les augmente avant qu'on les z'ait vus.

Rosy Mae gratta sa tête crépue.

– J'ai attrapé les bestioles de m'sieur Richard, ou alors j'en avais déjà avant… J'vais descendre, m'laver et préparer l'déjeuner. Tu veux que j't'apporte le tien ?

– Si ça ne te dérange pas.

– O.K. Et rest'pas là à t'lamenter sur ton sort. Tu t'es juss'cassé la jambe. Y a des gars qui pourront plus jamais marcher. Toi, ça va. Tu vas guérir. T'es un p'tit Blanc avec une belle maison et d'bons parents. T'aurais pu être comme moi.

– D'accord, Rosy Mae, je ne vais pas me lamenter sur mon sort. Mais tu sais, il n'y a rien qui cloche chez toi non plus.

– Merci de m'dire ça, m'sieur Stanley.

– Juste Stanley.

– Ah ah. Tu sais qu'ton papa a fini de réparer ta bicyclette ? Il a r'dressé quelques rayons, a récupéré un vélo dans une casse et l'a dépecé pour arranger l'tien. Et y l'a même peint pour toi, et maintenant l'est plus couleur rouille. L'est bleu.

– Super !

Rosy Mae s'en alla et, contrairement à son conseil et à ma promesse, je restai là, allongé, à me lamenter sur mon sort. Nub dormait en travers de ma poitrine, les yeux fermés. Le bout de ses pattes tressautait, comme s'il faisait un cauchemar.

Il rêvait probablement de la voiture sous laquelle il était passé.

Les jours suivants, je fus la majeure partie du temps dans ma chambre avec Nub. Papa fit projeter *Vertigo* à Buster pendant toute la semaine, mais il n'organisa jamais la séance privée qu'il avait envisagée.

Je finis par le voir quand même, depuis la véranda, où il y avait des haut-parleurs, et je le trouvai débile. À mon avis, personne n'aurait pu être aussi stupide que Jimmy Stewart dans ce film.

Peu après, mon père programma une histoire de cow-boys avec John Wayne, et celle-là me plut.

Ma jambe me démangeait énormément et je redressai un cintre pour le glisser sous mon plâtre et me gratter. Je trimballais ce cintre avec moi partout où j'allais. Je l'avais appelé Larry.

Mais il y avait pire que ces démangeaisons. Ma tronche. Elle me faisait vraiment mal. Pas tout le temps, mais assez souvent, et quand la douleur survenait, on aurait dit que ce Mack me percutait à nouveau. J'avais l'impression d'avoir une fissure dans le crâne par laquelle ma cervelle allait s'échapper. En fait, c'était juste une énorme bosse bleue qui m'élançait comme si j'avais une seconde tête qui poussait.

Quand ma caboche n'explosait pas, je bouquinais les aventures policières des Hardy Boys, et quand j'en avais marre, je sortais la boîte de dessous mon lit et je relisais les lettres et le journal avec beaucoup d'attention, sans en sauter une seule ligne.

Je commençais à mieux connaître Margret, et j'étais de plus en plus persuadé qu'il s'agissait bien de cette fille qui était morte décapitée sur la voie ferrée. Il y avait certains indices qui me le laissaient croire dans ce qu'elle écrivait.

Elle parlait des trains qu'elle entendait filer dans la nuit. Ils faisaient trembler la vitre de la fenêtre de sa chambre et leurs coups de sifflet évoquaient pour elle une grande solitude. Et puis sa maman buvait beaucoup et lui criait dessus. Elle évoquait aussi les «amis» qui passaient voir sa mère et lui donnaient de l'argent. Elle ne disait jamais pourquoi ces hommes venaient, ni pourquoi ils la payaient, mais depuis que Callie m'avait un peu expliqué les réalités de ce monde, j'étais capable de faire assez vite mes propres déductions.

Je m'étais rendu compte aussi d'une chose bizarre: la nuit, quand je me couchais et que je fermais les yeux, j'avais la sensation que je n'étais pas seul dans ma chambre. Ça me donnait des frissons et j'étais sûr qu'en ouvrant les yeux je découvrirais quelqu'un à mon chevet, penché sur moi comme une ombre inquiétante, peut-être cette sorcière que j'avais aperçue, l'espace d'une seconde, dans la maison Stilwind sur la colline.

J'avais peur d'être attrapé par cette chose inconnue et entraîné au-delà de cette étroite ligne noire qui marquait la frontière entre le monde des vivants et celui des morts.

Au bout d'un moment, cette sensation disparaissait et je me réveillais, épuisé – en général avec le soleil qui brillait à travers ma fenêtre et Nub allongé à côté de moi sur le dos, les pattes en l'air, la tête en arrière, la gueule ouverte et la langue pendante.

Ce sentiment était si intense que je commençais à soupçonner que quelqu'un entrait vraiment dans ma chambre la nuit.

Callie?

Mon père ou ma mère pour vérifier si tout allait bien, à cause de ma jambe?

Ou peut-être cela s'expliquait-il par mes lectures répétées de ces lettres et de ce journal? Par le fait de penser à Margret (je ne disais plus M. parce que, désormais, j'étais certain que c'était forcément

Margret) et à la façon dont elle était morte décapitée, le long de la voie ferrée ? D'évoquer son fantôme errant le long des rails ?

Margret écrivait à J. Il lui manquait vraiment et elle espérait le revoir bientôt. Elle lui parlait des grands cornouillers autour de sa maison et lui rappelait que leur bois avait servi à fabriquer la croix sur laquelle on avait cloué Jésus. Et elle lui disait que l'intérieur des fleurs blanches qui s'ouvraient sur leurs branches était piqueté de taches rouges, comme les gouttes du sang versé par le Christ – le message de Dieu nous rappelant que Son fils avait donné sa vie sur une croix taillée dans un cornouiller.

Cette théorie était très populaire à l'époque. Plus tard, en grandissant, j'ai lu pas mal de choses là-dessus et je n'ai jamais trouvé la moindre référence sérieuse à cette légende. La plupart des auteurs s'accordaient à dire que les croix fabriquées par les Romains étaient probablement faites avec tout ce qu'on voulait, mais sûrement pas avec du cornouiller !

Mais Margret écrivait ce genre de trucs dans ses lettres.

C'était une rêveuse et j'aimais ses rêves.

Dans son journal intime, elle évoquait aussi sa grossesse sur des pages et des pages et elle expliquait qu'ils pourraient garder l'enfant et l'élever « envers et contre tout », comme elle disait.

Quand j'en eus assez de relire sa prose, je remis tout dans la boîte, je sautillai sur mes béquilles jusqu'à mon placard et je rangeai mon trésor sur l'étagère du haut, derrière mon chapeau de cow-boy et ma coiffe d'indien dont une vermine quelconque, remarquai-je, avait grignoté la pointe des plumes.

Bah, de toute façon, je ne la mettais plus. J'étais trop grand, maintenant, pour jouer aux cow-boys et aux Indiens. J'avais même relégué dans mon coffre mon bonnet de Davy Crockett en poil de raton laveur. Aujourd'hui, l'idée de cavaler dans le jardin sur un cheval imaginaire, avec la peau d'un raton laveur ou des plumes colorées sur la tête, me paraissait d'un parfait ridicule.

Je retournai à mon lit et je me couchai. Je grattai ma jambe sous le plâtre avec Larry, puis je cessai de penser à Margret pour un temps.

7

Le lendemain, je passai la journée dans une chaise longue à l'ombre de la cabine de projection, avec un autre roman d'Edgar Rice Burroughs, *Tarzan le terrible*. Nub somnolait à mes pieds.

Alors que j'interrompais brièvement ma lecture pour m'étirer, je m'aperçus que le soleil descendait et je découvris avec surprise que je bouquinais dans cette chaise longue depuis le matin. J'avais déjeuné là, et je ne m'étais levé qu'une fois pour un tour rapide aux toilettes.

C'était la fin de l'après-midi, mais il faisait encore chaud comme dans un four et, quand je revins à mon livre, j'avais le visage en sueur.

– Tu ferais mieux d'aller te chercher un chapeau, mon garçon. Il n'y a que les imbéciles qui restent la tête nue sous un soleil comme ça.

Je me redressai, étonné. Nub ouvrit un œil, puis se replongea dans sa sieste.

C'était Buster Abbot Lighthorse Smith, avec deux sacs en papier à la main. De l'un dépassaient le bouchon et le goulot d'une bouteille. Il était en train de déverrouiller la cabine de projection, dans laquelle il se faufila.

Il laissa la porte ouverte pour évacuer la chaleur. Il y avait un ventilateur à l'intérieur. Il le posa sur une chaise et l'alluma. C'était un appareil rotatif, mais il l'avait bloqué de manière à l'empêcher de tourner. Il s'assit sur la chaise en face du ventilo, ouvrit son sac en papier, exhiba un décapsuleur, déboucha la bouteille et but une gorgée.

– Oh putain ! s'exclama-t-il quand il la reposa. Ne touche jamais à ce truc-là, mon garçon. Ça a démoli plus d'un nègre et ça ne fera aucun bien non plus à un petit Blanc de ton espèce. Si t'en verses un peu dans le chapeau d'un bocal à conserves, les bestioles vont s'y mettre et elles crèveront. Ça devrait te faire réfléchir. Vraiment, il vaut mieux pas que tu te frottes à ce machin-là !

– Non, m'sieur.

Il fit glisser le sac en papier et découvrit un Coca Royal Crown.

– Ah ah, je t'ai bien eu, n'est-ce pas ?

– Oui, m'sieur.

Mais à son haleine qui empestait l'alcool, je devinai qu'il avait biberonné avant de venir.

– Je te charrie. Je ne veux pas que tu croies que je picole pendant le travail. Ton papa, il aimerait pas trop, et moi j'ai pas envie de me retrouver à pelleter du gravier sous ce soleil de plomb. Il te plaît, ton bouquin ? C'est celui où Tarzan découvre ces dinosaures et ces gens avec des queues ?

– Vous l'avez lu ?

– Parce que tu crois que les nègres ne savent pas lire ?

– Je n'ai pas dit ça !

Buster éclata de rire.

– Cette assiette par terre à côté de toi... Tu as mangé ici ?

– Le déjeuner. C'est Rosy Mae qui me l'a apporté.

– Cette grosse vieille négresse ?

Je ne sus quoi répondre à ça, alors je gardai le silence. Je n'avais jamais eu l'occasion de discuter avec Buster, et cette façon d'engager la conversation ne lui ressemblait pas. En général, il était taciturne et renfrogné, et il avait toujours les sourcils froncés. Mais je supposai qu'aujourd'hui il était de bonne humeur parce qu'il avait suffisamment forcé sur la gnôle avant d'arriver...

Papa savait que Buster buvait, mais ça ne lui avait pas posé de problème jusqu'à présent car son projectionniste avait toujours travaillé correctement.

– Tu sais que c'est mon anniversaire ? me dit-il soudain.

– Non, m'sieur.
– Eh bien, c'est le cas. Quel âge tu me donnes ?
– Je ne sais pas, m'sieur.
– Essaie de deviner.
– Quarante ans ?
Il rigola.
– Tu cherches à me flatter, mon petit gars, c'est ça, hein ? Ça fait longtemps que je l'ai passée, la marque des quarante ! Va plutôt chercher du côté des soixante et onze.
– Ouais, plutôt du côté des soixante-dix-huit, si tu veux mon avis ! lança soudain Rosy Mae derrière nous.
Elle était venue m'apporter un verre de limonade. Malgré sa corpulence, elle savait se déplacer aussi discrètement qu'un Indien quand elle le voulait. Je n'avais même pas entendu crisser le gravier sous ses pieds.
– Tu n'y connais que dalle, femme !
– Ouais, mais j'ai pas b'soin de t'connaître pour savoir qu'tu fais l'beau. Pass'que ta marque des soixante-dix, tu l'as sautée au moins d'puis huit ou neuf ans !
– Ben, je ne fais pas mes soixante-dix ans, si tu veux savoir.
– Bien sûr que oui. Si tu m'demandes, moi j'te donne plutôt dans les cent quarante-cinq ans, mon gars.
– Retourne dans ta cuisine ! Le jeune homme et moi, on était en train de discuter. On t'a pas sonnée. Tiens, pourquoi t'irais pas nous préparer un peu de poulet frit ? Ça me dirait bien, un bon petit morceau de volaille, vu que j'ai juste un sandwich à la saucisse dans ce sac.
– Ouais, sans compter les deux litres de whisky que t'as déjà derrière la cravate, plus la bouteille que t'as là. Y a qu'la moitié qu'est du Coca, l'reste c'est d'la gnôle…
– Eh bien, justement, j'étais en train d'expliquer au jeune homme que voici qu'il ne fallait pas toucher à l'alcool, n'est-ce pas, mon garçon ? Et il m'a vu décapsuler ce Coca. C'est pas vrai ?
– Oui, m'sieur.
– Et si tu rentrais, Stanley ? J't'ai fait des cookies, j'viens juss'd'les sortir du four. J'te porte ton verre de limonade. C'est pas la peine d'traîner ici avec c'vieillard.

– Oui, m'dame. Joyeux anniversaire, m'sieur Buster !

– Bon sang, ça oui, il est joyeux de chez joyeux, tu peux me croire !

Je glissai mon *Tarzan* dans la poche arrière de mon pantalon et regagnai la maison en sautillant sur mes béquilles, Rosy Mae et Nub sur les talons.

Au moment où on franchissait la porte, Buster interpella Rosy :

– Femme, ton cul on dirait deux porcelets bien gras qui se tortillent l'un contre l'autre dans un sac ! Mais je veux que tu saches que j'ai rien contre la viande de porc !

– Au moins, c'est des porcelets heureux. Alors qu'chez toi, y a rien d'réjouissant.

– S'ils sont aussi heureux que ça, pourquoi tu ne les sors pas de leur sac pour qu'ils rigolent et qu'ils s'ébattent un peu ?

– Tu les verras jamais, mes p'tits cochons,'spèce d'vieux fou !

Une fois assis à la table de la cuisine, je demandai à Rosy Mae :

– C'est vrai que Buster a plus de soixante-dix ans ?

– L'était déjà là bien avant qu'j'naisse et quand ma maman était une jeun'fille. Mais l'a raison, y fait pas son âge. En fait, l'est plutôt pas mal. Surtout avec ses cheveux blancs ondulés.

– Ils sont noirs, Rosy Mae.

– Naan, y sont blancs, et il est vach'ment mieux avec les ch'veux blancs, comme il les avait avant. Mais maint'nant, l'a pris l'habitude d'les passer au cirage.

– Au cirage ?

– Exactement. Approche-toi et tu l'sentiras. Il a l'air intelligent, quand y les laisse blancs. Et il l'est. C'est pas comme moi.

– Tu es loin d'être bête, Rosy Mae. Je te l'ai déjà dit.

– Ben, j'ai pas d'éducation.

– Ce n'est pas pareil.

– C'qu'y a avec ce Buster, c'est qu'j'le supporte pas.

– Pourtant, quand tu en parles, on dirait le contraire.

– Ah bon ? C'est vrai qu'y pourrait êtr'pas mal s'y buvait pas. J'ai déjà eu un mec qui picolait, et on m'y r'prendra plus. En plus, l'est trop vieux pour moi. Et l'a un mauvais fond. Pas autant que

Bubba, j'suppose, n'empêche qu'j'en ai marre des gars méchants et des types à problèmes.

– Je n'ai pas l'impression que tu lui plaises, Rosy Mae.

– Oh, y m'aime bien. J'le sens.

Là-dessus, elle retourna vaquer à ses occupations. Moi, je restai là à boire ma limonade et à grignoter mes cookies. Je tirai mon Tarzan de ma poche et je me remis à lire, mais pas longtemps.

Je ressortis en sautillant sur mes béquilles. Nub m'emboîta le pas. Je pense qu'il aurait de loin préféré rester à l'intérieur, devant le ventilateur, mais il me suivit avec cette démarche résignée qu'il adoptait quand il faisait quelque chose contre son gré – il marchait vite, la tête baissée et la queue pendante. Un chien faisant son devoir.

La nuit approchait et le film allait bientôt commencer. Appuyé sur mes béquilles, je contemplai les poteaux de haut-parleurs qui pointaient comme des avortons d'arbres, puis la cabine de projection et la barrière au fond du terrain et je pensai à ce qu'il y avait au-delà…

Buster s'était installé dans ma chaise longue, son Coca à la main. Il m'interpella de loin.

– Alors, tu as fini par te débarrasser de la vieille peau ?

Je ne voulais pas que Rosy Mae entende ce genre de propos, alors je le rejoignis en clopinant.

– Rosy Mae est mon amie, lui dis-je.

– Ah ouais ? Et tu lui rends souvent visite chez elle ?

– Elle habite ici.

– Vous l'avez mise où ?

– Elle dort sur le canapé du salon.

– Parce qu'elle est pas assez bien pour avoir un lit à elle ?

– On n'en a pas d'autre. Elle va rester chez nous tant qu'elle ne pourra pas faire autrement.

– Et pourquoi est-elle installée chez vous ?

Estimant que ce n'était pas ses oignons, je répondis simplement :

– Pour l'instant, c'est juste qu'elle n'a pas d'autre endroit où vivre.

– Ton « amie », dis-tu ? Elle est à ton service et elle s'occupe de toi. Mais ça n'en fait pas ton amie pour autant.

– On la paie pour ça.

– Combien ?
– Je ne sais pas.
– Je parie que vous ne lui refilez même pas la moitié de ce que vous donneriez à une Blanche qui fournirait le même boulot.
– Je ne connais aucune Blanche qui fasse ce genre de travail.
– Ça, c'est bien vrai. Réfléchis-y.
– Bon, faut que je rentre.

Je pivotai sur mes béquilles et Nub, qui s'était allongé par terre, se releva. Il soupira comme pour suggérer que je ne savais pas ce que je voulais.

– Hé, c'est mon anniversaire. J'aimerais bien un peu de compagnie. Ton cabot, là, c'est quelque chose, la façon qu'il a de te suivre partout !
– Il s'appelle Nub. C'est un bon chien.
– Ouais, il m'en a tout l'air. Rien ne vaut un bon chien, qu'est-ce que t'en dis ?
– Oui, m'sieur.
– Qu'est-ce qui est arrivé à ta jambe ?

Je lui racontai mon accident. J'évitai de préciser que j'étais entré chez les Stilwind, mais quand j'eus fini mon récit, il me répondit :

– Tu as dû avoir une sacrée trouille dans cette maison sur la colline, à la façon dont tu en parles. Tellement, même, que tu as fini sous ce camion.
– C'est pas ce que j'ai dit !
– Non, mais j'ai deviné. J'ai toujours entendu dire que la baraque était hantée. Ce sont les gosses qui croient ça. Mais c'est pas vrai. Tu sais ce que t'as vu ?
– J'ai jamais prétendu avoir vu quelque chose, m'sieur.
– T'es tombé sur la vieille Mme Stilwind. Elle est folle. Elle s'évade régulièrement de sa maison de retraite et elle retourne là-haut. Et personne n'est jamais pressé d'aller la récupérer. Ils savent où elle est. Quand ça leur chante, ils montent la chercher. Elle entre chez elle par derrière. Il y a un sentier à travers les bois qui mène directement à la maison de retraite. Tu ne savais pas ça, hein ?
– Vous êtes sûr ?
– Je connais des Noirs qui bossent là-bas, ils torchent le cul des vieux et les aident à avaler leurs petits pois. Ils m'en ont parlé. Bien

sûr, peut-être que je te charrie. Mais qu'est-ce qui te paraît le plus vraisemblable ? Réfléchis-y. Si c'est la mémé Stilwind que tu as aperçue, ça rend les choses moins effrayantes, non ?

– Je suppose.

– Ah ah. Donc, tu l'as vue ?

– Une ombre qui ressemblait à celle d'une vieille femme.

– Tu as peut-être vu ce que tu crois. L'ombre d'une vieille femme. Pas un fantôme. Dans la vie, les réponses sont souvent claires, mais parfois il arrive que même les questions ne le soient pas. On n'est pas au cinéma, où tout s'arrange toujours à la fin. Tu connais Sherlock Holmes ?

– Je l'ai vu à la télé.

– Lis plutôt ses aventures. M. Sherlock Holmes répète souvent une phrase du genre : « Quand vous avez éliminé l'impossible, ce qui reste, même si c'est improbable, doit être la vérité[1]. » Enfin, c'est ce qu'il dit. Ou un truc comme ça. Mais tu vois, ce qui compte, en effet, c'est de commencer par se débarrasser de l'impossible. Tu dois faire très attention quand tu étudies un fait. Si tu t'es déjà convaincu de quelque chose, tu risques de continuer à y croire, même si tous les indices te prouvent le contraire. Tu me suis ?

– Oui, m'sieur.

– Ouais, je radote, c'est ça ?

– Non, non, c'est O.K.

Buster s'interrompit, comme s'il réfléchissait à un problème de maths. Il but une gorgée de son Coca et s'essuya la bouche.

– Je vais t'expliquer un truc mon garçon, et tu gardes ça pour toi. J'ai picolé. J'essaie de ne pas boire au boulot, enfin, pas plus d'une gorgée ici et là. Mais aujourd'hui, c'est mon soixante-quatorzième anniversaire, alors je m'offre quelques petits coups. Et ça me rend bavard. Ça ne veut rien dire de spécial. Normalement, je ne suis pas aussi sympa. Mais j'ai pas mal de gnôle dans l'estomac et c'est mon anniversaire, alors je suis sympa. T'as pigé ?

– Oui, m'sieur.

1. Dans *Le Signe des Quatre*. *(N.d.T.)*

Tout en parlant, il tira une flasque métallique du sac qui contenait son sandwich.

– Pendant que t'étais pas là, j'ai versé une bonne dose d'alcool dans mon Coca, et donc j'y vais mollo. Je ne sais pas pourquoi je te raconte tout ça. Tu ne vas pas cafter à ton vieux, hein ? Il me foutrait à la porte. Et peut-être qu'il devrait.

– Non, m'sieur. Motus et bouche cousue.

Buster hocha la tête.

– Il va faire nuit dans environ une demi-heure. Les gens vont débarquer en masse pour cette histoire de cow-boy avec John Wayne. Moi aussi, je suis content de la voir, et pourtant, je la vois tous les soirs. Pour regarder un film, il n'y a pas de meilleur endroit que la cabine de projection. Tu es à la source ici, fiston. Allez, entre. Je ne vais pas te manger.

Buster se leva de la chaise longue et disparut à l'intérieur. Je n'avais pas très envie de le suivre, étant donné qu'il avait beaucoup bu, mais en même temps je ne voulais pas le vexer. Je sautillai donc derrière lui sur mes béquilles, Nub sur les talons.

D'un coup sec, Buster retira le couvercle d'une grande boîte ronde et en sortit une bobine qu'il fit tourner entre ses mains et monta sur le projecteur. Quelques gestes précis, comme un soldat chargeant une mitrailleuse.

– Quand j'ai pas bu, je peux travailler les yeux fermés. Reste avec moi, je vais te montrer comment fonctionne cet appareil. Je risque de claquer un jour ou l'autre, et alors ton papa aura besoin de quelqu'un pour me remplacer. Bon sang, je pense qu'il ne sait même pas comment faire lui-même. Moi je m'en occupais déjà avant qu'il achète ce cinéma. Dans le temps, il y avait une belle baraque là-bas, en face. Ici, c'était la grande pelouse de devant. Il n'y avait pas encore ce drive-in, ni la route.

– Oui m'sieur, je suis au courant.

– Ah bon ? Et comment ça ?

Je lui racontai que j'avais découvert les restes de cette fameuse maison accrochés dans les arbres.

– Elle était magnifique, dit-il. Elle a brûlé avec la petite Stilwind à l'intérieur.

– Vous connaissiez les Stilwind ?

– Ben, eux et moi on ne fréquentait pas exactement les mêmes fêtes, tu vois ce que je veux dire ? Mais je savais qui c'étaient. L'incendie de cette maison, avec la gamine dedans, ça m'a toujours paru bizarre. Il y a eu beaucoup de ragots, autour de cette histoire, mais c'est pas allé plus loin. Des ragots.

Il y avait deux chaises dans la cabine et on s'y installa.

– Qu'est-ce qui vous a paru bizarre ? demandai-je.

– C'est Jukes qui m'a parlé de tout ça. On l'a surnommé Jukes[1] parce qu'il joue le blues de temps en temps dans les bouis-bouis du coin. C'est un cousin à moi qui fait le ménage la nuit au commissariat de police, au journal local et au lycée. Il apprend toujours des tas de choses dans tous ces endroits où il travaille. En général, les Blancs font comme si les Noirs n'existaient pas. Et donc, Jukes m'a dit que les flics ont retrouvé du fil de fer autour des poignets et des mollets de cette gamine qui a cramé.

– Du fil de fer ?

– Quelqu'un l'avait attachée à son lit, fiston.

– Vous êtes sûr ?

– Non, j'en suis pas sûr. Jukes a entendu ça pendant qu'il bossait. Si c'est vrai, alors on n'a jamais rien fait à ce sujet et on n'en a même pas parlé, parce que ça concernait les Stilwind et que personne n'avait envie de chercher des histoires à ce genre de richards.

– Ils pensent qu'un des Stilwind l'a attachée à son lit et qu'il a mis le feu à la maison avec elle à l'intérieur ?

– Avec *tout le monde* à l'intérieur. Sauf que les autres ont pu s'en tirer. À part cette fillette. Elle a brûlé parce que le feu a pris dans sa chambre et qu'elle n'a pas pu s'échapper. Voilà l'histoire, d'après Jukes. Je ne sais pas si quelqu'un en a parlé devant lui ou s'il a tout inventé. Mais on raconte qu'on l'entendait hurler pendant que la piaule cramait. On aurait dit une vieille panthère blessée. Sa mère a essayé de la sauver, mais les flammes étaient trop hautes. On a dû la retenir, sinon elle se serait précipitée dans le feu et elle serait morte elle aussi.

1. « Juke joint », un bar réservé aux Noirs où l'on joue de la musique et où l'on danse. *(N.d.T.)*

– Si les policiers pensaient que le coupable était un Stilwind, pourquoi n'ont-ils arrêté personne ?

– Ce n'est qu'une hypothèse. Tiens-t'en aux faits, mon garçon. Et s'ils avaient mis un Stilwind derrière les barreaux, tous les flics se seraient retrouvés au chômage du jour au lendemain. À l'époque, cette famille était encore plus puissante qu'aujourd'hui, parce que la ville n'était pas aussi grande et qu'ils étaient les seuls nantis, dans le coin.

– Pourquoi ne sont-ils pas restés là-haut dans leur nouvelle maison après s'y être installés ? Pourquoi en sont-ils partis ?

– Il paraît qu'elle est hantée par le fantôme de cette gamine assassinée. On dit qu'elle les a poursuivis là-bas. Ils n'ont pas reconstruit celle qui a été détruite parce qu'ils ne voulaient pas que ça leur rappelle de mauvais souvenirs, et donc ils en ont bâti une autre. Moi, je pense que les mauvais souvenirs les ont suivis sur cette colline – et que ça n'a rien à voir avec des spectres. Ils ne sont pas partis assez loin. Peut-être d'ailleurs qu'ils ne pourront jamais s'enfuir assez loin. C'est ça en général les fantômes, fiston – juste de mauvais souvenirs.

– D'après toi, lequel des Stilwind a mis le feu ?

Buster éclata de rire.

– T'es un drôle, toi ! Je viens de te dire que personne n'a la moindre preuve que cet incendie soit d'origine criminelle... Mais bon, je suppose que ça ne fait aucun mal d'échafauder des hypothèses. C'est bien de considérer une question sous tous les angles. Pas mal de gens ont prétendu que c'était le fils James, le coupable, vu qu'il était encore jeune à l'époque et qu'il aurait pu jouer avec les allumettes... Pourtant, c'était déjà un adolescent, alors s'il a fait ça, c'était pas pour s'amuser. Et si c'était lui, pourquoi aurait-il attaché sa sœur ? Par vice ? Ou par jalousie ? Il lui en voulait pour quelque chose ? Qui sait ? Les familles, c'est comme les rideaux aux fenêtres. Certains ne s'en servent pas, la plupart les ouvrent et les ferment de temps en temps, et puis il y a ceux qui ne les tirent jamais et on n'a aucune idée de ce qu'il y a derrière. Donc quelqu'un de l'extérieur ne peut pas vraiment connaître ce qui se passe dans une famille.

« Bon. Il y avait aussi une sœur aînée, mais elle est partie avant cette histoire. Et personne ne pense que ça pourrait être la mère parce qu'elle a été trop bouleversée par cette catastrophe. On raconte qu'après leur déménagement sur la colline, elle voyait sa fille au pied de son lit en train de brûler, qui tendait les bras pour appeler à l'aide. Ç'a été trop et elle est devenue folle pour échapper à tout ça.

«Et puis il y a le père. Le vieux Stilwind, même s'il n'est pas aussi âgé que moi. Il a fichu le camp quand sa femme a perdu la tête et il s'est installé en ville à l'hôtel Griffith.

– Il y habite toujours ?

– Je crois que oui. Dis donc, ils t'intéressent vraiment ces gens-là, hein ?

– Vous avez entendu parler d'une fille qui s'appelait Margret ?

– Margret ? C'est qui, celle-là ?

Alors, je lui racontai tout – la boîte rouillée, les lettres et le journal, le fantôme, toute l'histoire. Une fois lancé, je fus incapable de m'arrêter, comme si j'avais trop bu, moi aussi.

– Ah oui, maintenant je me souviens de cette gosse ! s'exclama Buster. C'est juste que je ne me rappelais pas son nom. Ça avait fait un sacré bruit à l'époque, deux drames la même nuit. Un incendie et un meurtre ! Cette Margret, c'était la fille d'une femme qui aimait bien recevoir des hommes chez elle, tu piges ?

Ayant été récemment affranchi par ma sœur, je pigeais.

– Oui, m'sieur.

– Sa maman, je la connais plus que bien. On a fait nos affaires ensemble, elle et moi. Elle habite toujours dans la même piaule. Elle a du succès auprès des Noirs, parce qu'elle a la peau claire. Elle est métisse de Blanc et de Mexicain, je crois. C'est triste, mon garçon, quand un homme noir se sent mieux parce qu'il va avec une femme moins foncée que lui. D'une certaine façon, c'est même assez misérable.

– C'est pour cette raison que vous la fréquentiez ?

– Tu es un peu jeune pour parler de ça. Mais je dirais qu'il y a quelques années que je ne l'ai pas vue. Et avant ça, si j'allais chez elle, c'était parce qu'elle était bon marché. Je le jure devant Dieu. Pour ma part, j'ai toujours préféré les femmes noires comme la nuit. Mais surtout j'aime les bonnes affaires. Prends toujours la meilleure occase que tu trouveras. Ne te précipite jamais sur la première offre qui se présente… Winnie Wood qu'elle s'appelait. Ça me revient à l'instant.

– Donc sa fille se nommait Margret Wood ?

– Oui, je crois bien qu'elle avait pris le nom de sa mère. T'es un vrai petit détective, hein, fiston ? C'est parfait. Tu seras peut-être flic quand tu seras grand.

– Je n'y ai jamais réfléchi.

– Tu enquêtes sur cette affaire, n'est-ce pas ?

– Je suis juste curieux.

– Il faut l'être quand on veut entrer dans la police. Et le meilleur moment, c'est quand un mystère se met en place, clic, clic, clic, comme la serrure à combinaison d'un coffre… Moi aussi, j'étais dans la police, avant.

– C'est vrai ? Chez les Texas Rangers ?

– Il n'y a pas de Noirs chez les Rangers, fiston, n'empêche que j'étais dans la police, oui. Mon grand-père, on l'appelait Deadwood Dick[1]. Comme pas mal de gens, d'ailleurs. Sauf que lui, il prétendait être le seul vrai Deadwood, du moins c'est que me racontait mon paternel. C'était lui, disait-il, qui avait servi de modèle au héros de ces romans à quatre sous. Tu ne connais pas ça, n'est-ce pas ? Eh bien, c'étaient des petits livres ou des magazines pas chers avec des histoires de western.

« Papa était un pisteur pour l'armée U.S. Il a aidé à capturer Geronimo. Il avait du sang indien lui-même – séminole. Mais il n'était pas comme moi. Il était noir comme un morceau de charbon et il montait un grand cheval blanc avec une crinière et une queue noires. Je me souviens de ça à son sujet. Il portait un sombrero blanc avec le bord relevé sur le front, des jambières et de belles bottes mexicaines avec des éperons. Il en jetait vraiment ! On disait de lui qu'il avait eu des aventures avec des Noires et des Indiennes, mais aussi avec des Mexicaines et même des Blanches. Il savait tirer et il ratait rarement sa cible. Finalement, il s'est mis en ménage avec une jeune femme, une moitié Séminole métissée d'Africain et de Cajun

1. Nat Love, alias Deadwood Dick, fut un cow-boy noir légendaire. Sa vie a inspiré de nombreux romans pour la jeunesse au début du XXe siècle. *(N.d.T.)*

– c'était ma mère. J'ai donc pas mal de sang indien dans les veines, plus un peu de noir et de cajun. J'ai grandi avec mon père quand il était pisteur, et puis j'ai fini par vivre avec ma mère en territoire indien – en Oklahoma. Un jour, mon paternel est parti en mission et on l'a plus jamais revu. Je pense que les Indiens l'ont eu. Ma mère avait l'habitude de dire que c'étaient les Indiens qui l'avaient eu, ou plutôt les Indiennes. Une squaw.

« À seize ans, je suis devenu un Lighthorse séminole. Plus tard, j'ai ajouté ce titre à mon nom, *Lighthorse*, Cheval léger – c'est comme ça qu'on appelle un policier séminole dans cette petite Nation qui fait partie des Cinq Tribus civilisées. Tu as entendu parler de ça, je suppose ?

– Non, m'sieur.

– Les Indiens. Les Creeks, les Cherokees, les Choctaws, les Séminoles, les Chickasaws. Ils formaient ce que les Blancs ont nommé les Cinq Tribus civilisées. Ils avaient leurs propres lois et géraient leurs territoires pour tout ce qui concernait les affaires indiennes. J'aimais cette existence-là. Mais ça s'est terminé un jour, et je me suis retrouvé ici, dans l'East Texas. Je n'ai plus bougé depuis. Ma vie n'a plus jamais été aussi super qu'à cette époque. Personne ne me traitait de négro en ce temps-là. Du moins pas en face.

– Vous le dites.

– Je dis quoi ?

– Négro, vous le dites. Et Rosy Mae aussi.

– C'est devenu une sorte d'habitude. Mais, pour reprendre la formule préférée de ma maman, « laisse-moi te mettre au parfum » : les Noirs n'aiment pas entendre ce mot dans la bouche d'un Blanc. Tu comprends ? Et moi, je n'aime même pas l'entendre chez un Noir, si c'est dit avec méchanceté.

– Est-ce que les Chevaux légers arrêtaient des gens ?

– Oui. Et même, ils les exécutaient si c'était nécessaire.

– Vraiment ?

– Tu peux me croire. Je connaissais un gars qui se nommait Bob Johnston. Il était principalement séminole. Il avait un peu de sang blanc en lui, mais une seule goutte de sang indien fait de toi un Séminole. Beaucoup de Noirs qui étaient dans ce cas préféraient être séminoles. Ils étaient mieux traités. Et même certains Noirs devenaient membres de la tribu sans le moindre sang indien dans leurs veines.

« Tout ça pour dire que Bob s'est battu avec un de ses copains, un Séminole comme lui, et qu'il a fini par le flinguer, au cours d'une rixe d'ivrognes. Le conseil tribal l'a condamné à mort. Personne ne voulait le mettre en prison parce qu'il n'y en avait pas. Alors, ils l'ont relâché et lui ont dit de revenir à telle date pour son exécution. Le jour dit, il s'est présenté de son plein gré, ce qui n'avait rien d'étonnant à l'époque. C'est comme ça que les choses se passaient en ce temps-là chez mon peuple. On lui a préparé un grand repas, on a rigolé et on a fumé avec lui, on lui a versé une rasade de whisky et on lui aurait même refilé une femme si on en avait eu une sous la main. Quand il a eu fini de manger, on a épinglé un cœur blanc sur sa poitrine, découpé dans du papier, là où on sentait battre le sien. Il s'est allongé par terre sur une couverture et un autre métis et moi on a reçu l'ordre de l'exécuter.

« Quelqu'un a couvert la bouche et le nez de Bob pour qu'il soit à moitié étouffé et Bob ne s'est pas défendu un seul instant. Moi et cet autre gars – Cumsey qu'il s'appelait –, on s'est penchés sur lui et on a tiré droit dans le cœur en papier. Je me souviens, j'avais une vieille pétoire, un fusil Henry, et je tremblais tellement que j'avais peur de le rater, alors qu'il était couché là, sans bouger, sur cette couverture et que mon canon n'était qu'à quelques centimètres de sa poitrine…

« J'aimais bien Bob. C'était un bon gars. Mais comme moi, il picolait trop et c'est ça qui lui a attiré des ennuis. Putain, moi aussi j'en ai eu pas mal, des emmerdes, mais personne ne m'a fusillé pour ça. De temps en temps, j'y repense. Je revois le vieux Bob allongé là, à moitié étouffé, et Cumsey et moi qui lui tirons dans la poitrine…

– Moi, je ne serais pas revenu si on m'avait laissé partir, assurai-je.

– Mais Bob l'a fait. C'était une question d'honneur, et l'honneur c'était important à l'époque… C'est quoi ton prénom, déjà ?

– Stanley.

– Ça te dérange si je t'appelle simplement Stan ?

– Non.

– En ce temps-là, Stan, quand un homme donnait sa parole, il s'y tenait, même s'il devait en mourir. Du moins, c'est comme ça que ça se passait chez les Séminoles. Je ne peux pas jurer que j'ai toujours respecté cette règle dans ma vie aussi bien que ce bon vieux Bob. Merde, je pense comme toi. Je me serais probablement carapaté.

– Comment avez-vous pu lui tirer dessus alors que vous l'aimiez bien ?

– Bob avait violé la loi. La loi a fixé le châtiment et il a été condamné pour ses actes. C'était mon boulot d'appliquer la loi tribale et j'ai obéi. Je ne peux pas dire que ça m'ait fait plaisir, mais il avait assassiné un homme sans raison, sinon qu'il avait trop bu d'eau de feu… Ah, les voilà qui commencent à débarquer.

Je vis les voitures qui arrivaient dans la douceur du soir, se garaient à côté des haut-parleurs et éteignaient leurs phares.

– Et si je t'en expliquais un peu plus sur ce projecteur ? dit Buster.

8

Cette nuit-là, je rêvai que je sentais une odeur de fumée. Cette sensation fut si intense que je m'obligeai à me réveiller pour vérifier que ma chambre n'était pas en train de brûler.

Mais il y avait bien plus effrayant. J'avais à nouveau cette impression que quelqu'un se tenait à mon chevet et, cette fois, c'était plus puissant que jamais et je dus rassembler toute mon énergie et tout mon courage pour ouvrir les yeux.

Quand je me redressai dans mon lit, la puanteur de la fumée disparut immédiatement. En revanche, j'avais toujours le sentiment désagréable qu'on se déplaçait dans l'ombre, autour de moi. À tâtons, j'appuyai sur l'interrupteur de ma lampe de chevet. Rien.

La chambre était vide.

Je tentais de me rappeler ce que Buster m'avait expliqué – ne jamais être certain que quelque chose est ce qu'on croit tant qu'on n'en a pas la certitude…

Mais au beau milieu de la nuit, ce conseil ne me sembla pas une approche très efficace.

Je remarquai alors que la porte de mon placard était entrebâillée.

J'avais pris une taie d'oreiller propre avant d'aller me coucher. Avais-je oublié de la refermer ?

Je restai assis dans mon lit un long moment, puis je repoussai doucement le drap, attrapai mes béquilles et m'avançai vers mon placard, craignant à tout moment de le voir s'ouvrir à la volée sur…

Je ne savais pas quoi.

Je m'emparai de la poignée et commençai à la tirer, puis je me dis que j'étais décidément trop bête et claquai la porte. À l'intérieur, j'entendis un bruit – comme un mouvement. Peut-être que c'était simplement mon bazar empilé là-dedans qui s'était effondré ?

Ou quelque chose qui venait de s'accroupir.

Tous les poils de ma peau se hérissèrent. Je regagnai mon lit en vitesse, une sueur glacée coulant dans mon dos malgré la chaleur qui régnait dans la pièce. Le ventilateur, à la fenêtre, brassait l'air tiède que son système de refroidissement incorporé rendait plus moite que frais, et pourtant, à cet instant, j'étais aussi glacé qu'un cadavre dans le frigo d'une morgue. Je me réfugiai dans mon lit et restai assis là, les draps remontés jusqu'au menton, les yeux fixés sur cette foutue porte. Je n'éteignis pas la lumière.

Je m'imaginais qu'une chose m'avait suivi depuis la maison sur la colline et qu'elle hantait maintenant les ombres de ma chambre, se cachait dans mon placard, et peut-être même sous mon lit.

Une chose qui n'était pas de ce monde.

Au bout d'un moment, le sommeil fut plus fort que l'angoisse et je me rendormis avec la lumière allumée. Je ne me réveillai que tard dans la matinée.

À présent que le soleil inondait ma chambre, je trouvai le courage de jeter un coup d'œil à l'intérieur de mon placard.

Nub en émergea en remuant la queue. Je me sentis complètement idiot. Je me souvins des sages paroles de Buster. Et je ne les ai plus jamais oubliées. À ce jour, je suis resté un sceptique invétéré.

Le lendemain, vers midi, il faisait déjà très chaud. En regardant dehors, par l'interstice entre le ventilateur et le cadre de la fenêtre, j'aperçus un Noir massif, debout au bord de la route, qui contemplait notre drive-in.

Je ne l'avais encore jamais vu. Je me glissai derrière la fenêtre et m'accroupis contre le mur pour l'observer. Il était grand et baraqué et il portait un chapeau à large bord, une chemise d'ouvrier et un bleu de travail. Il se tenait là, à surveiller notre maison tout en fumant une cigarette. Peut-être qu'il regardait simplement la fresque avec la cavalerie et les Indiens ?

Au bout d'un moment, il jeta son mégot et s'en alla. À l'époque, j'ai vite oublié cette histoire.

En bas, je fus accueilli par Rosy qui s'activait dans le salon en jouant du plumeau. J'allai me servir un verre de lait à la cuisine.

À travers la porte coulissante, je vis Buster dans la cour avec un seau de peinture et un pinceau. Il avait plusieurs heures d'avance sur son horaire habituel et je fus surpris qu'il soit arrivé si tôt.

Quand je sortis, Nub me regarda comme s'il allait me suivre, puis il préféra finalement rester couché sur le carrelage frais de la cuisine. Même un chien fidèle a besoin de vacances de temps en temps.

Je sautillai jusqu'à la cabine de projection et tentai d'engager la conversation avec Buster, mais en vain. On aurait dit qu'un lourd nuage chargé d'éclairs et de tonnerre planait au-dessus de lui. Il n'avait aucune envie de discuter et il me le fit bien comprendre.

– Aujourd'hui, c'est pas mon anniversaire, petit, et j'ai pas picolé. J'ai du boulot. Ne le prends pas mal, mais je ne veux pas de compagnie.

– Désolé.

– Pas la peine d'être désolé. Fiche-moi simplement la paix.

Je retournai au drive-in, regagnai la cuisine et m'assis à table. Rosy Mae s'approcha et dit :

– Y t'a vexé, l'vieux, hein ?

– Non.

– Bien sûr qu'si, y a qu'à voir ta tête ! T'occupe pas d'c'te pauvre buse. C'est juss'un sénile pas clair dans sa cervelle. Un jour, l'est d'bonne humeur et un aut'jour, y tire la gueule.

– Hier, il était sympa.

Rosy Mae s'installa à côté de moi.

– M'sieur Stanley, euh… Stanley. C'est comme ça qu'il est. Il a un caractère d'cochon, mais en pire. Y s'prend pour un négro mieux qu'les autres. Y prétend qu'il était une sorte d'flic dans les territoires indiens. Y s'dit métis d'Indien ou un truc dans l'genre.

– Il m'a raconté ça, oui.

– J'sais même pas si c'est vrai. Y s'peut tout aussi bien qu'y soit un d'ces *red nigers*[1] du fin fond de la Louisiane. Y boit et des fois ça l'met d'bonne humeur et des fois ça l'rend aimable comme un serpent venimeux qu't'as secoué par la queue avant d'le balancer.

– Il n'a pas bu aujourd'hui.

– P'têt'que c'est quand il y picole pas qu'il est vraiment lui-même. Ou p'têt'c'est pass'qu'il a rien avalé qu'il est com'ça. Les types qui boivent sont com'ça et, à les entendre, c'est jamais d'leur faute. Y t'disent: «N'fais pas confiance à quelqu'un qui boit pas.» Et c'est l'truc l'plus crétin que t'as jamais entendu. C'est aux alcoolos qu'y vaut mieux pas faire confiance, pass'que la boisson, c'est pour les misérables. Si c'était vrai, leur histoire, alors moi j'devrais m'descendre quat'litres tous les soirs.

– Merci Rosy, je me sens mieux.

– Parfait. Tes parents y sont partis en ville avec Callie acheter des vêtements pour l'école. Y disent qu'y t'emmèneront demain. J'vais regarder mes magazines si tu m'dénonces pas.

– Tu sais bien que je ne ferais pas ça.

– D'accord, alors. J'lis et j'relis toujours les mêmes pass'que j'ai pas pu sortir m'en acheter d'autres. Y a des mots qu'je connais pas. J'les ai marqués pour qu'tu m'aides.

– Montre-moi ça.

Elle tira deux magazines de son grand sac en cachemire, les posa sur la table et les ouvrit délicatement aux pages qu'elle avait cornées. Elle m'indiqua les mots qu'elle avait soulignés au crayon. Je les connaissais. Je lui expliquai comment les prononcer et ce qu'ils signifiaient.

Là-dessus, elle se précipita au salon, se déchaussa et s'allongea sur le canapé pour bouquiner. Nub sauta à côté d'elle et se colla contre ses pieds. Elle lui grattouilla le poil du bout des orteils.

Je jetai un coup d'œil à la cabine de projection. Buster était en train de la repeindre en vert clair. Du coup, je pensai que c'était

1. Un Noir de Louisiane ou de Floride qui s'est enfui chez les Indiens pour échapper à l'esclavage. Quand la Floride appartenait encore à l'Espagne, des milliers d'entre eux vivaient ainsi dans les villages séminoles, protégés par la loi espagnole. *(N.d.T.)*

peut-être lui aussi qui s'était occupé de la palissade. Si c'était le cas, je me demandai s'il avait dessiné les extraterrestres et tout ça.

Je le regardai travailler. Contrairement à Rosy Mae, il semblait animé d'une énergie sans limites qu'il cherchait à dépenser d'une façon ou d'une autre. J'eus envie d'aller l'interroger sur les décors de la palissade, mais je me retins. Pas question, après la façon dont il m'avait traité !

Je grimpai tant bien que mal à l'étage pour récupérer mon livre de Tarzan, puis je m'installai dehors, sur la véranda tout en longueur qui faisait face au parking du drive-in. Et je fus bientôt totalement plongé dans le monde de l'homme-singe.

J'étais presque à la fin du bouquin quand une ombre me surplomba. Je levai les yeux. C'était Buster.

– Stan, tu penses que tu pourrais convaincre cette vieille bique de me filer un truc à boire, genre limonade ?

– La vieil'bique t'a entendu ! cria Rosy Mae depuis le salon.

Elle avait ouvert les fenêtres pour laisser entrer un peu d'air et les moustiquaires n'arrêtaient certainement pas les voix.

– Je m'en fiche si t'as entendu, répliqua Buster. Ce qui m'intéresse, c'est d'avoir une limonade ou quelque chose.

Rosy Mae apparut sur le seuil, derrière la moustiquaire.

– J'ai pas d'limonade, négro.

– T'as quoi d'autre qui pourrait me plaire ?

– J'ai du thé glacé, mais pas question qu't'entres dans la maison, m'sieur Stanley, le grand, il aimerait pas.

– Peut-être que tu as d'autres trucs qui me plairaient aussi. Et qui sont pas les oignons de ton m'sieur Stanley, le grand.

– Ben, t'auras du thé glacé et c'est tout.

Rosy Mae disparut dans la cuisine et revint un moment plus tard avec un saladier rempli de thé où les glaçons s'entrechoquaient.

– Tu l'prendras là-d'dans, annonça-t-elle. J'veux pas d'tes lèvres sur la vaisselle de m'dame Gal.

Buster s'empara du saladier et but une longue gorgée.

– Ah, rien de meilleur que le thé glacé pour vous rafraîchir, à part une bonne eau de source ou tirée du puits ! J'aime vraiment l'eau pure. T'aurais pas des cookies, femme ?

– Et qu'est-c'qui t'fait croire qu'si j'en avais, j't'en donnerais ?

– T'as l'air d'être le genre de nana qui ne laisserait pas un homme sans lui offrir un petit quelque chose de sucré et de noir... Comme ce thé. Peut-être un truc encore plus sucré... Comme un cookie.

– Com'un cookie, hein ?

– C'est ce que j'ai dit.

Rosy Mae, qui s'était de nouveau réfugiée derrière la moustiquaire, eut un large sourire.

– Ça n's'ra rien d'aut'qu'un cookie, tu peux compter là-d'sus.

Elle fut bientôt de retour avec une poignée de cookies au chocolat qu'elle avait fait cuire la veille.

– Et maint'nant, tu files à ton boulot, négro.

Buster prit les petits gâteaux et, s'asseyant sur la chaise à côté de moi, il se mit à grignoter tout en buvant son thé.

– Je vais t'expliquer un truc, mon garçon. J'ai mes humeurs et elles sont pas toujours bonnes. Mais que je te mette au parfum, tout ça ne porte pas à conséquence.

– Oui, m'sieur.

– Je suis ce qu'on appelle un négro mélancolique.

– Oui, m'sieur.

– Je m'en fiche pas mal que quelqu'un se fâche contre moi, mais je ne veux blesser personne sans le faire exprès, et c'est tout ce que j'ai à ajouter à ce sujet.

– Oui, m'sieur.

– Si tu as envie de discuter, maintenant, c'est d'accord. J'ai quasiment fini de peindre ma cabine.

– Non, m'sieur. Je ne crois pas que j'ai quelque chose à dire.

– C'est comme tu veux.

Il continua à siroter son thé et à manger ses cookies. On était assis à l'ombre de la véranda et on regardait l'air chaud qui dansait sur le parking du drive-in.

Finalement, je demandai :

– C'est vous qui avez peint ces dessins sur la palissade ? Les extraterrestres ?

– Oui, c'est moi. J'ai rencontré un gars, une fois, qui m'a juré qu'il avait aperçu une de ces soucoupes volantes.

Il croqua dans un autre biscuit.

– Vraiment ?

– Il m'a même dit qu'il avait vu l'un des petits hommes qu'elle transportait. Ça s'est passé dans un bled appelé Aurora, au Texas. Vers 1894. Lui et d'autres cow-boys ont assisté au crash d'un gros appareil aérien. Aujourd'hui, on appelle ça un ovni. Il a ajouté qu'il avait vu ce bonhomme dans les débris. Il m'a raconté ça à l'époque où je bossais au Ranch 101.

– C'est pas là aussi que travaillait Tom Mix[1] ?

– Comment peux-tu connaître un vieil acteur de ciné comme ça ?

– Par mon père.

– Il t'en a parlé ?

– Oui, m'sieur. Vous avez connu Tom Mix ?

– Non, je l'ai croisé une fois ou deux, mais je ne peux pas dire que je l'ai connu. J'aimais ce ranch. Tout les employés y étaient bien traités s'ils faisaient correctement leur travail. Quant à Tom Mix, il a vraiment été cow-boy, mais celui qui m'a le plus impressionné, c'est Bill Pickett. Oh oui, lui, je l'ai fréquenté !

Je lui lançai un regard ébahi.

– C'était un Noir. C'est lui qui a inventé cette façon de capturer les jeunes taureaux qu'on voit depuis dans les rodéos. Mais Bill, lui, il faisait ça avec les dents. Il sautait de son cheval sur le dos de l'animal, il lui mordait la lèvre et le forçait à se coucher. On l'avait surnommé le Démon du Crépuscule.

Je me rendis compte que Buster avait perdu le fil de la conversation.

– Et cette soucoupe volante ?

– Ah oui, mon copain m'a raconté que le cadavre qu'il avait vu a été enterré au cimetière d'Aurora. Il me l'a décrit et je m'en suis inspiré pour mes extraterrestres sur la palissade. Mais bon, j'ai utilisé de la peinture verte parce que, plus tard, les gens ont commencé à parler de « petits hommes verts ». Mais d'après mon pote, cette bestiole était plutôt gris clair.

– Vous y croyez, vous, à cette histoire ?

---

1. Tom Mix a joué le cow-boy au grand cœur et à la gâchette facile dans plusieurs centaines de westerns, de 1909 à 1935. *(N.d.T.)*

– Non, mais elle est marrante, tu ne trouves pas ?

– Comment ça se fait que vous n'avez pas fait d'autres dessins sur le reste de la palissade ?

– J'en ai eu marre et puis je n'avais plus assez de peinture. Il ne me restait que du vert.

– Vous peignez, chez vous ?

– Non, j'ai juste repeint mon taudis, la semaine dernière.

– Vous avez de la famille ?

– J'avais une femme. Il y a longtemps, quand je vivais sur la Réserve. Une Indienne. Un peu trapue, mais mignonne. Elle a chopé la variole et elle est morte. Ensuite, j'en ai pris une autre. Une Noire qui s'appelait Talley. On a eu une fille, et puis Talley s'est fait la malle avec un négro à la peau plus claire que la mienne et elle a embarqué ma fille, Helen. J'ai renoncé au mariage, après ça.

– Votre femme et votre fille habitent ici ?

– À Mineola. Helen a un mari et des gosses. L'homme qu'elle a épousé la traite bien. Il travaille pour les chemins de fer ou un truc comme ça.

– Vous avez l'air d'en savoir pas mal sur elle.

– Je garde un œil sur elle. Mes petits-enfants, ils ont huit, quatre et deux ans. Tous des garçons. Je ne les ai jamais vus que de loin.

– Peut-être que vous devriez vous faire connaître.

– Ah, elle serait certainement heureuse de me rencontrer, la Helen ! Elle pense que j'ai engrossé sa mère et puis que je me suis tiré, alors que c'est elle qui m'a quitté, pas moi. Mais elle ne me croira pas... Bon, l'heure avance, il fait toujours aussi chaud, alors il vaudrait mieux que je finisse mon boulot.

Je retournai à la maison et m'installai à la table de la cuisine, mon livre ouvert devant moi, sans le lire. Je décidai de me faire un peu de thé glacé, mais à peine avais-je ramassé mes béquilles pour aller jusqu'au réfrigérateur que Rosy Mae se leva et fit disparaître les magazines dans son sac plus vite qu'un tatou effrayé se serait planqué dans son trou.

– Qu'est-ce qu'tu veux, mon p'tit Stanley ? Du thé glacé ? Laisse, je vais t'le chercher.

– C'est pas la peine.

– Je sais, me répondit-elle avec un clin d'œil. Mais j'entends la voiture d'ton père, là dehors.

Je souris et me rassis. Elle me versa du thé et me servit le reste des cookies au chocolat sur une assiette jaune vif.

– Tu n'diras pas qu'j'en ai donné à l'aut'négro, hein ?

– Je m'en fiche.

– J'suis pas sûre que ton papa y s'rait d'accord.

– Je ne dirai rien.

Rosy Mae avait de bonnes oreilles car, une minute plus tard, la porte d'entrée s'ouvrit et Callie et mes parents entrèrent en riant. Il portaient des tas de sacs dont ils se débarrassèrent sur le canapé du salon.

Maman vint nous dire bonjour à la cuisine, avec papa et ma sœur sur les talons. Elle tenait à la main un petit sac en papier marron et taché de graisse.

– Vous n'imaginez pas les bonnes affaires chez K-Woolens ! s'exclama-t-elle. Tout plein de choses pour la rentrée des classes. J'ai acheté des trucs pour toi aussi, mon chéri. Je sais que tu n'aimes pas faire les courses, alors je t'ai pris des jeans et des chemises. On pourra y retourner demain pour essayer des souliers. Je veux t'offrir des tennis et une paire de chaussures correctes. Et tant qu'on y est, un manteau pour l'hiver. Ils sont en solde.

– Moi aussi j'en ai eu un ! s'exclama Callie. Mais ça n'a pas été facile de choisir, avec cette chaleur. J'en ai trouvé un très joli, avec des volants dans le bas, je te le montrerai tout à l'heure. Et j'ai eu aussi plein de fringues vachement mignonnes. Et maman a craqué sur quelques machins pour elle. Et elle a obligé papa à prendre un beau pantalon, une chemise et des chaussures. Et on a déjeuné au café du drugstore.

Papa souriait. Il avait l'air accablé de quelqu'un qui avait passé trop de temps à son goût dans les magasins. Il était plutôt comme moi. Moins j'en faisais, mieux je me portais.

Il jeta un coup d'œil à la couverture de mon bouquin.

– C'est dans celui-là que les singes enlèvent Tarzan ?

– Non, m'sieur. Dans celui-là, il y a des dinosaures.

– Des dinosaures ? Je crois que je ne comprends rien à Tarzan.

– Je t'ai ramené quelque chose à manger, mon chéri, ajouta maman. Un super hamburger et des frites. Il y en a un pour toi aussi, Rosy Mae.

– Merci, m'dame.

Maman posa le sac graisseux devant moi. Je l'ouvris, sortis le hamburger et les frites et disposai le tout sur mon assiette, à côté des cookies. Puis je fis glisser le sac vers Rosy Mae qui s'assit sans hésiter à la table et se mit à manger.

Maman ajouta :

– Finis le hamburger avant de te gaver de cookies, tu m'entends, fiston ?

– Oui, m'dame.

– Vous savez, mon cousin Ju Williams est cuistot au café du drugstore, expliqua Rosy Mae.

– Eh bien, ça doit être un don de famille, dit Callie, parce que notre déjeuner était super.

Papa regarda par la moustiquaire et vit Buster qui repeignait la cabine de projection.

– Bon sang, qu'est-ce que Buster fiche là, à cette heure-ci ? S'il croit que je vais lui payer des heures supplémentaires...

Il me regarda.

– Il était déjà là quand je me suis levé.

– Ouais, ben, faudrait pas qu'il s'imagine qu'il aura une prime, vu que je suis à sec... Mais d'accord, c'est vrai que cette vieille cabine avait bien besoin d'un coup de propre. Peut-être que je trouverai un arrangement avec lui. Au moins, je n'aurai pas à faire ça moi-même, avec cette chaleur terrible. Mais bon Dieu, ce vert ! J'aurais pu lui donner une couleur plus sympa. Du bleu, peut-être.

Papa franchit la porte à moustiquaire et se dirigea vers la cabine. On aurait dit qu'il poussait des vagues de chaleur devant lui.

Buster leva les yeux vers lui et s'arrêta de travailler. Il posa doucement le pinceau sur le bord de son seau.

Mon père ne lui serra pas la main. Je l'entendis parler, mais ne saisis pas ce qu'il lui disait. Buster hochait la tête tout en l'écoutant, et je pensai : l'homme à qui il s'adresse a discuté avec Tom Mix, le héros de sa jeunesse... Je me demandais comment papa réagirait s'il l'apprenait.

Quand Rosy Mae eut fini son hamburger – ce qui ne lui prit pas longtemps –, maman et elle retournèrent au salon pour examiner les achats.

Rosy Mae poussa un cri.

– Oh, c'est si joli, m'dame Gal !

C'était une grande robe, à peu près de la taille d'une tente de campagne électorale, avec toutes les couleurs de l'arc-en-ciel. On appelait ça un paréo et ma mère l'avait achetée pour Rosy Mae.

– Je me suis dit que ce serait une bonne surprise pour toi, fit maman. Une robe d'intérieur multicolore.

– Eh bien, sûr qu'c'est plein d'couleurs. Merci, m'dame Gal. Vous êtes si gentille !

– Tout le plaisir est pour moi, Rosy Mae.

Pendant ce temps, Callie se glissa derrière moi et me chuchota à l'oreille :

– Faut qu'on parle.

9

On sortit sur la véranda. Callie me tint la porte tandis que je passais devant en elle en clopinant. On se réfugia à l'ombre, Callie appuyée contre un des poteaux de soutènement, et moi sur mes béquilles.

– Je suis libre ! Je n'ai plus besoin de rester à la maison ! s'exclama-t-elle.

– Comment c'est possible ?

– Ça n'a pas l'air de te faire plaisir.

– Mais si... C'est super. Youpi !

Callie me lança son fameux regard noir. À chaque fois, avec sa façon de plisser les yeux, elle était presque effrayante. Elle ressemblait à papa.

Après m'avoir mitraillé comme ça un moment, elle expliqua :

– Maman a bavardé avec quelques-unes des mères de mes amies, et figure-toi que mes copines aussi ont retrouvé ces saletés dans leurs chambres. Et toutes ces nénettes étaient sorties avec Chester ou bien le connaissaient.

– Donc, elles le faisaient avec lui ?

– Non. Stanley, n'essaie pas de jouer à celui qui a tout pigé. Il y a à peine quelques jours tu n'avais même pas idée de ce que c'était. Plusieurs filles ont ramassé des capotes chez elles. Je n'ai pas tous les détails, mais tout le monde pense que quelqu'un les a jetées là intentionnellement. Et, en gros, on sait qui c'est. Jane Jersey. Elle a une dent contre toutes les nénettes mignonnes qui pourraient attirer l'attention d'un garçon qu'elle veut pour elle, même si ce garçon n'en a rien à fiche d'elle. Elle raconte que c'est Chester, mais fais-moi confiance, il n'y pas beaucoup de filles qui ont envie de sortir avec Chester.

– Qui a prétendu que tu étais mignonne ?

– Eh bien… je le suis. Maman le dit.

– Parce que tu crois qu'elle t'avouerait la vérité si ce n'était pas le cas ? Elle trouve Nub joli comme un cœur.

– Mais il l'est… Tu veux entendre ce que j'ai à te dire ou pas ?

– Vas-y.

– Bon, je ne suis plus bouclée chez nous. Maman va avoir une petite conversation avec la mère de Jane pour essayer de calmer le jeu. D'ailleurs, je m'en fiche. Du moment que je ne suis plus séquestrée ici.

– Et papa, qu'est-ce qu'il en pense ?

– Il me croit, maintenant. Simplement, il ne sait pas encore qui est responsable. Mais ça pourrait être qui d'autre ? Qui d'autre nous connaît toutes et voudrait faire un truc pareil ?

– Je donne ma langue au chat.

– T'es pas très sympa, Stanley Mitchel Junior, alors que moi, j'avais l'intention de l'être avec toi.

– Ah bon ?

– Tu promets d'être un peu gentil ?

Je soupirai.

– Je vais essayer.

– C'est moi qui t'emmène en ville demain pour t'acheter des chaussures.

– C'est tout ?

– Non. Pendant qu'on y sera, pourquoi ne pas en profiter pour se renseigner sur ce James Stilwind et la fille assassinée ? Le café où on a mangé aujourd'hui lui appartient. Et il est également propriétaire du cinéma qui est juste à côté, le Palace.

– Tu l'as vu ?

– Non. Je ne pense pas qu'il y soit souvent. Il emploie des gens pour s'en occuper. Mais on ira déjeuner là-bas, demain. Maman est d'accord. Et à ce moment-là, peut-être qu'on apprendra quelque chose et qu'on en saura un peu plus sur cette pauvre fille qui a été tuée près de la voie ferrée. Mais surtout, je vais enfin sortir d'ici !

– Je retire tout ce que j'ai dit qui ait pu te blesser, Callie.

– T'as intérêt !

Le lendemain, Callie me réveilla tôt et je m'habillai en vitesse. J'enfilai le jean dont maman avait fendu une jambe pour me permettre de le porter par-dessus mon plâtre.

Callie prit le volant de la voiture des parents et on se rendit directement chez JC Penney où je choisis des chaussures. Je finis par me décider pour une paire du dimanche et des tennis montantes noir et blanc. Comme mon plâtre descendait jusqu'au talon, je n'avais pu essayer qu'un pied, mais j'espérais que l'autre m'irait aussi...

Vers 11 heures, on fila au drugstore de James Stilwind. Pendant qu'on roulait, on écouta du rock'n'roll sur l'autoradio et je racontai à Callie tout ce que j'avais appris par Buster.

En arrivant, j'avais la dalle. En fait, j'étais déjà affamé depuis un moment, étant donné que j'avais sauté le petit déjeuner.

Le café du drugstore était clair et lumineux. Comme il était encore tôt, il n'y avait pas grand monde. On commanda des hamburgers, des frites et des Coca à la cerise, et on s'installa près du comptoir.

La radio diffusait *Rock and Roll Is Here to Stay* de Danny and the Juniors, et on n'en était qu'à la moitié de notre repas qu'on avait déjà entendu *Book of Love* des Monotones et *Splish Splash* de Bobby Darin.

Je connaissais la plupart de ces chansons par cœur. Je les écoutais avec mon chien, la nuit, dans ma chambre, sur ma radio Hopalong Cassidy[1] – juste Nub, la lune et moi.

J'aurais pu rester assis comme ça toute la journée, à profiter de la musique, et peut-être commander un autre Coca puis, un peu plus tard, un second hamburger... C'était bon, et je me souvins soudain qu'un membre de la famille de Rosy Mae était cuistot ici.

1. Un cow-boy de cinéma et de télévision qui donna lieu à toute une gamme d'objets publicitaires. *(N.d.T.)*

Le type derrière le comptoir n'avait pas l'air beaucoup plus âgé que Callie. Il portait un calot en papier, qu'il remonta pour bien montrer à Callie qu'il avait les cheveux bouclés avec un attrape-cœur sur le front. À mon avis, cette mèche-là était parfaitement dressée.

Il se pencha par-dessus le comptoir et demanda :

– Ça va ? C'est bon ?

– C'est super, répondit Callie.

– Parfait. On essaie de satisfaire les clients.

– C'est pas vous qui avez cuisiné ça, dit Callie.

– Non. C'est le négro, là derrière.

– Je préférerais que vous n'utilisiez pas ce mot-là.

– Négro ?

– Oui.

– D'accord, pour vous, tant que vous serez là, je ne le dirai plus. Je n'emploierai pas non plus « bamboula » ou « macaque ».

Il s'imaginait que ça allait nous faire rigoler, mais sa blague tomba à plat.

– Je vous remercie, poursuivit Callie. M. Stilwind est le propriétaire de cet endroit, n'est-ce pas ?

– Oui. Pourquoi ?

– Comme ça. Simple curiosité.

– Je sais pourquoi vous êtes curieuse. Il est bourré de pognon.

– Comment pouvez-vous penser une chose pareille ?

– Les femmes sont comme ça. Elles ne prêteront aucune attention à un charmant jeune homme qui est encore en train de réfléchir à son avenir, mais elles se précipiteront sur un gars plus vieux avec une Corvette et un paquet de fric.

Callie leva un sourcil.

– Il a une Corvette ?

– Vous voyez ! soupira le serveur.

– Je plaisantais, dit Callie. C'est quoi, votre nom ?

– Timothy Shaw. Mais on m'appelle Tim.

– Moi, c'est Callie Mitchel. Et voici mon frère, Stanley.

– Ravi de vous connaître… Si on n'était pas en pleine bourre de midi, je vous aurais bien offert un soda gratuit. Repassez plus tôt dans la matinée ou plus tard dans l'après-midi, quand il n'y aura personne pour me surveiller, et je vous en filerai un.

Vu qu'il était encore tôt pour le déjeuner et que le drugstore était quasi désert, je me dis que Timothy se payait notre tête. J'étais certain que Callie n'était pas dupe non plus, mais elle n'en laissa rien paraître. Elle resta charmante.

– C'est gentil à vous, Tim. Mais j'aimerais bien en savoir un peu plus sur ce Stilwind.

– Ça ne m'étonne pas. Il se teint les cheveux, vous savez. Il n'est pas mal conservé pour son âge, n'empêche qu'il se teint les cheveux.

– Quel âge a-t-il ?

– La trentaine, je pense.

– C'est pas vieux, ça.

– C'est vachement vieux ! En plus, il a une copine. Et il a déjà été marié.

– Il a des enfants ?

– Je ne pense pas, mais sa copine est aussi jeune que vous.

– Mignonne ?

– Pas autant que vous. Mais oui, elle est mignonne. Mais pourquoi s'intéresser à ce type ? Moi, je suis libre, je suis blanc et j'ai vingt et un ans. J'ai une bagnole pas trop pourrie, un peu d'argent en poche... De toute façon, vous et moi, on a juste besoin d'un clair de lune.

– Vous croyez ? dit Callie.

– Certain.

– M. Stilwind, il est aussi propriétaire du ciné d'à côté, en plus de ce drugstore, n'est-ce pas ?

– Il possède des tas d'affaires. Il vient souvent au cinéma. Sa copine travaillait au stand des bonbons. C'est comme ça qu'il l'a connue. Elle était Homecoming Queen[1], ou majorette. Ou les deux. Je ne sais plus. Vous vous rendez compte, une fille si jeune avec un vieux schnock dans son genre ?

– Si je fais un effort d'imagination.

1. L'élève la plus appréciée de ses camarades, au lycée ou à la fac, couronnée reine lors de la fête de l'équipe de football de l'établissement. *(N.d.T.)*

– Allez, bébé, dis-moi qu'il y a un espoir pour nous deux.

– Il y a toujours de l'espoir pour à peu près tout, Timothy.

– J'ai des projets d'avenir, chérie. Si j'arrive à mettre assez d'argent de côté, je m'inscris à la fac l'année prochaine.

– Pour faire quoi ?

– Un diplôme de commerce, et puis je monterai ma propre boîte.

– Quel genre de boîte, Tim ?

– Ça, j'en sais encore trop rien. Mais je peux te dire que je finirai pas ma vie dans les sodas.

Après le déjeuner, je jetai un œil au présentoir à magazines du drugstore et j'achetai quelques revues de cinéma pour Rosy Mae et deux comics pour moi.

On marcha jusqu'au Palace de James Stilwind. Ou plutôt, Callie marchait et moi je sautillais sur mes béquilles.

– Je plaisais bien à Tim, pas vrai ? demanda Callie.

– J'ai l'impression.

– Il est plutôt beau gosse.

– Ouais, à condition de craquer sur les mecs qui font des boulots à la con. Dans son cas, d'ailleurs, y a pas que le boulot qui est con.

– Je pourrais lui soutirer un soda gratuit, ou même une coupe glacée. Mais t'as raison, c'est vrai qu'il est trop con.

– Lui et son accroche-cœur.

– Moi, je l'ai trouvé plutôt mignon, cet accroche-cœur.

La caisse de Chester White surgit soudain à notre hauteur. Notre Elvis se gara le long du trottoir et se glissa sur le siège du passager pour ouvrir la portière de notre côté. La brillantine de sa banane lançait des éclairs bleutés dans le soleil.

– Callie, comment ça va ?

Callie ne répondit pas.

– Hé, mon pote, me dit-il. Qu'est-ce qui t'est arrivé ?

Je ne répondis pas non plus.

– Ton vieux est toujours fâché contre moi, Callie ?

– Oui, et moi aussi. J'ai appris pour toutes ces autres filles. Et ce que t'as fait avec elles, et avec Jane… Bon, celle-là m'a causé de graves ennuis. En tout cas, c'est ce que je crois.

– Ouais, j'en ai entendu parler.

– Ah oui ?

– Jane m'a raconté qu'elle a voulu te foutre dans la merde. Elle t'aime pas. Et les autres filles non plus. En fait, elle n'aime personne. Même son chien refuse de jouer avec elle si elle ne s'attache pas une côtelette de porc autour du cou.

– Toi, tu joues avec elle. Elle s'en attache une autour du cou pour ça ?

– Des fois.

– Ouais, mon œil !

– Écoute, elle a piqué ces trucs-là à son frère et elle les a remplis d'eau savonneuse. Elle pensait que c'était une bonne blague.

– Ah ouais ?

– Moi, je ne trouve pas ça drôle, dit Chester. Elle a prétendu que ce qu'il y avait dedans venait de moi. C'est pas vrai. Je suis pas un distributeur de savon.

– C'était peut-être pas du savon, dis, Chester ?

– Je ne suis pas un enfant de chœur non plus. Ouais, c'en était peut-être pas. Ç'aurait été possible, il y a plus d'un an. Mais elle et moi, on ne sort plus ensemble maintenant. Elle était juste jalouse parce que je te voyais.

– Eh bien, puisque tu ne me vois plus, désormais, elle n'a plus de raison de l'être, hein, Chester ? Et d'ailleurs, tu peux retourner faire avec elle ce que tu faisais avant. Et si tu ne peux pas, il te reste toujours Mme Delamain et ses cinq filles. Bonne journée, Chester.

– Allez, bébé, sois pas comme ça !

– M'appelle pas bébé, Chester. Pourquoi t'irais pas vérifier le niveau d'huile de tes tifs ? Si tu trouves une aiguille de niveau assez longue, bien sûr.

– Chérie, c'est un coup bas, ça.

On s'éloigna. Un instant plus tard, la voiture de Chester nous dépassa en rugissant, fit un demi-tour sur les chapeaux de roues et disparut en un clin d'œil.

– Il m'aime toujours, dit Callie. En fait, je pense qu'il m'aime encore plus maintenant.

– Ça te plaît, hein ?

– J'adore voir à quel point les hommes peuvent être idiots. Oui.

Alors qu'on approchait du cinéma, une Thunderbird rouge et blanc tape-à-l'œil se rangea le long du trottoir. La portière s'ouvrit et un homme de grande taille qui ressemblait à une star de cinéma en descendit. Il avait des cheveux châtains assez longs, avec un attrape-cœur comme Timothy, sauf que le sien paraissait plus naturel. Il portait des vêtements distingués et chers. Veste blanche, pantalon terre de sienne, chaussures marron et blanc.

Au moment où il posa le pied par terre, je vis que ses chaussettes bleu ciel étaient décorées de pendules bleu foncé.

Il fit le tour de sa voiture, ouvrit la portière côté passager et une femme sortit. Ses cheveux blonds décolorés jouaient sur ses épaules en vagues vaporeuses. Elle portait un pantalon doré étroit qui s'arrêtait aux mollets, un chemisier blanc au col de dentelle et des sandales à talons épais, nouées haut sur la cheville. Dès qu'elle fit quelques pas sur le trottoir, je me rendis compte qu'elle était très jeune.

L'homme lui prit le bras et se dirigea d'un pas décidé vers le cinéma. Au moment où il nous dépassa, il regarda Callie et lui lança un grand sourire, brillant et sauvage – du genre lion prêt à mordre.

Il salua la caissière d'un signe de tête, puis il pénétra dans le hall du cinéma, toujours avec la blonde à son bras, non sans avoir jeté un nouveau coup d'œil à Callie par-dessus son épaule.

– Je parie que c'est lui, murmura Callie.

– Tu veux dire Stilwind ?

– Oui oui. Et c'est sa copine. Celle dont Timothy nous a parlé. Tu trouves que je suis aussi mignonne qu'elle, Stanley ?

– Tu es si laide que tu ferais cailler un verre de lait rien qu'en le regardant.

– Très drôle, Stanley.

– Tim a dit qu'il avait une Corvette.

– Peut-être qu'il ne sait pas faire la différence entre une Thunderbird et une Corvette. Ou peut-être que Stilwind a les deux.

– Ou peut-être que ce n'est pas lui.

N'ayant jamais connu de richards, j'avais du mal à imaginer que quelqu'un pouvait posséder assez d'argent pour se payer deux voitures de sport, une super chemise écossaise et une blonde canon.

– Je ne vois pas comment cet homme-là aurait pu faire ce que tu crois, murmura Callie.

– Je ne crois rien, répondis-je, tentant de me faire l'écho de ce que Buster m'avait appris. Tu sautes trop vite aux conclusions.

– Mais je suis sûre que tu y as pensé.

– C'est toi qui y as pensé, et maintenant que tu l'as vu, tu n'arrives pas à imaginer une chose pareille.

– Qu'est-ce que tu en dis ?

– Il n'a pas vraiment l'air d'un monstre, n'est-ce pas ?

– Exact.

Callie s'approcha de la caisse. Je restai où j'étais et je tendis l'oreille.

– C'était M. Stilwind ?

– Oui, répondit la vendeuse de billets. Vous voulez lui parler ?

– Non. Je vous remercie.

Elle revint vers moi.

– J'ai entendu, fis-je.

– C'est juste que je ne le vois pas commettre une telle horreur. Il a l'air très gentil.

– En fait, ça ne te dérangerait pas de sortir avec lui.

– C'est pas ce que j'ai dit.

– Peut-être que le crétin du drugstore a raison, après tout. Les filles aiment les belles voitures et le fric. Et t'as même pas encore dix-huit ans ! D'après toi, comment papa réagirait, s'il savait que tu veux fricoter avec un homme de cet âge ?

– Il me l'interdirait. Ou il lui casserait la figure. Allez, on laisse tomber et on rentre à la maison, Stanley. Je suis crevée. Je crois que cette énigme restera sans solution. Mais il y a au moins un point positif à tout ça. Tu as écouté ce que Chester a dit à propos de l'eau savonneuse et de ces horribles machins. C'est un argument supplémentaire en ma faveur.

– Peut-être que tu ne devrais pas trop insister là-dessus.

– Bien sûr que si ! Je veux que papa soit définitivement convaincu de mon innocence. Et que ça te plaise ou non, tu es mon témoin.

Ça ne me plaisait pas – mais cet après-midi-là, à notre retour, Callie raconta aux parents sa conversation avec Chester, et je fus bien obligé de confirmer.

Quand elle eut fini, je vis mon père pousser un soupir silencieux. Il lui tapota le dos, puis il quitta la pièce.

– Il me croit vraiment, alors ? demanda Callie à maman.

– Oui, répondit ma mère. À mon avis, il est allé se planquer quelque part pour pleurer.

– Son apparence ne signifie rien, me dit Buster. D'après toi, tous les gens qui se conduisent mal en ce monde doivent être laids ? Et ressembler à des monstres ? Ils ont les mains qui traînent par terre ? Hein, mon garçon ? C'est ce que tu penses ?

La nuit était tombée. On était dans la cabine de projection et Buster passait un western avec Audie Murphy.

– Je sais pas. Ce Bubba Joe, on raconte qu'il a l'air méchant et il l'est.

– Là, t'as raison. Mais ce n'est pas pour ça que quelqu'un qui a une sale tronche est forcément mauvais. Ceux qui sont beaux comme Howdy Doody [1] ne sont pas tous des Howdy Doody... Tu me suis, là, mon petit ?

– Oui, m'sieur.

– Retiens bien cette leçon. Un joli minois, c'est sympa à regarder, mais on sait jamais trop ce qui se cache derrière... Pourquoi crois-tu qu'il y a autant de types qui ont des ennuis avec les femmes ? À cause de leurs mignonnes petites frimousses. Ils se laissent piéger par leur beauté, et ensuite ils découvrent qu'en dessous ce sont des harpies. Tu sais ce que c'est qu'une harpie ?

– Non, m'sieur.

– Des femmes mauvaises, avec des ailes, qui torturent les hommes. D'après mon expérience, la seule différence entre elles et les autres, c'est que les femmes normales n'ont pas d'ailes.

– Vous en savez des choses, Buster.

– J'en ai surtout plus oublié que ce que connaissent la plupart des gens. Écoute-moi, tu es vraiment intéressé par ces meurtres, hein ?

1. La marionnette souriante, aux taches de rousseur, qui accompagnait le présentateur Buffalo Bob dans l'émission télévisée pour enfants *Howdy Doody Time*. *(N.d.T.)*

– Oui.

– Bon, histoire de s'amuser un peu, si je te donnais un petit coup de main ? Mais tout petit. Je ne peux pas trop m'impliquer. Les Blancs n'aiment pas qu'un négro vienne fourrer son nez dans leurs affaires.

Buster voulait bien m'aider, mais seulement quand je serais débarrassé de mes béquilles. Cela prit deux semaines de plus, et à ce moment-là j'avais toujours peur de trop forcer sur ma jambe. Mais au bout d'un jour ou deux, j'oubliai tout et je remontai même sur mon vélo réparé par mon père.

Je n'avais pas le droit de retourner sur la colline, dans le quartier des riches, et si j'allais sur la route, je devais rouler sur le bord ou, quand il n'y avait personne, sur le trottoir.

Un matin, je me levai de bonne heure et j'annonçai à mes parents que je partais faire un tour en bicyclette. Pour une fois, je laissai Nub à la maison et je rejoignis Buster en ville, derrière les bureaux du journal local où on avait rendez-vous.

Ce n'était pas loin du Palace et, en passant devant, je jetai un coup d'œil pour voir si James Stilwind ou sa Thunderbird étaient dans les parages. Rien de rien.

Buster était assis contre le mur, sur un vieux banc branlant, dans l'allée de service, en compagnie d'un homme élancé, coiffé d'un feutre mou. L'inconnu tapota le fond de son paquet de Lucky Strike pour en sortir une cigarette.

Une boîte en carton était posée entre eux. Alors que je m'approchais, le type gratta une allumette de cuisine sur le mur de brique et alluma son clope.

– Si je me fais choper sur ce coup-là, Buster, je perds mon boulot, grommela-t-il.

– Personne ne se rendra compte que c'est plus là. Et de toute façon je te ramène tout ça rapido.

– Bon, ne traîne pas dans le coin avec ça. Laisse-moi retourner à mon ménage.

– Merci, Jukes, dit Buster.

– Ouais, de rien. T'es mon cousin après tout, Buster, mais là tu pousses un peu.

– Hé, qui c'est qui t'a sorti de la merde une bonne demi-douzaine de fois ?

– Ouais, c'est vrai, t'as raison. N'empêche que j'ai besoin de ce boulot.

– T'en as un peu partout à travers la ville, des boulots.

Jukes laissa tomber sa cigarette et l'écrasa du pied.

– Bon, je file. Il vaudrait mieux que vous bougiez aussi – si un de ces messieurs du journal sortait par-derrière, il risquerait de se demander ce que deux négros font avec un petit Blanc...

– Jukes, faut te calmer, là.

– Ouais, d'accord.

– Hé, Jukes, pour le gamin, tu en joues une ?

– J'peux pas, là.

– Allez...

Jukes jeta un regard autour de lui.

– Bon, O.K., mais juste deux ou trois notes.

Il sortit un harmonica de la poche arrière de son pantalon, en tira une brève mélodie, puis se mit à chanter :

J'me suis trouvé une femme au cœur partagé
Moi, j'suis un mec exclusif
Elle veut être heureuse, mais elle n'comprend pas.

Trois accords d'harmonica, puis :

C'est une femme au cœur partagé...
Moi, j'suis un mec exclusif.

À nouveau quelques notes, et il reprit :

Elle dit à m'sieur Johnson ce qu'il devrait faire.
Mais m'sieur Johnson n'l'écoute pas
Il s'en fout de c'qu'elle fait.
J'm'en fous chérie, de c'que tu m'racontes.
Bon sang, m'sieur Johnson mange pas d'ce pain-là.

L'harmonica, plus quelques pas de claquettes. Puis :

Tu dis c'que tu veux.
Tu dis c'que tu dis.
Mais j't'annonce un truc, chérie
M'sieur Johnson mange pas d'ce pain-là.

Jukes se tut.

– Bon, c'est tout pour aujourd'hui. Faites attention à vous, vous m'entendez ?

Là-dessus, il disparut dans le bâtiment.

– Ça t'a plu ? fit Buster.

– Super, répondis-je.

Je ne comprendrais vraiment le sens de cette chanson que des années plus tard, en y repensant. Ce jour-là, je me demandai simplement si c'était ce vieux Jukes qui l'avait écrite[1].

– Va falloir qu'on marche, fiston.

Il ramassa le carton et se mit en route. Je le suivis en poussant mon vélo.

– Où va-t-on ? demandai-je.

– Jeter un coup d'œil à ces trucs.

– Y a quoi, là-dedans ?

– Tu verras. J'ai demandé à Jukes de rassembler tout ça pour moi, il y a environ une semaine, en attendant que ta jambe aille mieux. T'es guéri ?

– Elle est encore un peu bizarre, mais je n'ai plus mal.

– C'est à cause de tes muscles. Ils ont perdu l'habitude de travailler. Faire du vélo, c'est le meilleur exercice pour que ça s'arrange.

– Je vais marcher.

– C'est bien aussi. C'est toujours de l'exercice, hein ?

– On va où ?

– Au Quartier.

– Comment ?

– Eh bien, chez vous peut-être qu'on appelle ça la Ville Nègre. On rentre chez moi pour étudier tout ça en détail.

---

1. *Two Timin'Woman* est un des classiques du guitariste de blues Robert Johnson (1911-1938). *(N.d.T.)*

10

On arriva dans une rue pavée de briques rouges et bordée de chaque côté par une forêt de grands chênes. Quand le vent soufflait, leurs branches s'entrechoquaient par-dessus la chaussée.

On passa devant un parc grillagé, à notre droite, où trônait une statue de Robert E. Lee. Des corbeaux noir de jais nichaient sur elle et y faisaient leurs besoins, éclaboussant Robert de leurs déjections blanches. Je remarquai que son œil droit disparaissait sous un tas de crottes solidifiées.

Derrière le parc se trouvait un cimetière pour les vétérans de la Guerre civile. Sur certaines tombes étaient plantés de petits drapeaux confédérés décolorés par les intempéries, à côté de vases où pointaient les tiges noircies de fleurs fanées. Sur d'autres, les fleurs – dont des roses rouge sang – étaient encore fraîches.

On continua à marcher jusqu'à ce que la rue rétrécisse et que les briques du revêtement se mettent à dépasser du sol de manière anarchique, là où le mauvais temps les avait soulevées et parfois fendues. Des brins d'herbe avaient poussé dans les interstices, puis ils s'étaient desséchés et avaient jauni.

Soudain, les chênes étaient différents. Pour la première fois, je me rendais compte qu'en ville les arbres de Oak Street étaient élagués et entretenus. Mais quand on s'enfonçait dans le quartier noir, ils avaient des branches tordues et certains étaient malades et envahis d'excroissances noircies. La végétation, ici, était aussi négligée que les vieilles briques de la chaussée.

Cela valait aussi pour le cimetière des Noirs à gauche de la rue, derrière les arbres, au bord de la Dewmont Creek. On voyait des pierres tombales penchées dans tous les sens. Beaucoup étaient renversées et certaines étaient même brisées. L'herbe y était haute et de jeunes chênes poussaient un peu partout – sans doute des glands roulés par le vent ou apportés par des écureuils étourdis.

– Il n'est pas aussi beau que celui des petits Blancs, là-bas, hein ?

– Pardon ?

– Le cimetière des Noirs, mon garçon. Il n'est pas aussi beau que l'autre, où reposent tous ces pauvres petits gars de Dixie[1], n'est-ce pas ?

– Non, m'sieur.

– On ne s'en occupe pas. Et tu sais pourquoi ?

– Non, m'sieur.

– Parce que pour Halloween les gamins blancs rappliquent ici et s'amusent à renverser et à briser les pierres tombales. Du coup, il vaut mieux ne pas entretenir les lieux. Réparer les tombes, tondre la pelouse, ça ne fait que les attirer, ces crétins. Il n'y a rien de plus drôle et de plus courageux pour ces gosses que de foutre en l'air la pierre tombale d'un négro, de la faire rouler dans la rivière ou de la casser. En plus, ce sont des lâches, fiston. Et je vais te dire pourquoi. Ils savent qu'un Noir ne leur fera jamais rien ouvertement, parce que sinon il aura des ennuis avec les mecs du Klan ou d'autres salopards du même genre. C'est pas très courageux ça, n'est-ce pas ?

– Non, m'sieur. Je suppose que non.

– Ça l'est pas. C'est ce que je te dis. Écoute-moi. Je suis en train de t'apprendre quelque chose, là.

Au fur et à mesure qu'on avançait dans la rue, les visages blancs se faisaient de plus en plus rares et ils étaient remplacés par des visages noirs. La plupart des voitures garées le long des trottoirs ou devant les maisons étaient de vieilles guimbardes, et maintenant les baraques étaient moins belles – certaines n'étaient pas plus grandes que notre salon. Les peintures s'écaillaient et les planches de leurs vérandas se décollaient ; elles avaient besoin de tuiles sur leurs toits

1. Surnom des anciens États esclavagistes du Sud. *(N.d.T.)*

et de carreaux à leurs fenêtres ; quelques-unes penchaient d'un côté comme si elles avaient désespérément envie d'un peu de repos. Les toilettes étaient dans des cabanes à l'extérieur. Et peu d'habitations étaient raccordées à l'électricité.

Des hommes – jeunes et vieux confondus – étaient assis sur les vérandas ou les marches qui y menaient, et parfois vautrés dans des fauteuils éventrés dont les entrailles vomissaient des nuages de coton qui faisaient penser à des retombées atomiques. Tous portaient des vêtements élimés et des chapeaux à larges bords, comme si c'était l'uniforme du quartier. Ils avaient l'expression de quelqu'un qui vient de se prendre une raclée et qui sait qu'on va lui en filer une autre dans pas longtemps.

Un de ces types interpella Buster :

– Hé, Buster, il va t'suivre jusqu'chez toi le p'tit chiot blanc ?

– Ouais, répondit Buster.

– Tu vas l'garder ?

– Y a pas de femme chez moi pour m'en empêcher.

– Paraît qu'c'est dur d'leur apprendre la propreté à ces p'tits Blancs.

– Naan, dit Buster. Pas si tu leur flanques une bonne rouste avec un bout de canne à pêche et que tu leur mets du papier journal dans un coin.

– Et tu vas lui donner quoi à manger ?

– J'ai ce qu'il faut dans ce carton. Des tripes récupérées à l'abattoir et une tête de cochon.

– Merde ! J'la veux, moi, c'te tête-là ! s'exclama quelqu'un d'autre. Pourquoi tu zigouilles pas c'gosse, Buster ? Tu pourrais m'filer son vélo.

– Ton gros cul risque de le transformer en crêpe, répondit Buster.

Ils se marrèrent et les échos de leurs rires s'éteignirent lentement tandis qu'on continuait notre route.

Je commençais à me sentir pour le moins nerveux. Qu'est-ce que je fabriquais dans le Quartier ? J'avais perdu l'esprit ou quoi ?

On tourna dans une rue latérale et on croisa des enfants qui jouaient. Parmi eux, il y avait un petit garçon dont la morve terreuse coulait jusqu'à ses lèvres en un sillon boueux. Quand on le dépassa, il nous regarda comme s'il allait nous demander nos papiers.

Le long de la voie de chemin de fer, on arriva enfin à une petite maison dont la couleur était du même vert pisseux que la palissade de notre drive-in.

Je le fis remarquer à Buster.

– C'est normal, vu que j'ai gardé un peu de cette peinture pour moi. D'accord, elle n'est pas terrible, mais au moins ça empêche les murs de s'écailler. Et puis c'est toujours mieux que le gris.

Une grosse pierre permettait d'accéder à la véranda. La maison était simple, mais propre et bien entretenue. La moustiquaire de la porte d'entrée était neuve; les fenêtres étaient nettoyées et elles avaient des volets – ouverts, aujourd'hui. Une chaise de jardin en métal trônait sur la véranda. Elle aussi avait été peinte avec ce même horrible vert.

Au bord des rails, surplombant la maison, se dressait un panneau publicitaire qui devait dater de la Seconde Guerre mondiale. On y voyait une femme blanche rayonnante de bonheur, une bouteille de Coca-Cola à la main. Elle arborait un sourire aussi éclatant que les illusions d'un crétin.

Le vent et la pluie avaient fissuré la commissure de ses lèvres. Des corbeaux se massaient au-dessus du panneau et ils avaient commis sur sa tête le même outrage que sur la statue de Robert E. Lee.

Ils nous contemplaient de là-haut comme si on était des proies potentielles. J'appuyai mon vélo contre la véranda. Buster sortit une clé, ouvrit la moustiquaire et déverrouilla la porte d'entrée.

– Bienvenue au paradis du négro ! lança-t-il.

L'intérieur était sombre et sentait le vieux papier. Quand Buster alluma la faible ampoule pendant du plafond, je compris que cette odeur venait des étagères qui pliaient sous les livres et les magazines et occupaient la majeure partie des murs.

Il y avait aussi un placard et une petite table avec un chauffe-plat, de la vaisselle et des couverts. Au milieu de la pièce trônait une grande table en planches avec des chaises. Contre l'un des murs, près d'une étagère, j'aperçus un lit étroit et, dans un des coins de la pièce, un poêle fabriqué à partir d'un gros bidon d'huile. Un tuyau tordu en sortait et disparaissait dans le plafond. Une pile de petit bois reposait à côté, en prévision de l'hiver.

– Vous avez lu tout ça ? demandai-je.

– C'est quoi, cette question, mon garçon ? Bien sûr ! Tu bouquines beaucoup, toi aussi, j'ai vu.

– Oui, m'sieur.

– Tu as autant de livres que moi ?

– Non, m'sieur.

– Eh bien, fais-toi une bibliothèque et lis, ou au moins essaie. Je t'offrirais bien du gâteau, mais je n'en ai pas.

– Ce n'est pas grave.

– J'ai du café.

– Je ne bois pas beaucoup de café.

– Moi non plus. Sauf chaque matin et tout le long de la journée. Mais je crois qu'il me reste un Coca Royal Crown tiède, tu le veux ?

– Sûr. Merci.

Buster me donna mon Coca et se prépara un café. Puis il s'assit à la table et sortit du carton une pile de journaux pliés et des coupures de presse.

– Prends une chaise, mon garçon.

J'obéis, puis je demandai :

– C'est quoi, tout ça ?

– Je t'ai dit que Jukes faisait le ménage au journal local. Et aussi au lycée et, le week-end, au commissariat de police. Au lycée, il ne fiche rien de tout l'été et, à partir de la rentrée, il a une équipe de gars qui bossent pour lui. Ce vieux Jukes ne se débrouille pas si mal que ça !

– Comment ces extraits de journaux pourraient-ils nous aider ?

– Tu ne fais pas marcher ta cervelle, là, mon gars… Et arrête de regarder par cette fenêtre ! La fille, là, sur cette pub, elle va te montrer ni ses nibards ni autre chose. C'est juste de la peinture, tu sais.

Je piquai un fard.

– Maintenant, tu ne vas pas te mettre en rogne ni te vexer, hein ? dit Buster. Je te charriais, c'est tout. Un homme doit apprendre à blaguer et à se moquer de lui-même, et savoir aussi que c'est normal de s'intéresser aux nichons des filles. Dans le cas contraire, tu ne vaudras pas le papier cul avec lequel tu te torches. Si tu penses trop aux nénés, c'est un problème, mais si tu n'y penses pas du tout, alors c'est qu'il y a quelque chose qui ne tourne pas rond chez toi. Tu m'écoutes ?

– Oui, m'sieur.

– Avant tout, faut que tu apprennes à rigoler d'un truc – les femmes que tu ne peux pas avoir. Vu qu'il y en aura beaucoup. Et maintenant, réfléchis un instant. Pourquoi est-ce qu'on a besoin de coupures de presse qui remontent aussi loin dans le passé ?

– Je suppose que c'est pour lire ce qu'on a dit à propos de ces deux meurtres, à l'époque.

– Très bien. Tu commences à piger. Mais dans ce carton, j'ai aussi des extraits de journaux qui datent d'avant et d'après ces drames. Et tu sais pourquoi ?

– Non.

– Parfois, ces histoires arrivent juste comme ça. Un mec assassine quelqu'un et il ne sait même pas pourquoi. Quand j'étais en Oklahoma, à l'époque dont je t'ai parlé, un matin un Indien se lève et se met à battre sa femme à mort avec un rondin de leur poêle, puis il fout le feu à leur maison et il laisse leur bébé, une petite fille, brûler vive dans son berceau. Ensuite, il prend son fusil, il flingue leur chien et se tire une balle dans la tête. Mais quand il s'agit de se canarder lui-même, il n'est pas aussi doué, et il survit, même s'il laisse sa mâchoire dans l'affaire. Quand on lui a demandé pourquoi il avait fait ça, il a répondu qu'il ne savait pas. Il ne s'était même pas disputé avec sa gonzesse, au contraire, ça gazait bien entre eux et il adorait son bébé, et son chien était une bête de première. Mais voilà, il se réveille un beau matin, il voit sa nana penchée sur la cuisinière en train de préparer le petit déjeuner et ça le prend comme ça. Il ramasse le rondin et se met au boulot. Il a dit qu'à ce moment-là ça lui avait paru une bonne chose à faire.

– On lui a tiré une balle dans le cœur, à lui aussi ?

– Non, on ne l'a pas exécuté. On a considéré que les dieux ou quelque esprit malfaisant l'avaient rendu fou. On l'a relâché. De toute façon, il allait passer le restant de sa vie sans mâchoire et en plus la balle avait fait un trou dans son crâne et lui avait touché la cervelle, et il n'était plus bon à rien. Il boitait, il picolait, il se chiait dessus – quand il ne se cassait pas la gueule par terre. Peut-être que ça aurait mieux valu pour lui qu'on lui mette une balle en plein cœur.

« Mais ce n'est pas parce que, chez lui, son geste n'avait ni motif et ni rime ni raison que c'est pareil pour la plupart des autres crimes. En général, il y a une explication. L'argent. L'amour. Ou, plus souvent qu'on croit, simplement un orgueil mal placé. L'orgueil te fait vouloir du pognon, et l'absence d'orgueil pareil, et ça te donne envie d'être aimé, et de ne plus être insulté. L'orgueil est la raison cachée de toutes choses, mon garçon, sauf quand on a affaire à des gens qui sont fous à lier.

– Est-ce qu'il y a un rapport entre le meurtre de Margret et celui de Jewel ?

– Je ne peux pas l'assurer pour l'instant, mais je pense que oui. Il faut qu'on découvre s'ils sont liés ou s'ils se sont produits le même jour, mais indépendamment. Tu vois, juste une coïncidence. S'ils sont liés, alors il y a un mobile. Si on arrive à définir ça, on peut revenir en arrière ou aller de l'avant, en fonction de la situation. Tu me suis jusqu'ici, mon gars ?

– Un peu... Euh, pas tout à fait.

– Tu vois, dans la presse, ils ont ce qu'ils appellent « la morgue ». C'est pas pour les gens qui sont morts, non, c'est pour les anciens numéros d'un journal. Des trucs qui se sont passés il y a longtemps. Les articles que j'ai ici datent d'avant et d'après les meurtres. C'est juste la première boîte. Jukes m'en dégottera d'autres. Mais rien que pour lire celle-là, ça va nous demander un peu de temps.

– Qu'est-ce qu'on veut découvrir ?

– Il y a des trucs qu'on sait qu'on cherche et d'autres dont on n'a pas encore idée.

– Comment va-t-on reconnaître les trucs qu'on ne cherche pas ?

– Ça dépendra de nous.

– Et comment saura-t-on ce qu'on cherche ?

– Pour commencer, on va noter toutes les fois où on parle des Stilwind et, pour Margret, de la famille Wood. Même si c'est juste une référence à un voyage qu'ils ont fait, n'importe quoi, on va étudier tout ça.

– Un voyage ?

– Les Stilwind. Ils ont de l'argent, petit. Ils bougent, ces gens-là. On risque d'avoir quelque chose là-dessus dans la rubrique mondaine.

– Pourquoi doit-on s'intéresser à ça ?

– Peut-être que ça n'a aucune importance. Mais il faut quand même regarder. On va recenser tous les articles où on les mentionne. Et aussi rechercher tous les crimes qui ressemblent à ceux sur lesquels on enquête, avant et après. Des meurtres près de la voie ferrée, des gens qui meurent dans des incendies, même si c'est un accident. Ensuite, on aura peut-être quelques dossiers de la police à étudier.

– Vraiment ?

– Stanley, je te fais confiance, là. Tu ne dois rien dire à ce sujet. Et il ne faut pas non plus que tu parles de ces journaux, tu entends ?

– Oui, m'sieur.

– Si on apprend que j'ai demandé à Jukes de sortir de vieux dossiers de la police, eh bien, il perdra son boulot, mais il a aussi de bonnes chances de se faire casser la gueule, ou pire. Je l'oblige à faire un truc très grave, juste pour savoir quels Blancs sont morts il y a des années, et tout ça pour que toi et moi on ait quelque chose pour passer le temps…

– Pourquoi Jukes a-t-il accepté ?

– Parce qu'un jour, je lui ai rendu un grand service.

– Quel genre de service ?

– Ça, c'est entre lui et moi.

– Et vous, pourquoi vous faites ça ?

– Je m'ennuie. J'aurais bien aimé rester flic, Stan. Mais quand ça a été terminé, il n'y a plus eu de place pour un Noir comme moi dans cette branche. Je n'ai pas voulu monter dans le Nord, où j'aurais pu continuer, parce qu'il fait trop froid là-haut. Et puis, les Blancs de là-bas ne valent pas mieux que ceux d'ici. Ils prétendent juste qu'ils sont meilleurs.

– Quand est-ce qu'on aura les dossiers de la police ?

– Dès que Jukes pourra les piquer. Ils sont suffisamment anciens pour que personne ne remarque leur disparition. En tout cas, pas tout de suite. Et il les remettra en place quand on aura fini.

– Qu'est-ce qu'on fait si on trouve le coupable ?

– On verra ça quand on y sera.

Il y avait tout un tas d'informations sur les Stilwind dans ces journaux. Les immeubles qu'ils avaient achetés, les mariages auxquels ils avaient assisté, leurs voyages à l'étranger, le départ de leur fille aînée pour l'Angleterre, plus toute une série d'informations mondaines et le détail des œuvres charitables qu'ils soutenaient.

Mais aucun lien quelconque avec nos meurtres qui m'aurait sauté aux yeux.

Buster lisait tout avec soin et, de temps en temps, il gribouillait quelques mots sur un bloc-notes jaune avec un crayon gras.

– Vous avez découvert quelque chose ? lui demandai-je.

– Je ne sais pas. Ça marche comme un puzzle. Tu trouves une pièce ici, et une autre là. Certains trucs, tu crois qu'ils pourraient presque coller, mais finalement non, alors tu les mets de côté. Mais tu les gardes dans un coin, pas trop loin. Parfois, tu dois faire machine arrière et les reprendre. La plupart du temps, tu résous les affaires comme ça, en y travaillant patiemment. Un petit coup ici, un petit coup là. Pense à ça. Quand tu veux sculpter une statue, tu pars d'un bloc de pierre. T'enlèves un petit bout là et un autre ici – et à la fin tu as viré assez de pierre pour faire apparaître cette statue.

– Sauf que nous, on n'est pas des sculpteurs.

– Stan, c'est ce qu'on appelle une comparaison. Il ne faut pas prendre ça au sens propre. C'est une métaphore.

– La façon dont vous parlez, les mots que vous employez, ça change tout, Buster.

– N'est-ce pas ? me répondit-il avec un grand sourire. Quand les pièces du puzzle commencent à s'assembler, c'est comme la combinaison d'un coffre. Tu sais. Clic, clic, clic. Maintenant, retourne à tes coupures, fiston, et réfléchis à ce que tu es en train de lire.

Deux heures plus tard, Buster annonça :

– Je vais faire une petite pause et prendre mon médicament. Ce serait peut-être une bonne idée que tu rentres chez toi.

Il s'approcha d'une de ses étagères, déplaça quelques livres de poche et sortit une petite bouteille plate d'eau de vie qui était planquée derrière les bouquins.

– Ça aide mon sang à circuler.

– Ça craint pas si je rentre tout seul chez moi ? demandai-je.

– Tu as peur que les Noirs te chopent ?

– Un peu.

– Au moins, tu es honnête. T'inquiète, ils ne vont pas t'emmerder. Tu leur fais juste un petit coucou de la main, à ces mecs qui traînent là-bas sur la véranda. De toute façon, eux aussi ils doivent être en train d'avaler leur médicament. Ils n'ont pas grand-chose d'autre à faire. Tous les autres boulots sont pris.

Je me levai pour partir.

Il me tendit un livre de poche intitulé *Les Aventures de Sherlock Holmes*, et me dit :

– Emporte ça chez toi et lis-le. Ça va t'aider à réfléchir correctement. Holmes, tu vois, il avait la cervelle qu'il faut pour ce genre d'enquête. Il pensait plus loin que le coin de la rue et il savait regarder sous les tapis.

– Regarder sous les tapis ?

– Lis ce bouquin et tu comprendras ce que je veux dire.

Je glissai le livre dans ma poche de derrière et je récupérai mon vélo contre la véranda. Ce ne fut pas facile de rouler sur les briques inégales de la rue. Je passai devant la véranda où tous ces Noirs se tenaient un peu plus tôt, mais il n'y avait plus personne.

Je continuai mon chemin jusqu'à l'endroit où les arbres commençaient à être bien taillés et la chaussée entretenue, je dépassai le cimetière noir à l'abandon puis le cimetière blanc bien tenu, j'entrai dans Dewmont et je pris le chemin de la maison.

11

Les jours suivants, Buster apporta les vieux journaux au travail. Il arrivait au moins deux heures avant l'ouverture et Nub et moi on lui tenait compagnie dans la cabine de projection. On passait les articles en revue – enfin, quand je dis « on », je veux parler de Buster et de moi, pas de Nub qui se contentait de rester couché sur le sol, les pattes en l'air. Il ne nous était d'aucun secours.

Avec Buster, on notait sur des blocs jaunes tout ce qu'on trouvait d'intéressant et on mettait de côté les articles catalogués, pour éventuellement y revenir plus tard.

Le matin, quand Buster n'était pas là, j'étais plongé dans les aventures de Sherlock Holmes, ou bien j'aidais Rosy à faire des progrès en lecture. Elle était passée des magazines de cinéma et des comics aux revues de maman – comme le *Saturday Evening Post*, dans lequel elle dévorait surtout les fictions.

Parfois, Richard me rendait visite et on descendait en vélo jusqu'aux rives ombragées de la rivière pour pêcher des écrevisses dans les eaux boueuses et peu profondes.

On attachait un morceau de lard à une ficelle et, quand une de ces bestioles s'y accrochait, on la sortait d'un coup sec.

Lorsque la pêche était bonne, le seau de Richard était à moitié plein vers midi. Il ramenait nos prises à sa mère, qui les faisait bouillir jusqu'à ce qu'elles deviennent roses. Ensuite, elle préparait du riz et des légumes et elle mélangeait le tout.

J'en avais déjà mangé une ou deux fois chez eux et je n'en raffolais pas. Pour moi, ça avait trop le goût de vase. Et puis j'étais triste de voir la maman de Richard raser les murs à la façon d'un chien battu, avec un œil au beurre noir, le nez enflé et la lèvre gonflée comme une rustine sur un pneu de bicyclette… Le simple fait d'apercevoir, de l'autre côté de la table, le père de Richard penché sur son assiette, semblable à une nuée sombre s'apprêtant à déverser un orage sur le monde, suffisait à me couper l'appétit.

Un jour, Richard débarqua à la maison sur son vélo, avec un œil en compote.

– Qu'est ce qui t'est arrivé ? lui demandai-je.

– Mes vieux se sont encore disputés et j'ai essayé d'empêcher mon père de shooter dans ma mère. En échange, il m'a explosé l'œil. Et il lui a botté les fesses malgré tout.

– Je suis désolé pour toi.

– Je suppose que maman et moi on ne l'a pas volé.

– Arrête de raconter des idioties.

– Bon, si on filait à la pêche aux écrevisses ? proposa-t-il simplement.

Plus tard, au bord de la rivière, on discuta du fantôme qui se baladait sur la voie ferrée.

– Hé ! Tu veux qu'on aille jeter un coup d'œil là-bas cette nuit ? proposa Richard. On sera rentrés avant même que tes parents ne se rendent compte que t'es parti.

– Je sais pas. Peut-être.

– Tu ne peux quand même pas être une mauviette toute ta vie !

– Je ne suis pas une mauviette !

– Tu fais toujours ce qu'on te commande, pas vrai ? Moi, je prends des risques.

– Ouais, mais mon paternel ne me flanque pas une branlée à la moindre occasion. D'ailleurs, il me m'en flanque jamais.

– Le mien prétend que c'est pour m'apprendre à être responsable.

– C'est juste pour le plaisir de te filer la rouste, ouais ! Et il frappe aussi ta mère. Mon père ne frappe jamais ma mère.

– C'est bien pour ça qu'elle la ramène.

– Qu'est-ce que ça peut te faire qu'elle la ramène ?

– Je m'en fiche, Stanley. Mais si tu veux te battre, t'as qu'à le dire. J'ai pas peur de toi.

– Tu vas peut-être m'assommer, mais t'as pas le droit de parler comme ça de ma mère ou de ma famille.

– C'est toi qui as commencé.

J'étais toujours accroupi sur la berge, avec ma ficelle lestée de lard. Je réfléchis un moment, puis murmurai :

– Bon, t'as raison, je pense que c'est moi qui ai commencé... Je ne voulais pas te vexer.

– Moi non plus, dit Richard. Je blaguais quand je t'ai traité de mauviette. T'en es pas une.

– Merci.

– C'est bon. Alors, tu fais le mur ou pas ?

– Pourquoi pas ? répondis-je.

– Je passerai cette nuit. Vers onze heures. C'est O.K. pour toi ?

– Plutôt vers minuit.

– On peut aller en vélo jusqu'à l'ancienne scierie et puis continuer à pied, vu qu'ensuite c'est juste une piste dans la forêt.

Vers le soir, on a roulé nos ficelles autour d'un bâton et on les a planquées sous le pont pour la prochaine fois où on pourrait se procurer du lard, puis j'ai raccompagné Richard chez lui. Il portait le seau plein d'écrevisses.

On passa devant la scierie abandonnée. La majeure partie des installations avait pourri sur pied et on avait démoli presque tout le reste pour récupérer le bois de charpente. Un seul bâtiment était encore debout. Il était monté sur pilotis et, à travers les fenêtres sans vitre, on apercevait les machines du rez-de-chaussée. Son toit avait une forme conique et, dans la lumière de la lune, la rouille lui donnait des reflets dorés.

L'avant de cette structure était ouvert. Un long toboggan en tôle, suspendu à des chaînes rouillées fixées à des poutrelles à charnières, en sortait et aboutissait au-dessus d'un grand tas de sciure humide et noirâtre, tassé par le vent et la pluie. Dans la forêt, des geais bleus s'engueulaient et l'un deux vint se poser un instant sur le toboggan. Son faible poids suffit à le faire osciller sur ses chaînes. Finalement, l'oiseau fila vers le ciel et ne fut bientôt plus qu'un point sombre disparaissant dans le lointain.

Pas mal d'histoires circulaient à Dewmont, et l'une d'elles – je la tenais de Richard – racontait qu'un jour un gamin noir était venu jouer dans les ruines de cette scierie et qu'il s'était dit que ce serait amusant de se laisser glisser le long du toboggan et de plonger dans le tas de sciure. Mais quand il y tomba, il s'y enfonça et on ne le revit plus jamais.

Son squelette devait encore se trouver quelque part sous cette immense montagne de sciure, peut-être parmi les ossements d'autres imprudents qui avaient fait comme lui…

Je m'étais toujours demandé comment on pouvait savoir qu'il était là puisque personne n'avait assisté à cet accident.

Et s'il y était vraiment, pourquoi n'avait-on toujours pas creusé pour récupérer sa dépouille ?

Quand je fis part de mes doutes à Richard, il me répondit :

– Sa maman, elle avait encore douze gosses. Un petit négro de plus ou de moins, ça n'a pas dû lui manquer de trop…

Lorsqu'on arriva à la ferme de ses parents, il changea d'attitude. Il se mit à traîner la jambe et rentra la tête dans les épaules.

– J'espère que le seau d'écrevisses calmera un peu mon paternel, vu que je suis parti pas mal de temps…, murmura-t-il.

Je ne sus pas quoi répondre à ça, et on marcha en silence jusqu'à la cour. Aux dires de Richard, cette maison appartenait à sa mère qui en avait hérité de sa famille. Elle était immense et, jadis, elle avait été magnifique. Mais il ne restait plus rien aujourd'hui de cette ancienne splendeur.

Le jardin était envahi par des mauvaises herbes et séparé en deux par une allée au béton fissuré. La porte d'entrée pendait sur ses gonds et la véranda s'effondrait doucement. Le toit était crevé d'un côté et des bouts de charpente, noircis et gonflés par l'humidité, se balançaient autour de ce trou. Ils avaient l'air si pourris qu'on aurait pu les arracher à mains nues.

Derrière la maison, leur gros chien noir aboyait en tirant sur sa chaîne attachée au poteau du fil à linge.

Richard s'arrêta un instant pour l'observer tandis qu'il courait d'un côté à l'autre de sa chaîne.

– Papa adore ce cabot, dit-il. Il en est fou.

Au-delà s'étendait la dizaine d'hectares de la propriété sur lesquels M. Chapman cultivait des pommes de terre et des petits pois. Il y avait aussi quelques annexes en ruine, un mulet mal nourri qui aidait aux labours, enfermé derrière une barrière branlante, et un cochon anémique, vautré dans un trou boueux encerclé par une rangée de piquets taillés dans des pommiers sauvages. On le nourrissait de gâteaux rassis que M. Chapman récupérait à la boulangerie, et des restes de la cuisine.

Quand on grimpa sur la véranda, la porte s'ouvrit et M. Chapman sortit. Il était grand et maigre et il donnait l'impression d'être passé dans une essoreuse réglée un peu trop fort. Plus la moindre goutte d'humidité en lui, même pas dans ses tifs. Ses yeux étaient sombres et secs comme des pignons de pin.

Il me regarda, puis Richard.

– T'as quoi dans ce seau, fils ?

– Des écrevisses, répondit Richard. Y en a assez pour le dîner, je pense.

– Tu penses ? Y en a assez ou pas ?

– Oui, m'sieur.

– T'as filé toute la journée, mon garçon. J'avais du travail pour toi.

– Désolé, m'sieur.

– Rentre et donne-les à ta mère. Et ton copain peut pas rester.

– À la prochaine, Stanley, dit Richard.

Son expression me fit penser au petit mot d'un type qui a décidé de se suicider.

– Sûr, répondis-je.

Derrière moi, tandis que je m'éloignais, j'entendis la porte qui se refermait, puis le son mat d'une gifle. Richard poussa un cri aigu et son père lui répondit par quelques mots cinglants que je ne saisis pas.

Je rejoignis la route et je marchai vite, soulagé de retrouver la chaleur du soleil et la clarté de l'air, et de m'éloigner des mauvaises herbes, des arbres et de la grande maison pourrissante des Chapman.

À mon retour chez nous, maman était dans tous ses états. Elle était allée faire des courses en ville avec Callie et il s'était passé quelque chose.

Elle avait une robe noire et un chapeau assorti avec un nœud rouge – le genre d'accoutrement que Robin des Bois aurait porté s'il avait été une chochotte et en deuil.

Maman ôta son chapeau, qui tenait avec deux épingles à cheveux, et elle le posa sur l'égouttoir, près de l'évier. Ses mains tremblaient.

– Il nous suivait, de l'autre côté de la rue…, dit-elle, s'adressant à Rosy Mae et à moi.

– Z'êt'sûre qu'c'était lui, m'dame Gal ?

– Je ne peux pas le jurer puisque je n'ai jamais vu ton homme. Pourtant, je crois bien que c'était lui. Un type baraqué et très noir. Il portait un feutre rabattu sur les yeux. Un manteau assez long. Il avait l'air costaud.

– L'avait quoi comm'chaussures ? demanda Rosy Mae.

– Je n'ai pas pensé à regarder ses pieds, répondit Maman. Il aurait aussi bien pu porter des ballerines de danseuse, pour ce que j'en sais ! J'ai besoin de m'asseoir. Stanley, tu vas me chercher un verre d'eau, s'il te plaît ?

– Des bottes militaires avec des lacets rouges, dit Callie. Je l'ai remarqué parce que je n'avais encore jamais vu un type avec des lacets rouges.

J'apportai un verre d'eau à maman. Elle s'installa à la table de la cuisine, but quelques gorgées, puis le reposa et inspira profondément.

L'autre jour, quand j'avais surpris ce grand Noir devant chez nous, en train de fumer une cigarette, je n'avais pas regardé ses chaussures. Mais le reste de ses fringues et le chapeau, oui, ça collait.

Papa, qui nettoyait le parking, fit irruption dans la cuisine et me lança :

– Stanley, je veux te voir là dehors illico pour m'aider à ramasser toutes ces saletés. Tu ne peux pas aller à la pêche comme ça toute la journée quand il y a du boulot à la maison… Hé, qu'est-ce qui se passe ici ?

– Je ne sais pas s'il se passe quoi que ce soit, répondit ma mère. Peut-être que c'est juste le fruit de mon imagination.

– Eh bien, grommela mon père, je vais devoir utiliser la mienne pour deviner ?

– Non, dit-elle. C'est juste que je ne sais pas vraiment si tout ça est réel ou pas. Tu vois, Callie et moi, on faisait des courses en ville. On voulait aller à l'épicerie Phillips, mais on a dû se garer un peu plus loin. C'est le jour des bons de réduction, chez eux. Ils ont lancé leur propre système de remises et…

– Gal, par pitié…, fit papa.

– D'accord. Bref, de l'autre côté de la rue, il y avait ce Noir immense avec son feutre marron. Il avait l'air si effrayant. Il… Eh bien, je n'ai pas aimé la façon qu'il avait de nous regarder. Pendant qu'on marchait vers la voiture, il nous a suivies sur l'autre trottoir. Quand on s'arrêtait, il s'arrêtait aussi, et il nous lançait des regards mauvais. Je n'ai pas rêvé, n'est-ce pas, Callie ?

– Non, c'est vrai. Il nous surveillait, papa.

– Il nous a accompagnées jusqu'à notre voiture, et au moment où j'étais en train de manœuvrer pour m'en aller, il s'est approché de la vitre de mon côté et il a regardé à l'intérieur. Il n'a rien dit. Il n'a rien fait. Mais il avait une expression vraiment bizarre. Et ses yeux, ils étaient si…

– … abominables, conclut Callie. Comme dans les films d'horreur.

– Oui, c'est exactement ça, reprit ma mère. Je suis restée paralysée, le pied sur le frein.

– Oh, c'était lui, m'dame Gal ! s'exclama Rosy Mae. Y les porte tout l'temps, ces bottes aux lacets rouges. C'est moi qui lui ai payées. Et il a c'genre d'regard. J'l'ai souvent vu, juss'avant qu'y m'tape si fort qu'mes fringues changeaient d'couleur. (Elle tira une chaise et s'y laissa tomber.) Y vous a suivies et c'est tout d'ma faute…

– C'est moi qui t'ai accueillie chez nous, protesta ma mère.

– Exact, acquiesça papa. C'est toi.

– J'peux attraper mes affaires et filer d'ici en moins d'un quart d'heure, dit Rosy Mae. Personne n'a jamais été aussi gentille qu'vous, m'dame Gal. Mais j'veux pas causer d'ennuis à vot'famille.

– Tais-toi, Rosy, dit maman. Tu ne vas aller nulle part.

– Peut-être que je devrais, m'dame Gal.

– Si tu t'en vas d'ici et que tu traînes dehors, il te fera du mal, assura ma mère. C'est évident.

– Et à toi ? s'exclama mon père. Il me semble qu'il risque aussi de t'en faire. Ou à nos enfants.

Ma mère lui jeta un regard noir et grommela :

– Qu'est-ce que tu proposes, dans ce cas-là ?

Il réfléchit un instant, puis répondit :

– Je propose qu'on ne change rien à nos arrangements... Rosy, tu es la bienvenue chez nous. Je ne veux pas que tu te retrouves à la rue. Tu n'as vraiment aucun autre endroit où aller, n'est-ce pas ?

– Non, m'sieur Stanley, j'en ai pas.

– Eh bien, alors, tu restes ici. Mais on va se mettre en chasse de ce salopard. Où avez-vous croisé ce nèg... ce type, dites-vous ?

– Dans la grand-rue, dit Callie. Mais il doit être loin, à présent. Tu aurais dû le voir, papa, quand il regardait dans la voiture... Il était vraiment effrayant.

– Où habite-t-il, Rosy ? demanda mon père.

– Là-bas, chez nous, dans l'Quartier.

– Où ça, dans le Quartier ?

Rosy Mae lui donna l'adresse.

– Je vais aller voir, dit-il. Et si je ne le trouve pas, je préviens la police.

– Non, Stanley, dit maman. Cet homme est dangereux. Il a peut-être un pistolet.

– Il en a pas, assura Rosy Mae. Mais l'a toujours un couteau ou un rasoir sur lui. Et y s'en servira pour vous taillader, ça j'vous l'garantis.

– File directement à la police, insista ma mère.

– Je reviens tout de suite, promit papa.

Là-dessus, il monta à l'étage, enfila une chemise propre et prit son chapeau.

Puis il se mit en route.

– Vous pensez qu'il va aller chez les flics ? demandai-je.

– Je l'espère vraiment, répondit maman.

Papa fut absent un bout de temps. Comme on ne savait pas où il était, on l'attendit en se rongeant les sangs. Maman et Callie se lancèrent dans des tâches ménagères, et moi je filai ramasser les saletés sur le parking du drive-in avec la pique. Quand j'eus terminé, je lus la dernière aventure de Sherlock Holmes dans le bouquin que Buster m'avait prêté, mais j'avais du mal à me concentrer.

Inutile de dire que lorsqu'il fut enfin de retour, on était tous passablement excités. Il entra dans la cuisine et ôta son chapeau.

– Tu as vu la police ? demanda Callie.

– Oui, dit-il. Je leur ai donné la description que vous m'avez faite. Mais avant ça, je suis passé à la cabane où il habite... Enfin, où tu vivais, Rosy. Il n'y était pas. Et la cabane non plus.

– Comment ça, m'sieur Stanley ?

– Elle a entièrement brûlé.

– L'avait déjà menacé d'y mettre l'feu, avec moi à l'intérieur, murmura Rosy Mae. J'suis bien contente d'ne pas avoir été là-d'dans.

– Les policiers sont à sa recherche. Ils m'ont promis de me tenir au courant.

– Je veux qu'on verrouille toutes les portes, dit maman. J'ai peur pour nous tous.

– C'est pas une mauvaise idée, dit papa, mais je doute qu'il vienne par ici.

– L'est capable de tout ! assura Rosy Mae. Surtout maint'nant. S'il a suffisamment d'whisky dans l'ventre, y peut inventer n'importe quoi.

Je suppose que j'aurais dû leur signaler que j'avais vu Bubba Joe dans les parages, et je ne sais pas exactement pourquoi je ne l'ai pas fait. J'ai plus ou moins pensé que ça n'était plus très important, désormais, puisqu'il n'était plus là. Et puis maman et Callie étaient déjà assez inquiètes comme ça. Et si je l'avais dit à mon père, il se serait peut-être lancé tête baissée à sa poursuite et il aurait risqué de lui faire quelque chose qu'il aurait regretté ensuite. Ou alors – même si c'était difficile à imaginer – Bubba Joe aurait pu s'attaquer à lui.

Des tas de sentiments contradictoires se bousculaient dans ma tête.

Finalement, je décidai de me taire.

Du moins, dans ma famille.

Ce jour-là, tout le monde fut sur les nerfs. Je me surpris à aller vérifier de temps en temps si Bubba Joe n'était pas en train de prendre d'assaut la palissade du drive-in ou d'escalader le portail par où entraient les voitures de nos clients.

Quand Buster arriva, je filai le retrouver.

– T'as l'air à cran, mon garçon, me dit-il.

– C'est exact, lui répondis-je.

Et je lui expliquai pourquoi.

– Ce négro, il est taré, Stanley. Toujours à battre les nanas et tout ça. Je n'ai jamais aimé ce mec-là et je n'ai jamais fait d'affaires avec lui. Mais je ne pense pas qu'il reviendra par ici, dans le quartier blanc. Il a peur des Blancs. Pas d'un Blanc en particulier, mais des Blancs en général. Tu vois, je connais des Noirs qui croient que si tu chopes la crève d'un Blanc, le virus est deux fois plus mauvais que si c'est un Noir qui te le refile.

– Je ne pense pas que Bubba Joe soit du genre à se laisser effrayer par un rhume.

– Tu marques un point, là.

– Je crois que je l'ai vu, l'autre jour. Devant le drive-in. À nous surveiller.

– Sur la pelouse ?

– Non, de l'autre côté de la route.

– Je persiste à dire que ça ne vaut pas la peine que tu fasses dans ton froc pour autant. Il ne risque pas de pénétrer chez un Blanc sans invitation… Mais bon, malgré tout, c'est toujours possible. On ne sait jamais ce dont un dingue est capable.

Je ne peux pas dire que les paroles de Buster me rassurèrent, mais je me remis à la lecture des journaux, et avant tout parce que ça avait l'air de lui faire plaisir.

Je tombai sur un article sur le meurtre et l'incendie, écrit quelques jours à peine après ces terribles événements. C'était une sorte de résumé de ce qui s'était passé jusque-là – le cadavre de Margret avait été retrouvé par un chasseur, qui l'avait signalé, et c'était une tragédie. On sentait bien pourtant que pour le journaliste, la véritable tragédie c'était la mort de la jeune Stilwind et l'incendie qui avait détruit la maison d'une des grandes familles de la ville. Il mentionnait toutes ses récompenses scolaires et il vantait sa beauté.

Margret, elle, n'était qu'une pauvre gamine assassinée quelque part le long de la voie de chemin de fer.

Je montrai ça à Buster. Il grommela :

– Ce gars qui est censé avoir tué Margret, tu penses qu'après ça il a foncé chez les Stilwind pour frapper à nouveau ?

– Je sais pas. Je suppose que oui.

– Réfléchis, fiston. Il peut trouver le temps de venir en courant depuis la voie ferrée jusque chez les Stilwind, mais ensuite il faut encore qu'il entre sans se faire repérer, puis qu'il ligote la petite et qu'il la bâillonne pour qu'elle n'ameute pas la maison. Il a dû être foutrement occupé, n'est-ce pas ?

– Oui, m'sieur.

– Et donc, il doit faire tout ça et puis foutre le feu et s'échapper sans se laisser attraper. Qu'est-ce que t'en penses ?

Je réfléchis un moment, puis je proposai :

– Peut-être qu'il l'a ligotée et bâillonnée, puis qu'il est parti tuer Margret et qu'il est revenu pour mettre le feu ?

– Trop compliqué.

– Ça me donne la migraine, dis-je.

– Je suis d'accord, répondit Buster. À moi aussi.

Au fur et à mesure que la soirée avançait, je regrettais de plus en plus mes projets d'expédition nocturne avec Richard. L'idée de faire le mur me fichait la trouille. Si mes parents l'apprenaient, je risquais d'être bouclé chez nous jusqu'à la fin de l'été.

Et puis j'avais peur aussi de ce Bubba Joe qui rôdait dans les parages. Toute la journée, je m'étais payé la chair de poule chaque fois que j'avais pensé à lui, et maintenant l'idée de sortir me balader au beau milieu de la nuit me paraissait carrément insensée.

J'aurais pu expliquer tout ça à Richard, mais il aurait eu l'impression que je cherchais à me défiler. Je m'étais engagé et il n'était pas question de le décevoir. Ou, pour être honnête, je n'avais pas envie de passer pour une mauviette, vu qu'il avait déjà évoqué cette éventualité.

Plus le soleil descendait, plus mes craintes redoublaient. Finalement, tout le monde fila au lit, moi y compris. Mais je restai allongé, avec Nub à côté de moi, à contempler le plafond et à penser à cette pauvre Margret, à Jewel Ellen, à la vieille folle dans sa maison abandonnée, au gamin noir dont le squelette, disait-on, reposait sous le tas de sciure et, bien sûr, au grand méchant Bubba Joe et à tout ce qui m'avait traversé l'esprit ces dernières semaines. Sans parler d'un camion qui me fonçait dessus en freinant de tous les diables.

Je réfléchis à tout cela, jusqu'à ce que ça se mélange dans ma tête.

J'envisageai d'écouter la radio un moment, mais j'y renonçai et je restai simplement couché là, à attendre, les mains croisées sur le ventre. Quand la tension fut trop forte, au point que j'en transpirais, je décidai de me lever.

J'avais enfilé mon pyjama, mais dès que la maison fut silencieuse, je me rhabillai – un jean, des tennis et une vieille chemise bleue. Je portai mon petit réveil à ressort jusqu'à la fenêtre pour lire l'heure à la lumière de la lune.

23h15.

Je m'installai sur une chaise pour guetter l'arrivée de Richard à travers la fente entre le chambranle et le ventilateur. Je posai le réveil par terre à côté de moi et je vérifiai l'heure à peu près toutes les trente secondes.

Richard se pointa sur son vélo à minuit moins le quart. Je le vis s'arrêter dans la cour et m'attendre.

Je pris mon canif sur le haut du placard et le glissai dans ma poche. Je remis mon réveil sur la table de nuit. Nub s'était levé, prêt à m'accompagner dans une aventure nocturne.

– Tu restes là, Nub !

Il me regarda comme si je l'avais personnellement insulté.

– Pas ce soir, Nub. Couché !

J'entrouvris la porte, puis me retournai pour lui jeter un coup d'œil. Il s'était rallongé et il me lança ce genre de regard triste dont seuls les chiens ont le secret. Je refermai derrière moi et descendis sans faire de bruit.

En entrant dans la cuisine, je tombai sur Callie. En pyjama, debout devant le réfrigérateur ouvert, elle se versait un verre de lait.

La lumière du frigo l'éclairait en contre-jour et se répandait sur le sol.

– Stanley ?

– Qu'est ce que tu fais là, Callie ?

– Je me sers à boire, tu vois. Et toi, qu'est-ce que tu fabriques tout habillé à cette heure-ci ?

– Rien.

– Mon œil. T'étais en train de faire le mur, là.

– Même pas vrai.

– Même que oui que c'est vrai. Ou bien tu me dis où tu files, ou je préviens les parents.

J'hésitai. Une série de mensonges me traversèrent l'esprit comme des alevins dans une nasse, mais aucun n'était suffisamment convaincant.

– Tu vas réveiller Rosy Mae ! protestai-je.

Callie jeta un coup d'œil en direction du salon, où on entendait les ronflements de Rosy. On aurait dit quelqu'un en train de scier des rondins avec une scie mal affûtée.

– Allons dehors, ordonna-t-elle.

Elle déverrouilla la porte de derrière et on sortit sur la véranda.

– Et maintenant, crache le morceau, Stanley.

Je la mis rapidement au courant de notre projet.

– Des fantômes ? s'exclama-t-elle. Tu crois aux fantômes ?

– Je ne sais pas. Je voulais vérifier, c'est tout.

Callie resta silencieuse un instant, tout en sirotant son lait.

– Richard m'attend dans la cour, dis-je.

– Tu sais que Bubba Joe pourrait bien rôder là-dehors ?

– Je sais.

– C'est assez excitant, en fait.

En ce qui me concernait, je ne trouvais pas ça excitant du tout. Mais je ne voulais pas passer pour une poule mouillée.

– Je viens avec vous.

– Quoi ?

– Je viens avec vous. Je veux voir un fantôme.

– C'est impossible.

– Soit je vous accompagne, soit je raconte tout aux parents.

– Je leur dirai que toi aussi, tu voulais faire le mur.
– Ils ne te croiront pas.
– Tu pourrais avoir des ennuis.
– Et toi aussi.
– Tu en as déjà eu. Tu es sûre de vouloir courir le risque d'en avoir encore plus ?
– Et toi ?
– Bon, d'accord.
– Faut que je m'habille.
– Je vais prévenir Richard, dis-je.
– Si tu veux sauver tes fesses, tu ne me fais pas le coup de filer en douce avec lui. Tu m'entends, Stanley ?
– On prend nos vélos jusqu'à la vieille scierie.
– J'ai le mien.
– Tu sais encore en faire ?
– Oui, ne te déplaise, je pense que je suis toujours capable de me débrouiller. Maintenant, file dans la cour et attends-moi.
– J'ai besoin de la clé pour sortir ma bicyclette, dis-je.
Callie la décrocha du clou à côté de la porte et me la tendit.
– D'accord. Tu déverrouilles le portail, tu le laisses entrebâillé, puis tu accroches la clé à la poignée. Je le refermerai quand j'aurai récupéré mon vélo et je bouclerai la maison.

J'ouvris le portail et je rejoignis Richard en poussant mon vélo.
– Je commençais à me dire que tu t'étais endormi, murmura-t-il.
En mon for intérieur, je pensai : tiens, voilà un mensonge que j'aurais pu lui sortir. Prétendre avoir piqué du nez en l'attendant. Bon sang, pourquoi n'y avais-je pas pensé avant ?
Mais c'était trop tard, bien sûr.
– Ma sœur m'a surpris. Elle vient avec nous.
– Elle ne peut pas.
– Si, elle peut. Ou alors elle me dénonce.
– Une fille !
– Oui, Richard, c'est une fille. Les sœurs, c'est généralement des filles.
Il soupira.

– D'accord. Où est-elle ?
– Elle s'habille.

Environ cinq minutes plus tard, Callie fit son apparition en poussant son vélo, les cheveux noués en queue-de-cheval. Elle portait un jean remonté presque jusqu'aux genoux, des tennis roses et une grande chemise de la même couleur aux pans noués sur son ventre. Dans le clair de lune, je vis qu'elle avait mis du rouge à lèvres.

– Tu t'es pomponnée pour qui ? demandai-je. Pour le fantôme ?
– On ne sait jamais sur qui on va tomber, répondit Callie.

Elle enfourcha son vélo et annonça :

– Je vous attends.

12

On roulait à toute allure dans la lumière d'un quartier de lune. Les grandes ombres pointues des sapins s'étiraient silencieusement sur la route devant nous. L'air était frais et, au-dessus de nos têtes, des chauves-souris tournoyaient à la poursuite des insectes. On n'entendait que le léger sifflement de nos pneus sur le ciment et le frottement de nos chaînes sur les pignons.

On arriva à la scierie abandonnée et on s'arrêta un moment pour la contempler. Dans cette luminosité nocturne, elle paraissait gigantesque. Je m'attendais presque à voir les machines redémarrer. Chaque ombre était, l'espace d'un instant, le fantôme d'un ouvrier qui avait repris le travail.

– Tous les employés de scierie que j'ai connus avaient un doigt en moins, dit Richard. Mon père a bossé dans une de ces entreprises à une époque, et il lui en manque un à la main gauche. Mais comme il tient sa ceinture de la droite pour me flanquer des roustes, ça ne le dérange pas trop. En plus, c'est pas gênant d'avoir perdu un doigt quand tu peux encore fermer le poing.

– Je suis venue pour voir un fantôme, râla Callie. S'il existe. Et pas pour entendre des histoires de doigts coupés.

– Il est de l'autre côté de la scierie, dit Richard. Il faut traverser la forêt pour rejoindre les rails. Je peux pas te garantir que tu verras quelque chose. Mais on raconte qu'il est là.

– *Traverser la forêt ?* répéta Callie.

– Exact, répliqua Richard en me jetant un coup d'œil. C'est pour ça que je ne voulais pas que tu ramènes une fille, Stanley.

– Ça veut dire quoi, ça ? grommela Callie.

– Ça veut dire que t'as l'air tout effarouchée. Ooooohhhh, la forêt ! Les ronces risquent d'abîmer ta mise en plis !

– J'ai pas dit que je ne pourrais pas le faire. Ni que je ne le ferais pas. Je t'ai juste demandé où était le fantôme. Je suis là pour en voir un, non ? Tu penses qu'une scierie en ruine et quelques sapins vont m'arrêter ?

– Stanley t'a prévenue que ce revenant n'avait plus de tête ?

– Si t'essaies de me ficher la trouille, laisse tomber. Si c'est vraiment un fantôme, alors je suppose que j'aurai la pétoche de toute façon, qu'il ait une tête ou pas.

– On laisse nos vélos ici, annonça Richard.

On les dissimula dans les buissons, contre les pilotis pourrissants qui soutenaient le mur arrière du bâtiment. Richard regarda Callie et reprit :

– Tu sais qu'il y a un petit négro mort sous le tas de sciure ?

– Hein ?

Richard s'arrêta pour lui raconter toute l'histoire. Je compris soudain qu'à sa manière tordue, il essayait d'impressionner Callie pour la draguer.

– Je ne crois rien de tout ça, répliqua-t-elle. Et je préférerais que tu n'utilises pas ce mot en ma présence.

– Quel mot ?

– Celui que tu emploies pour parler des Noirs.

– *Négro ?*

– Oui, ce mot-là.

– Négro, négro, négro !

Callie lança un regard à Richard qui le fit reculer d'un pas. Je sentis son tranchant dans l'obscurité, alors même que je n'en étais pas la cible.

– Et si on allait voir ce fantôme ? dit-elle.

Richard ouvrit la bouche pour sortir encore une remarque mordante, mais il préféra laisser tomber. À mon avis, c'était une judicieuse décision.

La lune éclairait le sentier qui sinuait devant nous, mais le reste de la forêt était plongé dans une obscurité totale. Un oiseau nocturne fit entendre son cri et un opossum, qu'on surprit à un tournant de la piste, cracha furieusement à notre intention avant de disparaître sous les arbres.

– J'ai failli faire dans ma culotte, murmura Callie.

– J'ai un peu sursauté aussi, reconnut Richard.

– Ouais, t'as tellement sursauté que j'ai cru que tu allais te réfugier dans mes bras ! ricana Callie.

Richard n'eut pas le temps de répliquer, car on venait d'entendre quelque chose – comme des sanglots, puis un craquement et un grand bruit, et de nouveau d'autres craquements. Puis les sanglots devinrent de plus en plus violents.

Richard, qui marchait en tête, leva la main.

– Quittons le chemin, chuchota-t-il.

Sa voix n'était qu'un battement d'ailes de papillon.

On s'accroupit dans l'obscurité d'un grand arbre.

– Qu'est-ce que c'était ? murmura Callie. Un animal ?

– Dans ce cas, c'est pas une bête que je connais, chuchota Richard. Et pourtant, je passe mon temps dans ces bois.

– Peut-être qu'elle n'a jamais été dans la forêt au même moment que toi ? suggéra Callie. Jusqu'à aujourd'hui.

On se tut et on tendit l'oreille. C'étaient des sanglots – aucun doute. Des craquements. Et enfin comme le bruit de quelque chose qui creusait la terre.

– C'est un peu plus loin, à droite, dans la forêt, dit Richard. Peut-être le fantôme ?

– Je pensais qu'il restait près de la voie ferrée, fis-je.

– Peut-être qu'il en a eu marre de la voie ferrée ?

– Ça ressemble à un homme qui pleure, intervint Callie.

– Un peu plus haut, il y a une autre piste qui longe celle-ci, expliqua Richard. Si on est absolument silencieux, on pourra s'approcher assez pour voir ce qui se passe.

– Vous en avez vraiment envie ? demandai-je.

– On est venus à la chasse au fantôme, non ? répondit Richard.

– Je ne pense pas que ça en soit un, fit Callie.

– Si on a pas peur d'un fantôme, reprit Richard, alors on ne devrait pas non plus avoir peur de quelque chose qui chiale, n'est-ce pas ?

– Je suppose que non, répondit Callie.

On revint donc sur le sentier, on le remonta un moment, et puis Richard nous guida jusqu'à un petit chemin parallèle au milieu des buissons. On était obligés de se baisser pour avancer. Au bout d'un moment, cette piste s'élargit, les broussailles disparurent, et il ne resta qu'une rangée de sapins qui attendaient la tronçonneuse.

À travers les arbres, on vit quelque chose qui bougeait. On continua à progresser en se dissimulant derrière les troncs. Et puis on s'accroupit et on découvrit qu'il s'agissait d'un homme. Il nous tournait le dos. Il portait un chapeau et creusait la terre. Sur le sol, à côté de lui, il y a avait quelque chose d'assez gros, enveloppé dans une couverture. Le type sanglotait tout en travaillant.

– Bon sang, c'est mon père ! fit Richard. Je le reconnais.

– Pourquoi est-ce qu'il pleure ? demandai-je.

– Aucune idée. Je ne l'ai jamais vu pleurer... Pour personne.

– Tu penses qu'il est en train d'enterrer de l'argent ? dis-je.

– Quel argent ? J'arrive pas à le croire ! Il n'a jamais été dans cet état !

– Tout le monde chiale, assura Callie.

– Pas mon père, répéta Richard.

– Eh bien, maintenant, c'est fait, répliqua Callie.

On est restés accroupis là, à chuchoter, et puis on n'a plus ouvert la bouche. M. Chapman cessa de creuser, jeta la pelle et se servit un moment d'une hache. Puis il recommença à creuser. Finalement, il abandonna sa pelle de nouveau et il fit basculer dans l'excavation la chose enveloppée dans la couverture. Ensuite, il s'employa à reboucher le trou.

Quand il eut terminé, il tassa le sol avec sa pelle, prononça une prière à voix basse, puis, les outils sur l'épaule, il s'enfonça dans la forêt sans cesser de sangloter.

– Je veux voir ce que c'est, dit Richard.

– Il vaudrait peut-être mieux pas, rétorquai-je.

– Si c'est un truc qui fait pleurer mon père, alors je veux voir ce que c'est, répéta Richard.

– Qu'est-ce que tu en penses ? demandai-je à ma sœur.

– Je me fiche de savoir ce que vous en pensez, tous les deux, grommela Richard, moi je vais jeter un coup d'œil, c'est tout !

On s'approcha prudemment. Richard s'agenouilla et se mit à gratter la terre avec ses mains. On se joignit à lui. Ce trou avait dû être difficile à creuser à cause de toutes ces racines – ça expliquait pourquoi M. Chapman avait utilisé sa hache. Il y avait des tas de morceaux de racines mélangés à la terre.

La lueur de la lune tombait d'une ouverture dans les feuillages, juste au-dessus de nous, et éclairait la fosse. On découvrit ce qui était enterré là. Une couverture en patchwork.

– Elle appartient à ma mère, murmura Richard.

– Elle est très jolie, fit Callie.

Puis elle me regarda, l'air de dire : « Mais qu'est-ce que je raconte, moi ? »

Richard tira sur la couverture, mais sans succès. Il tira plus fort et elle bougea enfin.

La clarté de la lune se refléta dans un des yeux maculés de terre d'une tête.

La tête d'un grand chien.

Au début, je pensai qu'elle avait été coupée, mais non, elle bougeait simplement sur son cou.

– C'est Butch, annonça Richard.

– Pourquoi est-ce qu'il enterre un chien ? demanda Callie. À part le fait qu'il est mort, bien sûr.

– C'est le sien, dis-je.

– Papa chialait à cause de ça, murmura Richard. Il adorait Butch. Putain ! Je ne savais pas qu'il était mort. Il a dû crever de vieillesse… Oh, fait chier…

À présent, Richard pleurait aussi. Dans la clarté des étoiles, ses larmes ressemblaient à des morceaux d'ambre liquéfiés par la chaleur. Elles coulaient sur ses joues et son menton. À l'époque, j'ai pensé que c'était à cause de Butch. Plus tard, je comprendrais qu'il avait une autre raison.

– Je n'aurais jamais cru que mon paternel pleurerait pour quoi que ce soit. Mais alors pour Butch… J'en reviens pas !

– On devrait peut-être le recouvrir, suggéra Callie.

Richard arrangea la couverture sur Butch et on repoussa la terre dans le trou. Pour finir, on étala des aiguilles de pin sur la tombe, avec nos pieds.

– Demain, j'apporterai de grosses pierres pour les mettre dessus, dit Richard. Ça empêchera la vermine de déterrer son cadavre.

– Tu veux qu'on rentre ? proposai-je.

Richard secoua la tête.

– Non, si je retourne à la maison maintenant, mon paternel risque de me voir. Peut-être qu'il sait déjà que je me suis tiré. Si je dois me faire castagner, autant que ce soit pour un truc que j'ai vraiment fait. Et puis ça ne lui plairait pas de savoir que je l'ai surpris en train de chialer et, bon sang, j'ai aucune envie qu'il le sache !

Une brise fit soupirer les sapins, comme s'ils étaient fatigués d'avoir tant grandi. Quand on regagna le sentier, elle augmenta, avec des rafales qui soulevaient les feuilles et les faisaient voler autour de nous tels des oiseaux aveugles.

J'eus soudain la sensation désagréable qu'on était suivis – vous savez, cette impression que des regards sont plantés dans votre dos. Mais quand je me retournais, je ne voyais que les arbres qui se balançaient et les feuilles qui virevoltaient. Je me demandais si c'était M. Chapman qui nous épiait, ou le fantôme, ou un animal quelconque. Voire Bubba Joe. Ou alors, c'était peut-être tout simplement le fruit de mon imagination.

La piste débouchait sur un terrain qu'on avait aplani et recouvert de gravier. Un cabanon de cheminot se dressait là, fermé par un gros cadenas. Un peu plus loin, les rails luisaient comme des rubans d'argent sous la lune. Même à cette distance, on sentait la créosote dont les traverses étaient enduites. L'odeur était suffisamment forte pour faire pleurer les yeux.

– Où est le fantôme ? demanda Callie.

– Je n'ai jamais promis qu'il serait là à nous attendre, dit Richard. En plus, on n'a pas retrouvé son cadavre ici, mais un peu plus loin. Il n'y a aucune garantie qu'on verra quoi que ce soit.

On franchit les rails et on gagna sans se presser l'endroit où la forêt se rapprochait tellement de la voie qu'il ne restait qu'un chemin étroit le long du talus.

– J'arrive pas à croire que je suis là, en train de faire une chose pareille, grommela Callie. Je dois être folle.

– Personne ne t'a obligée, dis-je.

– Je ne pouvais pas te laisser venir ici tout seul. Oh, bon sang, qu'est-ce qui m'a pris ? Je risque de ne plus jamais avoir le droit de sortir de la maison. Papa vient juste de me rendre ma liberté et voilà que je recommence à faire des conneries. Enfin, sauf que la première fois j'étais innocente.

– Mais pas ce coup-ci, dis-je.

– Vous pouvez pas la fermer tous les deux ? protesta Richard. Si on tombe sur le fantôme, vous allez lui faire peur et il va s'enfuir.

– Si c'est nous qui l'effrayons, alors c'est pas un fantôme très sérieux, répliqua Callie.

Je ne sais pas combien de temps on marcha, mais finalement on vit des zones marécageuses au milieu des arbres, et les grenouilles taureau gueulaient comme si elles utilisaient des mégaphones. Au bruit qu'elles faisaient en plongeant, on aurait juré qu'elles étaient aussi maousses que des chiens.

– Une Noire que je connais m'a parlé un jour du Roi des Crapauds, murmura Richard.

– Un roi ? répéta Callie.

– Une bête énorme. D'après elle, il y avait un vieux nèg… un vieux Noir, et on lui a jeté un sort et il s'est métamorphosé en un énorme crapaud. C'est le chef de toutes les grenouilles et des serpents et de tout ce qui vit dans les marécages.

– Il en a de la chance, ricana Callie.

– Et pourquoi un truc pareil lui est-il arrivé ? demandai-je.

– Il a déconné avec les femmes et la sienne était une sorcière et elle a fait ça parce qu'il refusait de revenir dans le droit chemin.

– Elle a bien eu raison, dit Callie.

– Il paraît qu'il vole des enfants et qu'il les ramène dans les marais pour les donner à bouffer aux grenouilles.

– Les grenouilles n'ont pas de dents, protesta Callie.

– Ça ne les empêche pas de manger.

– Ouais, mais elles sont pas assez grosses pour s'attaquer à des gamins, assura-t-elle.

– C'est surtout le Roi Crapaud qui les dévore. Il a une couronne sur la tête. Il ressemble à un grand Noir accroupi, moitié homme et moitié batracien, un peu des deux.

– Chester ferait un joli crapaud blanc pour aller avec le noir, dit Callie. Il pourrait être la Reine Crapaude… Richard, tu crois que tu pourrais m'obtenir la recette de ce maléfice ?

– Je pensais que t'aimais pas Chester, dis-je.

– Je ne l'aime pas. Dans le cas contraire, tu crois que je voudrais qu'il devienne un crapaud ?

– La femme qui a transformé le vieux Noir, tu penses qu'elle ne l'aimait pas ? intervint Richard.

– Pas après lui avoir jeté ce sort, répondit Callie.

– Chuuut, fit soudain Richard, voilà sa maison.

– La maison de qui ?

– Celle de Margret, idiote ! La fille qui a perdu sa tête. Le fantôme.

Un frisson me parcourut. C'était bizarre de penser que je marchais peut-être à un endroit où elle-même avait posé les pieds.

À travers les arbres, au-delà d'une pièce d'eau stagnante envahie d'algues gluantes, on aperçut une petite cabane en planches, peinte en blanc. La lune l'éclairait comme un phare et la faisait briller dans l'obscurité.

Un peu plus loin, s'élevaient d'autres constructions du même genre. On appelait cela une « communauté de baraques ».

– Sa mère habite toujours ici. Papa dit qu'elle vit avec un négro… un Noir, quoi. C'est une pute, enfin c'est ce que j'ai entendu dire.

– On en dit, des choses, grommela Callie.

– Comment ?

– On entend des tas de trucs, mais ça ne veut pas toujours dire que c'est la vérité.

– Moi, je t'assure que c'était sa piaule. C'est là qu'elle vivait, cette Margret. Son cadavre avec la tête coupée, on l'a trouvé quelque part par ici. Elle n'était pas loin de chez elle.

– C'est quoi, ça ? m'exclamai-je soudain.

Plus loin sur la voie, là où les rails s'incurvaient pour contourner la forêt et le marécage, je venais de repérer quelque chose qui brillait. Ça n'avait pas de couleur précise. Parfois, c'était une lumière verte, et parfois c'était doré. Elle avançait vers nous en rebondissant comme un ballon. Elle se mit à passer d'un côté et de l'autre de la voie. Elle disparut. Elle réapparut. Puis elle reprit sa progression vers nous.

– C'est quelqu'un qui arrive en marchant sur les rails, souffla Callie.

– Comment ça, « quelqu'un » ? dit Richard. C'est le fantôme. Le fantôme de Margret.

– Avec une torche, ajouta Callie.

La lumière montait, descendait, franchissait la voie ferrée. Elle s'éleva un peu, puis tourna dans la forêt, s'immobilisa au-dessus de l'eau boueuse, revint sur le ballast et puis recommença à s'approcher.

– Si c'est une torche, dis-je, la personne qui la tient est très très occupée… Et très douée comme acrobate. Et en plus, elle sait marcher sur l'eau.

À ces mots, je sentis mes cheveux se dresser sur ma nuque et mes poils se hérisser sur mes bras. J'eus l'impression que la peau de mon crâne se recroquevillait.

Et puis la lumière nous dépassa en dansant sur les rails.

– C'est quoi ce truc ? demanda Callie.

– Je vous l'ai dit, répondit Richard. C'est elle. Le spectre décapité. Elle sort la nuit avec une lampe pour rechercher sa tête.

– Où les fantômes se procurent-ils une lampe ? ricana Callie. Ils vont au magasin et en achètent une ? Ils se payent des lampes fantômes ?

J'observai ma sœur. Elle faisait sa maligne, mais je la connaissais trop bien pour ne pas savoir qu'elle était secouée, elle aussi.

On regarda la lumière déambuler sur les rails, virer dans la forêt, virevolter entre les arbres et au-dessus de l'eau. Puis, soudain, elle disparut.

Je me rendis compte que j'avais retenu mon souffle pendant tout ce temps.

– Je ne sais pas si c'était un fantôme, murmurai-je, mais quoi que soit ce truc, j'en ai assez pour cette nuit. Rentrons à la maison.

– Non, restons de ce côté-ci des rails, proposa Callie. Peut-être qu'on va le revoir.

– Je n'ai pas envie de le revoir, chuchota Richard.

– Moi non plus, assurai-je.

– Oh, soyez pas froussards comme ça ! Allez !

Tandis qu'on marchait, on se rendit compte tout d'un coup que quelque chose se déplaçait dans la forêt à côté de nous, au bord de l'eau. On l'entendit tous les trois presque en même temps et on s'arrêta pour écouter. Ce qui bougeait s'immobilisa également. Je scrutai les sapins et les reflets de l'eau entre les troncs, mais en vain.

On échangea un regard et on reprit notre route sans un mot. Aussitôt, le bruit reprit. Et cette fois, je vis quelqu'un qui se mouvait rapidement et furtivement, en passant d'un arbre à l'autre. Et, comme si cela ne suffisait pas, j'entendis soudain sur ma droite un murmure sourd.

Je me retournai pour examiner les environs. Rien. Mais je savais ce que c'était.

Les rails. Ils vibraient parce qu'un train approchait.

Callie me lança un coup d'œil qui me fit comprendre qu'elle commençait à avoir peur pour de bon.

– Grouillons-nous, dit-elle.

On pressa le pas. À présent, on courait presque. La chose, dans la forêt, nous imita. Et elle avait l'air de se rapprocher de la lisière du bois – et de nous, par la même occasion. Le phare de la locomotive apparut dans notre dos, éclairant la nuit telle une seconde lune. Le sifflet retentit et me fit sursauter comme un beau diable.

– On fonce ! hurla Callie.

On prit nos jambes à nos cous. La chose qui se planquait en contrebas se mit également à galoper. Plus on accélérait et plus elle allait vite…

Je jetai un coup d'œil par-dessus mon épaule et je vis un homme émerger d'entre les arbres. C'était lui qui nous poursuivait. Je sus immédiatement qu'il s'agissait de Bubba Joe. Le train éclairait son corps puissant en contre-jour. Le vent relevait le bord de son chapeau, et les pans de son manteau volaient derrière lui comme les hardes d'une sorcière.

La locomotive haletait et pouffait, crachait des étincelles, faisait hurler son sifflet pour annoncer à tous ceux qui se trouvaient dans les parages qu'elle arrivait à toute vitesse et s'engagerait bientôt sur le pont couvert.

Quand elle fut presque sur nous, Callie cria d'une voix essoufflée :

– Il faut traverser, sinon ce type va nous choper !

À ces mots, elle franchit les rails de ses longues jambes de sauterelle. Je la suivis. Richard passa juste devant la loco. Le souffle du convoi souleva l'arrière de ma chemise et ébouriffa mes cheveux. Le train chargea dans un tonnerre métallique, crachant des étincelles et emplissant nos narines d'une puanteur d'huile roussie et d'acier brûlant.

Notre poursuivant était resté de l'autre côté des rails.

En regardant derrière moi, je constatai que le train était si long qu'il s'étendait au-delà de la courbe. Il mettrait donc un certain temps à passer. Je me penchai en avant et j'inspirai profondément. J'avais l'impression que je risquais de vomir d'un instant à l'autre. On avait frôlé la mort. J'avais envie d'attraper Callie et de lui flanquer des baffes et en même temps je voulais l'embrasser, car si nous n'avions pas traversé la voie ferrée, alors Bubba Joe ou cette chose qui nous pourchassait nous aurait attrapés. Je ne sais pas ce qu'il aurait fait de nous, mais il nous aurait eus, ça oui.

– Je pense que c'était Bubba Joe, murmurai-je.

– Ou juste un vagabond quelconque ? dit Callie en haletant.

– Je me fous de savoir qui c'était ! s'exclama Richard. Je rentre chez moi et je m'en fous aussi si mon père me chope et me flanque une raclée.

On se mit à courir et on se retrouva rapidement sur la piste forestière. Le vent et les feuilles mortes nous pourchassèrent jusqu'à la scierie abandonnée. Là, on fit une pause, le temps de reprendre notre respiration. J'observais l'échelle métallique qui menait à l'étage supérieur du bâtiment. Le toboggan se balançait et grinçait dans la brise.

On récupéra nos bicyclettes. On salua Richard et chacun s'empressa de retourner chez soi.

On rangea nos vélos sans bruit et on se faufila dans la maison. On discuta un moment dans ma chambre de ce qu'on avait vu et fait, puis Callie, épuisée, fila se coucher.

Moi, je restai éveillé toute la nuit à guetter par la fente entre le rebord de la fenêtre et le ventilateur, craignant de voir Bubba Joe se pointer. Personne. Je m'endormis à l'aube.

Mon sommeil fut agité, hanté par l'imposante masse sombre de la scierie et son toboggan cliquetant. Dans mes rêves, il y avait aussi une lumière dansante qui aurait pu être Margret. Un Roi Crapaud tout noir, qui avait eu tort d'embêter les femmes. Bubba Joe. Un chien mort dans une couverture en patchwork et le père de Richard, en larmes, récitant une prière.

Et pour finir, il y avait le long serpent noir du train, son phare aveuglant, son sifflet strident et le souffle puissant de la locomotive et des wagons de marchandises qui passaient en nous frôlant.

Troisième partie

CLIC, CLIC, CLIC

13

Je dormis mal et pourtant je me réveillai de bonne heure. Je vérifiai aussitôt toutes les serrures des portes et des fenêtres. Aucune trace nulle part d'une tentative d'effraction.

J'étais en train de contrôler la baie coulissante de derrière quand papa entra en arrangeant ses cheveux et en frottant ses yeux encore pleins de sommeil avec la manche de son pyjama.

Il vit ce que je faisais, me considéra un instant et dit :

– Viens t'asseoir ici, fiston.

Je m'installai à table, en face de lui. Je m'attendais presque à l'entendre me demander où j'étais allé la nuit dernière.

– Ne laisse pas cette histoire avec Bubba Joe te pourrir la vie. Ce gars-là ne nous fera rien. Je vais m'assurer qu'il nous fiche la paix. Ça ne m'étonnerait d'ailleurs pas que les flics l'aient déjà coincé. Je les appellerai quand j'aurai avalé quelque chose et bu un café. Tu veux bien m'aider à préparer un bon petit déjeuner pour ces dames ?

– D'accord.

Pendant qu'on s'en occupait, je repensais à la nuit précédente. Mon père croyait que Bubba Joe n'allait pas nous faire de mal, mais s'il se trompait ? Un type comme lui était parfaitement capable de se pointer chez nous, un couteau à la main.

Peut-être qu'il traînait autour de la maison, hier soir, et qu'il nous avait suivis jusqu'aux rails ? J'y réfléchis un moment, puis je décidai que c'était peu probable, vu qu'on était en vélo. Ou alors, il nous avait surpris à la scierie? Peut-être qu'il se planquait là-bas depuis qu'il avait incendié la cabane de Rosy Mae.

Ou alors, il était par hasard dans ce coin-là à notre arrivée. La forêt était épaisse près de la voie ferrée et il aurait très bien pu s'y réfugier.

En tout cas, j'étais certain qu'il savait qui nous étions, Callie et moi, et qu'il nous avait attaqués pour se venger parce que mes parents hébergeaient Rosy Mae.

Celle-ci prétendait qu'il se baladait avec un couteau ou un rasoir, et je n'avais aucune raison de douter de ses paroles. S'il nous avait attrapés la nuit dernière… Bon, je préférais ne pas m'attarder là-dessus.

Tout en ruminant ces sombres pensées, je sortais les tranches du grille-pain, je les beurrais et j'ajoutais une couche de confiture. Je laissai papa se débrouiller avec les saucisses et préparer le café.

Quand tout fut prêt, il me dit:

– Va réveiller les filles, et préviens-les que le petit déj'est servi.

Au moment où je quittais la cuisine, il ajouta:

– Profitons de ces derniers jours d'été. L'école va bientôt reprendre et on n'aura plus la possibilité de traîner tous ensemble. C'est sympa quand on est tous à la maison en même temps.

– Oui, m'sieur.

J'étais à la porte quand il lança:

– Fiston?

– Oui, m'sieur?

– Je t'aime.

Je lui souris et répondis:

– Moi aussi.

Et je filai chercher les femmes.

Cet après-midi-là, Buster ne se montra pas. Il avait pris l'habitude de venir plus tôt et juste le jour où je l'attendais le plus, pas de Buster! Et quand arriva l'heure où il aurait dû être là pour bosser, toujours pas de Buster.

– Merde, mais il est où ce salopard? s'exclama mon père.

Nous étions sur la véranda, près de la buvette, et je lui répondis:

– Il m'a dit que si on ne le voyait pas aujourd'hui c'était parce qu'il était malade.

Papa planta ses yeux d'acier sur moi, et un instant je crus que j'allais craquer.

– Pourquoi ne m'as-tu pas prévenu avant ?

– J'ai oublié. Il m'a expliqué qu'il ne se sentait pas très bien et qu'il ne viendrait peut-être pas, mais j'ai pensé qu'il viendrait quand même, et du coup j'ai oublié de te le dire.

– C'est vrai, ça ?

– Oui, m'sieur. Je peux m'en occuper, moi, du projecteur.

– Tu sais faire ça ?

– Buster m'a appris.

– C'est bien, vraiment bien. Va tout installer, fiston. Ce soir, c'est toi notre projectionniste.

Je me dirigeai vers la cabine avec un sentiment de soulagement. Bien sûr, je me sentais un peu coupable d'avoir menti pour Buster, mais j'estimais que c'était un mensonge honorable. Maman appelait ça un « mensonge blanc ». Buster était mon ami, et entre amis on se serrait les coudes.

Ce soir-là, je projetai un western avec Randolph Scott et tout se passa bien, à part un léger temps mort lors du changement de bobine – qui fut salué par un concert de klaxons et de cris –, mais je réussis quand même la transition sans perdre trop de temps et, à la fin du film, j'avais l'impression d'être un vrai pro. Papa était si content qu'il m'apporta un hamburger, un Coca et des frites.

En posant le repas sur la petite table à côté de l'appareil, il me demanda :

– Ça te plairait de remplacer Buster ?

Soudain, je ne me sentis plus aussi malin. Sûr que j'étais même très mal à l'aise.

– Oh non, papa. Je m'en suis pas si bien sorti que ça avec les bobines. Le changement n'a pas été assez fluide.

– Mais si, tu t'es bien débrouillé. Ç'a été assez rapide. Et avec l'entraînement, tu t'amélioreras.

– Papa, je ne pense pas. C'est le boulot de Buster.

– Ce vieux négro et toi, vous êtes devenus copains, pas vrai ?

– Oui, m'sieur.

– Stanley, tu es capable de te charger de ça. Et dans ce cas-là, je peux te payer, et l'argent reste dans la famille. Et, pour être honnête, je te paierai moins cher. Jusqu'à ce que tu aies davantage d'expérience.

– Je ne veux pas du travail de Buster… Je ne veux pas le lui piquer, papa.

– D'accord, je respecte ça. Mais écoute-moi bien. C'est juste une question de temps, de toute façon. Il vieillit. Il picole pas mal. Il est de mauvais poil. Et même plutôt insolent, si tu veux mon avis. Et toi, tu peux faire tourner le projecteur.

– C'est lui qui m'a appris. Je ne pense pas qu'il l'ait fait pour qu'ensuite je le prive de son job.

– S'il manque encore une fois et qu'il ne s'arrange pas pour me prévenir avant – et je ne parle pas d'un vague message comme quoi il se pourrait qu'il soit malade –, c'est toi qui deviens projectionniste. Tu m'as compris, fiston ? On doit se serrer les coudes. Nous sommes une famille. Je sais que tu aimes bien Buster, mais il faut d'abord penser à nous. Si on continue comme ça, bientôt tous les négros affamés et dépressifs de la ville se bousculeront pour travailler ici. Et on n'a pas les moyens.

Sur ces mots, il me tapota la tête, puis repartit vers la maison.

14

Le lendemain, je voulus aller chercher Buster, mais papa avait du travail pour moi. Je passai la matinée à planter ma pique dans des gobelets en papier, des emballages et des préservatifs.

Je n'avais pas oublié Bubba Joe, mais cette histoire ne me trottait plus tellement dans la tête maintenant que j'étais hors de danger et qu'il faisait jour, avec un beau soleil. C'est le bénéfice de la jeunesse.

À midi, je fus piégé par le repas préparé par Rosy Mae. Ses cheeseburgers étaient trop bons, à pleurer.

Pendant qu'on mangeait, Callie rappela à papa qu'elle avait été innocentée et qu'il avait tabassé Chester alors qu'il n'y était pour rien.

– Il la méritait bien, cette raclée, de toute façon, grommela-t-il.

– Mais, papa, protesta Callie, il n'avait rien fait !

– Ouais, mais je les connais, les types dans son genre. Avec eux, c'est juste une question de temps. Ne t'approche pas de lui.

– Tu as des nouvelles de Bubba Joe ? lui demanda maman.

– Rien pour le moment. Je passerai au commissariat tout à l'heure. J'ai quelques courses à faire en ville. Il y a des rumeurs comme quoi on l'aurait vu.

– Comment le sais-tu ?

– Parce que je me suis renseigné, ma chère. Mais je n'ai pas voulu t'ennuyer avec ça sans de bonnes raisons.

J'échangeai un regard entendu avec Callie.

Une fois mon cheeseburger avalé, je réussis à m'échapper. Au moment où je franchissais la porte, papa me lança :

– Tu as tout ramassé ?
– Oui, m'sieur.
– Où vas-tu ?
– Je pensais essayer de trouver Richard. Peut-être qu'on ira à la pêche ou qu'on fera un tour.
– Reviens à l'heure pour t'occuper du projecteur, on ne sait jamais.
– Oui, m'sieur.
– Ça sent la pluie, Stanley, intervint maman. Ne traîne pas dehors trop longtemps. Il pourrait bien y avoir un gros orage, et tu risques d'être pris dedans.
– Je me réfugierai dans un magasin, ou quelque part, assurai-je. Je suis assez grand pour faire attention à moi.
– Je n'en doute pas, dit-elle. (Mais elle n'avait pas l'air très convaincue.) C'est peut-être stupide, ajouta-t-elle, pourtant moi aussi j'ai peur de Bubba Joe. Ne t'approche d'aucun endroit où il pourrait se trouver.
– Et où pourrait-il se trouver, d'après toi, Gal ? fit papa.
– À peu près partout, sans doute.
– Exact, dit papa. Dans ce cas, il vaut peut-être mieux que tu restes ici, mon garçon.
– Mais il n'a rien contre moi ! protestai-je.
Callie m'observa et murmura :
– C'est vrai que tu ne devrais pas sortir.
– C't homme sait êt'vraiment mauvais, s'il veut, dit Rosy Mae.
– Je serai avec Nub.
– Je parie que ça le fera détaler de frayeur quand il verra ce cabot de dix kilos ! ironisa maman.
J'observai Nub, assis par terre. Il haletait, à moitié endormi. Il n'avait pas l'air particulièrement effrayant, en effet.
– Est-ce que je peux y aller ? demandai-je.
– Bon Dieu ! s'exclama papa. Il a raison. On ne va pas se laisser pourrir la vie à cause de ce Bubba Joe ! Il n'osera pas s'en prendre à des Blancs, je vous le garantis. Mais quand même, sois prudent, fiston. Et rentre de bonne heure. Et toi, Nub, veille sur ton maître.
Nub remua la queue puis bondit vers mon père et lui lécha la main. Papa le caressa un instant.

Finalement, je sifflai mon chien et nous voilà partis.

J'avais évidemment réfléchi au problème Bubba Joe. Bien sûr, si mon paternel avait su ce qui s'était passé l'autre nuit, jamais il ne m'aurait laissé sortir.

Pour lui, c'était juste une histoire entre Noirs. Et il s'imaginait que Bubba Joe avait essayé d'intimider maman et Callie simplement parce que ce jour-là, par hasard, elles avaient fait une cible facile. Il estimait que les Blancs avaient une sorte d'immunité, tant qu'ils ne sortaient pas de leur communauté.

J'étais d'un avis différent. Et même s'il n'avait pas tort, j'étais justement sur le point de « sortir de notre communauté ». Je devais absolument voir Buster.

Je décidai de prendre mon vélo, mais au moment où je démarrai, la chaîne sauta. Je ne parvins pas à la remettre tout seul. Je pensai d'abord demander de l'aide à mon père, et puis j'y renonçai. Je ne voulais pas traîner plus longtemps ici, et je n'avais aucune envie qu'il se mette à me poser des questions ou qu'il me trouve tout d'un coup d'autres corvées. Ou, pire, qu'il décide finalement que ce n'était pas prudent que j'aille me promener tout seul. Je partis donc à pied, avec Nub qui trottait à mes côtés.

Quand j'arrivai en ville, le ciel s'était assombri, et j'eus de nouveau cette impression inconfortable d'être suivi. Exactement comme l'autre nuit, lorsque Bubba Joe avait surgi de la forêt. Ou qui que ce soit. À présent, j'avais la même sensation. Je m'arrêtai, regardai autour de moi, mais ne vis rien. Juste la grand-rue, les immeubles et des voitures garées le long des trottoirs.

Je pris une profonde inspiration et me remis en marche. Au-dessus de moi, le ciel s'assombrissait de plus en plus et ça me flanquait les chocottes. Je pensai rentrer à la maison, mais je n'en fis rien. Nub n'avait pas l'air de remarquer que le temps changeait, ou plus exactement il s'en fichait. Il paraissait aussi heureux que s'il avait trouvé un os. Je notai pourtant qu'il s'arrêtait de temps en temps et se retournait, comme s'il sentait, lui aussi, que quelqu'un nous avait pris en chasse.

Ce n'était pas très encourageant.

Les premières gouttes tombèrent lorsque je m'engageai dans Oak Street et que je me dirigeai vers chez Buster. Mon sentiment d'être suivi s'accrut. Je jetai un coup d'œil derrière moi, mais il n'y avait que les grands chênes de chaque côté de la rue et le vent qui jouait dans leur feuillage. Deux vieilles bagnoles me dépassèrent dans un bruit de casserole, avec des visages noirs derrière le volant.

Les types de l'autre jour étaient encore assis sur la véranda. Ils m'adressèrent de petits signes, mais ils se fichaient pas mal de moi. En fait, ils me parurent plutôt amicaux. Je compris que, la fois précédente, leurs plaisanteries étaient surtout destinées à Buster.

Finalement, j'aperçus le grand panneau publicitaire qui flottait au-dessus de chez Buster. Le sourire éclatant de la femme était tout détrempé et il s'écaillait sous la pluie, comme si tout ce qui avait rendu cette nénette heureuse n'était que mensonge. Je grimpai sur la véranda et je frappai à la porte.

Pas de réponse.

Nub et moi, on fit le tour de la maison jusqu'à la fenêtre de derrière. Je regardai à l'intérieur, mais mon ami n'était pas là. Je vis seulement sa table encombrée de cartons pleins de journaux.

Je retournai donc sur la véranda et frappai à nouveau. Toujours rien.

Je criai son nom à plusieurs reprises, sans plus de résultats.

Et puis, quand je tournai la poignée de la porte, je découvris qu'elle n'était pas verrouillée.

J'ordonnai à Nub de se coucher et je me glissai à l'intérieur.

Un rayon de lumière, où les particules de poussière flottaient comme des moucherons, entrait par la fenêtre du fond et dessinait un rectangle sur la table. Le reste de la pièce était plongé dans l'obscurité.

J'appelai Buster de nouveau, sans plus de succès, et je jetai un coup d'œil autour de moi. Il n'y avait pas beaucoup d'endroits où chercher et je le trouvai allongé sur le lit étroit poussé contre le mur.

Il était couché avec une main sous la tête et l'autre en travers du ventre, paume en l'air. Je le secouai et je lui parlai, mais il ne bougea pas. Je tendis l'oreille pour vérifier s'il ronflait, mais je n'entendis rien. J'eus même l'impression qu'il ne respirait plus du tout et je sentis une odeur fétide. Peut-être que le pire était arrivé ?

Et soudain, il grogna. La puanteur augmenta et, même si j'avais peu d'expérience en la matière, je compris ce que ça signifiait.

L'alcool.

Buster était ivre mort.

Je le secouai plusieurs fois, mais il ne se réveilla pas. Je décidai de lui laisser un peu de temps et de réessayer plus tard. Je m'approchai de la table, j'allumai la lumière et j'examinai ce que Buster était en train de lire.

Des journaux, toujours des journaux.

Il avait pris quelques notes sur un bloc. L'une disait: «La mère de la fille.»

Je la fixai sans comprendre, puis je retournai à son chevet et tentai à nouveau de le réveiller.

Toujours en vain.

Le rayon de lumière de la fenêtre s'éteignit soudain et la pièce s'assombrit; seule la lanterne résistait à l'obscurité, désormais. La pluie commença à marteler le toit de tôle de la cabane de Buster comme si quelqu'un s'amusait à le frotter avec une chaîne. Un éclair zébra le ciel, et puis les ténèbres revinrent, avec le rugissement du vent et le vacarme du déluge. Les trombes d'eau avalèrent le panneau publicitaire.

J'ouvris la porte pour jeter un œil sur Nub. Il était allongé sur la véranda, contre le mur. Il me regarda, l'air relativement satisfait. Rassuré, je retournai à l'intérieur.

Assis sur une chaise, j'écoutai la pluie qui s'acharnait sur nous et j'attendis que Buster veuille bien se réveiller.

Je ne sais pas combien de temps s'écoula avant son retour à la conscience. Je l'entendis grogner comme un sanglier, puis il laissa échapper une espèce de râle. Au moment où je me tournai vers lui, je le vis s'asseoir dans son lit. Il tenait sa tête entre ses mains, comme pour l'empêcher de se détacher. Quand il m'aperçut, il se figea une seconde, puis bougonna:

– Putain, qu'est-ce que tu fous là?

– Je suis venu voir si vous alliez bien.

– *Voir si j'allais bien?* Parce que tu crois que j'ai besoin de ça? Qu'un petit Blanc vienne me tenir par la main?

– C'est pas ce que je voulais dire, Buster.

– *C'est pas ce que je voulais dire, Buster…*, répéta-t-il d'une voix aiguë, contrefaisant la mienne. T'as pensé que tu devais vérifier ce que fabriquait ton nègre, pas vrai ?

– Non. Euh… On est amis, et je…

– Amis ? Tu plaisantes, petit Blanc ? Toi et moi, on n'a jamais été amis, et on le sera jamais.

– Je pensais…

– Tu réfléchis beaucoup trop, moustique. Fiche le camp de chez moi, maintenant.

– C'est juste que mon père a dit que si vous manquiez encore une fois le travail, vous seriez renvoyé. J'ai menti pour vous protéger. Je lui ai dit que vous étiez malade…

– Est-ce que je t'ai demandé une chose pareille ?

– Non. Je…

– Je n'ai pas besoin qu'on mente pour me protéger, d'un Blanc ou de n'importe qui. Si je ne me pointe pas au boulot, c'est mon affaire. Et tout ce merdier de détective, laisse tomber. Toi et moi, c'est fini avec tout ça.

– Je ne comprends pas, Buster. Qu'est-ce que j'ai fait qui… ?

– Fous le camp.

– Buster…

Il ramassa un livre qui traînait par terre à côté de son lit et me le jeta dessus. Le bouquin alla s'écraser sur le mur opposé, et retomba sur le sol dans un bruissement de pages.

Je poussai brusquement la porte et je sortis. La pluie crépitait avec violence sur la véranda et il faisait aussi sombre que par une nuit sans lune. Nub était toujours couché au même endroit. Il remua la queue quand je l'appelai.

Je refermai le battant derrière moi et je restai là un instant, à contempler l'obscurité moite martyrisée par la tempête. J'avais du mal à situer la rue. Trop de pluie, trop de larmes.

J'attendis l'éclair suivant qui me permit de voir où elle était.

Mais j'aperçus autre chose, aussi. Nub se raidit à mes côtés et se mit à grogner.

Il y avait quelqu'un debout sur le trottoir d'en face. L'éclair fut trop rapide – impossible de dire si c'était un Noir ou un Blanc, mais il portait un chapeau, et ce chapeau détrempé par la pluie lui pendait sur le visage, et l'eau dégoulinait de ses bords.

J'étais pris entre le marteau et l'enclume. Je ne pouvais pas rester avec Buster, mais je ne voulais pas non plus savoir qui était là, de l'autre côté de la rue. Quelqu'un capable d'attendre comme ça sous l'orage.

Quand un autre éclair illumina mon univers, il n'y avait plus personne, en face. Très bien, pensai-je, il est parti. Peut-être qu'il a cru que j'étais retourné dans la maison. Ou alors il n'a rien cru du tout. Peut-être même que ce n'était pas Bubba Joe. Juste un inconnu qui passait par hasard...

Ça me fit du bien de le penser et ça me redonna du courage l'espace d'un instant.

Quand l'éclair mourut et que tout fut recouvert de nouveau d'un manteau d'obscurité, je respirai à fond, me préparai et descendis de la véranda, dans le déluge et le vent. Je dus lutter contre la tempête pour réussir à avancer. La pluie était froide et me coulait dans le cou. En un instant, mes vêtements me collèrent au corps comme s'ils avaient été enduits de Super-Glu à l'intérieur. Je sentais Nub qui se pressait contre ma jambe.

Je réussis à rejoindre la rue pavée de briques et puis j'obliquai vers la ville. Je me laissais guider par les éclairs occasionnels et la sensation des briques sous mes pieds.

Je savais que si j'atteignais les quartiers blancs, M. Phillips nous laisserait nous réfugier dans son magasin, Nub et moi. Nub avait la permission d'entrer chez lui parce qu'il se tenait correctement.

Je n'étais pas allé très loin, tout à mes pensées, quand je me rendis compte avec horreur que je ne marchais plus sur les briques qui m'avaient guidé jusque-là. Je me retrouvais désormais sur l'herbe qui longeait la rivière ! Je le savais, car j'entendais pas très loin de moi ses flots gonflés par l'orage – ils faisaient un tel vacarme que j'avais l'impression qu'ils dévalaient dans mon crâne et m'éclaboussaient le cerveau.

J'arrivai sous un grand chêne. Ou plutôt je vins buter dedans. Je m'y adossai et frissonnai sous le déluge glacé. Bien sûr, je savais que les arbres étaient les pires endroits où se réfugier, vu que la foudre avait tendance à frapper les objets qui s'élevaient vers le ciel. Mais ce chêne-là était immense et très épais. Ses feuilles larges et serrées m'abritaient un peu et me permettaient de voir ce qui m'entourait – hélas, pas très loin – car ici le rideau de pluie ne s'acharnait plus sur moi.

Je pensai que je pourrais aussi bien profiter un moment de la protection de cet arbre, en attendant que l'orage faiblisse ou s'éloigne, mais l'éclair suivant m'obligea à changer d'avis.

Devant moi, à moins de quatre mètres, se tenait un Noir gigantesque, le chapeau baissé sur la figure. Ses mains pendaient le long de son corps, comme deux jambons accrochés aux torsades d'une grosse corde noire.

Dans cet éclair, il leva la tête et me fixa. Je n'avais jamais vu autant de haine sur un visage – ses yeux étaient aussi noirs que des fenêtres ouvertes sur l'enfer. Nub grogna, collé contre moi. Et puis la nuit revint, et je restai seul dans mon minuscule univers. Au-delà des grosses branches feuillues du chêne, la pluie formait de nouveau un rideau sombre aussi épais que ceux d'un corbillard.

Je pensai : Quelle sorte d'homme est-ce ?

Et aussi : Comment a-t-il pu y voir suffisamment pour me suivre ?

Grâce aux larges bords de son chapeau ? Cela lui donnait-il un avantage ?

Ou était-ce quelqu'un qui vivait dehors ? Peut-être ses yeux étaient-ils habitués depuis toujours à l'obscurité des orages ?

En fait, tout ça n'avait guère d'importance.

C'était un mystère qui me dépassait, un mystère que je ne résoudrais pas. La réponse finale était simple : ce gars-là pouvait se déplacer et y voir bien mieux que moi parce qu'il n'avait pas peur des forces de la nature – il en faisait partie.

Je me ruai de l'autre côté du chêne, m'y appuyai, tentant de trouver une solution. Je m'attendais à tout moment à le voir surgir devant moi. Et alors il s'emparerait de moi.

Cette idée, c'était plus que je ne pouvais en supporter.

Je partis droit devant moi, comme une flèche, sans réfléchir.

Je courus jusqu'à ce que je me cogne contre un arbre. Je tombai en arrière, à moitié assommé. J'essayai de me relever en prenant appui sur mon genou, mais je m'écroulai de nouveau parce que l'herbe était glissante, et aussi parce que j'étais dans le cirage.

Nub bondissait contre moi pour m'encourager. Il s'était mis à aboyer.

J'étais presque sur pied quand je fus soudain agrippé par le col de ma chemise et retourné brutalement. Mon agresseur était tout près de moi et je sentis son haleine puissante sur ma figure, un mélange de tabac et de whisky. Il tordait mon col si fort qu'il bloquait ma circulation sanguine. Je commençai à avoir la tête qui tournait. Une voix s'éleva, comme sortie des profondeurs d'une grotte sur les ailes d'une chauve-souris :

– Salopards de Blancs, vous m'avez enlevé ma Rosy Mae ! Maintenant, je vais tous vous tuer, toi et ta famille d'enculés !

Si j'avais encore pu imaginer que Bubba Joe ne nous en voulait pas de la fuite de Rosy Mae ou qu'il n'oserait pas s'attaquer à des Blancs, mes illusions s'évanouirent à cet instant.

Et puis j'entendis un grognement et un claquement de mâchoires. Bubba Joe poussa un cri, et je compris que Nub lui avait planté ses crocs dans le mollet.

Un nouvel éclair illumina un instant mon tourmenteur. Son visage était couvert de cicatrices, son nez légèrement tordu, sans doute à la suite d'une vieille fracture, et un flot de blasphèmes s'échappait de ses lèvres.

Nub ne lâcha pas, le mordant jusqu'à l'os.

Bubba Joe secoua sa jambe, hurla, jura, essaya de se libérer en donnant des coups de pied à Nub – mais sans pour autant desserrer sa prise sur mon col. Mon chien tint bon. Alors, mon assaillant plongea sa main dans sa veste et en tira un couteau d'une longueur impressionnante, qui aurait été parfait à l'époque de la guerre de Troie. Il lâcha ma chemise.

– Espèce de saloperie ! siffla-t-il.

Je compris qu'il s'adressait à Nub, pas à moi.

Je hurlai :

– Va-t'en, Nub, va-t'en !

Mais Nub ne m'obéit pas. Il continua à mordre.

Je l'entendis glapir, et je donnai des coups de poing à Bubba Joe pour essayer de le faire tomber. Mais c'était comme s'attaquer à un sac de frappe rempli de sable. Je sentis mes mains s'écorcher contre ses joues râpeuses. Il empoigna de nouveau le col de ma chemise.

J'attendis ce moment affreux où le couteau s'abattrait – mais rien ne se produisit.

Et puis je ressentis une secousse brutale et Bubba Joe me lâcha. À présent, deux silhouettes sombres luttaient sous la pluie. L'une, large et corpulente, était celle de mon agresseur. La seconde était grande et maigre. Je ne la voyais pas très bien, mais je sus qu'il s'agissait de Buster Abbot Lighthorse Smith.

Mes yeux s'accoutumèrent un peu à l'obscurité de la tempête. À un moment, je vis Buster s'avancer sur son adversaire et l'une des jambes de Bubba Joe sembla s'envoler. Le grand Noir chavira – Nub toujours agrippé à son mollet – et s'écrasa durement sur le sol. Sous le choc, mon chien lâcha prise et fut projeté à quelques mètres en tournant sur lui-même.

Un nouvel éclair zébra le ciel, et je découvris que Buster avait un couteau à la main. D'un genou, il bloquait le bras gauche de son adversaire, tandis que son autre pied immobilisait son poignet droit. Bubba Joe tenait toujours son énorme poignard dans sa main droite, mais bien sûr, maintenu au sol de cette façon, il n'avait aucun moyen de s'en servir.

Nub s'était jeté de nouveau sur lui et cette fois il lui avait attrapé une oreille. Il la mordait et la tirait de toutes ses forces en grondant si violemment qu'on aurait dit un moteur de voiture.

Bubba Joe, même en mauvaise posture, n'avait pas interrompu son chapelet d'injures à l'encontre de ma famille.

La main de Buster s'envola. J'entendis un hurlement. Puis un gargouillis. Et quelques gémissements. Je restai là sans bouger pendant ce qui me parut un siècle.

Buster était toujours dans la même position, lui aussi, mais il avait tourné la tête vers moi. Nub était assis près du visage de Bubba Joe, haletant, l'air aussi satisfait que s'il venait de choper un lapin.

Le grand Noir gisait sur le sol, devant moi. Je m'approchai et me penchai. Profitant de la lumière d'un autre éclair, je découvris qu'il avait la gorge tranchée. La blessure ressemblait à la bouche que j'avais découpée l'année dernière dans ma citrouille de Halloween, sauf qu'elle pissait le sang. Le sang lui coulait le long du cou, et se mélangeait à la pluie, qui l'emportait. Bubba Joe avait les yeux ouverts. Il tremblait.

Et puis son regard changea. Les ouvertures sur l'enfer venaient de se refermer et il était désormais prisonnier de l'autre côté, au fond de ce puits, sans possibilité de fuite.

Buster me saisit, me traîna jusqu'à un arbre et m'appuya contre son tronc.

– Oh putain, mon gars, oh putain..., haleta-t-il. Est-ce que ça va, fiston ? T'as pris un coup de couteau quelque part ?

– Non... Non, m'sieur.

– Oh putain, faut pas m'écouter dans ces moments-là ! J'étais d'une humeur massacrante. C'est le whisky. Ça me met dans un sale état. Oh merde, fiston. Ça va ? T'aurais pas dû te tirer comme un voleur !

– J'ai pensé que ça valait mieux que de me prendre un livre dans la gueule.

– Oh bon Dieu ! Et merde, fiston !

– Et Bubba Joe ?

– Il était costaud, ce fils de pute.

– Pas assez pour vous.

– J'ai fait du jiu-jitsu, mon gars.

– Du quoi ?

– Laisse tomber, mon garçon. Il est mort... Putain, t'as un sacré cabot, tu sais ! Si minus qu'il doit avoir du mal à grimper un escalier, mais t'as vu comment il s'en est pris à Bubba Joe ? T'as vu ça ?

– Oui, m'sieur.

– Ouais, sacré cabot ! Faut que tu le gardes.

– J'y comptais bien.

– Ça c'est un chien, fiston ! Il est pas bien gros, mais il a la bagarre dans le sang. Et des couilles d'éléphant... Bon Dieu ! Laisse-moi réfléchir. On doit se débarrasser tout de suite de Bubba Joe. Bon, la rivière, là, ça suffira. Personne ne le regrettera, celui-là. Et si on le retrouve, on le pleurera pas, je te le dis. Bouge pas d'ici.

Buster attrapa le cadavre de Bubba Joe, et le traîna derrière lui. À distance, j'entendis un plouf. Puis Buster revint.

– L'eau va l'emporter, je suppose..., dit-il. Avec ce sacré courant... Il ne faut rien dire. Rien du tout, fils. Parce que peut-être que je me trompe et qu'il y aura quand même quelqu'un qui le regrettera. Tu m'as compris ? Motus et bouche cousue.

– Oui, m'sieur. Je ne dirai rien.

Soudain, Buster se pencha et vomit. Cela dura plusieurs minutes. Heureusement qu'il pleuvait comme vache qui pisse, sinon l'odeur aurait sans doute été insupportable.

– Vous êtes malade ? demandai-je.

– Je suis soûl. Allez. On retourne à la maison et on va te sécher. Et faire du café. Bon Dieu, fiston ! Je ne voulais pas t'abandonner comme ça sous l'orage.

– Bien sûr que si.

– C'est mes humeurs. Tu piges, pas vrai ? Quand j'ai compris ce que j'avais fait et aussi que je n'aurais pas dû le faire, c'était trop tard, tu avais déjà filé. Je ne peux pas te le reprocher. Alors j'ai décidé de partir à ta recherche... Tu as vu comment ce chien l'a attaqué, hein ? Un sacré cabot, que tu as là, mon gars. Tu sais ce que c'est, les sautes d'humeur, pas vrai ? Tu comprends, hein ?

Ma sœur en avait, pour sûr, et mon père aussi, mais rien de comparable à celles de Buster. Maintenant, avec le recul, je sais que son comportement était sûrement dû à une quelconque carence chimique liée à l'alcool, mais à cette époque-là, comme beaucoup de Sudistes devant un ami ou un parent un peu bizarre, je pensais simplement : « Il est comme ça, point final. »

Quand on arriva chez lui, il laissa Nub rentrer avec nous et me dit d'ôter mes vêtements. Il m'enroula dans une couverture et je m'assis sur une chaise pendant qu'il allumait son vieux poêle avec du petit bois et du papier. Quand il fit chaud comme dans un four, il me demanda de m'asseoir devant le foyer ouvert, à côté de mes vêtements qu'il avait essorés et étendus sur le dos d'une chaise. Je repensais à ce qui avait failli m'arriver, et au sort de Bubba Joe... Je tremblais de froid, mais aussi de frayeur. Je me sentais vulnérable et mal à l'aise, dans mes sous-vêtements mouillés.

– Vous êtes sûr qu'il est mort ? murmurai-je soudain.

– Oh oui, Stan, il est mort. Je reconnais un cadavre quand j'en vois un. Ce n'est pas le premier que je croise.

– Est-ce qu'on ne devrait pas prévenir la police ? C'était de la légitime défense.

– Je sais bien ce qu'ils feront, les flics, si l'assassin est un Noir. Même si c'est une histoire entre Noirs. Oh, je le sais bien, alors on la fermera. D'accord ?

– Oui, m'sieur. Vous m'avez sauvé la vie, Buster.

– Je n'aurais pas eu besoin de le faire si je ne m'étais pas comporté comme un abruti.

– Il me suivait sûrement depuis chez nous. Il surveillait notre maison, à cause de Rosy Mae. Je l'ai déjà croisé l'autre nuit. Ma sœur et moi et Richard, on a essayé de trouver le fantôme de Margret, et on l'a vu – c'était une espèce de lumière qui dansait sur la voie ferrée – et puis on est tombés sur Bubba Joe. Il nous a pris en chasse. Mais on a traversé les rails juste devant un train et on l'a semé parce que lui, il a été forcé de rester de l'autre côté du convoi.

– Tu savais qu'il était à ta recherche ?

– Oui, m'sieur.

– Et tu es quand même venu m'avertir pour mon travail ?

– Oui, m'sieur.

– Bougre d'âne !

Je baissai la tête. Mais au bout d'un moment, Buster, presque joyeux, ajouta :

– La lumière, près de la voie ferrée. Je l'ai vue aussi. C'est pas un fantôme, fiston.

– Qu'est-ce que c'est, alors ?

– Aucune idée. Une fois, j'ai aperçu la même chose à Marfa, Texas. En tout cas, c'est pas un fantôme, c'est certain. Il s'agit d'une espèce de gaz, je crois bien. Enfin, j'en sais rien. Mais rien à voir avec des spectres.

– Vous avez tué Bubba Joe, Buster. Il est mort.

– Ouaip. Il est vraiment mort. Il aurait bien pu faire la peau à Rosy Mae ou à l'un d'entre vous, sauf peut-être à ton père. C'est un sacré bonhomme, ton papa.

– Je ne vous ai jamais entendu dire du bien de lui, avant.
– Tu ne m'as pas vraiment entendu en dire du mal non plus.
– C'est exact.
– Écoute. Je l'apprécie pour ce qu'il est. Un bon père. Ce que, moi, je n'ai jamais été. Il s'occupe bien de toi. C'est un dur et tout le monde en ville le sait. Dans la ville blanche, et même ici dans le Quartier. Ton papa est connu, fiston.
– Comment ça ?
– Les hommes sentent ces choses-là. Je peux pas te dire comment. Sa façon de se comporter. Évidemment, je ne pense pas qu'il aime les Noirs tant que ça.
– Je ne sais pas. Il a aidé Rosy Mae. Il l'aide encore. Il dit des choses pas très sympas, mais il agit correctement.
– Tu as raison, je suppose. Tu n'es pas blessé, c'est sûr ?
– Non. J'ai eu l'impression que Bubba Joe m'étudiait quand il me tenait. Comme s'il cherchait à faire durer.
– Ça lui ressemble bien. Une fois, il s'est battu au couteau dans la vieille scierie et il a pris son temps, avec son adversaire. Il l'a frappé peut-être cinquante fois, il l'a presque tué, il a été pas mal entaillé lui-même, mais il s'en foutait. Il pensait pouvoir l'achever quand il voulait.
– Vous, il n'a pas pu.
– Je l'ai pris par surprise, et j'avais quelques petites feintes japonaises dans ma manche. Je les tiens de gars qui ont appris ça à l'armée. Et il n'était pas question que je lui laisse la moindre chance. Je l'ai fait tomber, je l'ai cloué au sol et je l'ai achevé. Il m'aurait tué, sinon. Je ne pouvais pas faire autrement. Tu comprends ça, fiston ?
– Oui, m'sieur.
Buster considéra sa chemise. Elle était couverte de sang, et avec la pluie, la tache avait coulé sur son pantalon.
– Vous êtes blessé, dis-je.
– C'est son sang qui a giclé. Je vais me changer.
Il la retira et l'enfourna dans le poêle. Elle s'enflamma immédiatement. Son torse maigre et son dos étaient couverts de cicatrices, comme s'il avait du fil barbelé sous la peau.
Il prit une chemise pliée dans une boîte sous son lit et l'enfila.
– Quelqu'un finira par le retrouver, pas vrai ? demandai-je.

– Quand il va se mettre à sentir… Ouais, ils vont le retrouver. Mais toi et moi, on ne dira pas un mot. N'est-ce pas ?

– Oui, m'sieur.

– Ce n'est pas une menace, fiston. Je te le demande comme à un ami.

– Vous m'avez sauvé la vie.

– Sans doute. Ton chien a pris un petit coup de couteau.

– Quoi ?

– C'est rien du tout. Je vais lui mettre quelque chose, et il sera beau comme neuf. Bon Dieu, un cabot coriace comme ça, il se rend même pas compte qu'il a été blessé.

Peut-être que Nub ne sentait pas sa blessure, mais ce fut une autre histoire avec le désinfectant. Il donna un coup de dents à Buster.

Pendant que mes vêtements finissaient de sécher, on s'installa à la table, moi enroulé dans ma couverture et Buster buvant du café pour essayer de « chasser ses humeurs », selon ses propres termes.

Il sortit un tourne-disque, plaça un disque dessus et le mit en marche.

– Faut que je vire tout ça de mon esprit, grommela-t-il. Pas envie de trop cogiter.

Je n'avais jamais entendu ce genre de musique. Ce n'était pas du rock'n'roll, mais ça s'en approchait.

– C'est du blues, m'expliqua Buster. Big Joe Turner.

Tandis qu'on écoutait ça, je regardai ses notes.

– Qu'est-ce que ça veut dire, Buster ?

Je voulais parler de la formule que j'avais lue pendant qu'il cuvait : « La mère de la fille. »

– Ça veut dire qu'on a peut-être une clé. Un moyen de déverrouiller toute cette affaire et de voir ce qu'il y a à l'intérieur. Si tu trouves une racine, alors tu comprends mieux la fleur qu'elle produit. Ici, les fleurs ce sont les meurtres et les meurtriers.

– Qu'est-ce que vous avez appris ?

– Hé bien, je suis maintenant certain que la mère de Margret est toujours vivante. Peut-être qu'elle est au courant de quelque chose ? Tu te rappelles, je t'avais dit que je la connaissais.

– Oui, m'sieur.

– J'ai discuté avec des gars dont j'étais sûr qu'ils sauraient si elle était encore de ce monde ou pas, et c'est le cas. Et elle habite toujours dans la même maison.

– J'étais au courant, dis-je. Près de la voie ferrée, au bord des marécages, pas loin du pont couvert. C'est par là qu'on est allés à la chasse au fantôme. Margret a été tuée dans ce coin-là.

– Tu es en train de devenir un fouineur de première, Stan ! La maman, Winnie, pourrait bien avoir des informations. Je pense qu'il faudrait discuter avec elle. Normalement, j'évite d'adresser la parole à des Blanches, parce que je pourrais me faire lyncher. Mais elle, je la connais, et elle vit avec un Noir. Un sale type qui s'appelle Chance. En réalité, elle n'est pas complètement blanche. Elle a la peau foncée, parce qu'elle a du sang mexicain ou portoricain, ou je ne sais quoi. Mais je t'ai déjà raconté tout ça.

– On va la voir maintenant ?

– Bien sûr que non. Pas avec ce temps. Et même si elle a l'habitude de fréquenter des hommes très peu vêtus ou pas du tout, je ne crois pas que tu aies tellement envie de te rendre là-bas en slip. Pas vrai, hein ?

– Oui, m'sieur.

– Ce qu'il faut faire maintenant, c'est te rhabiller et retourner à la maison.

– Vous serez au boulot, ce soir ?

– Si j'arrive à rester loin de ma bouteille.

– Papa m'a dit que si vous ne veniez pas travailler… c'est moi qui deviendrais projectionniste. Et je ne veux pas de ça.

– Je le sais bien. Tu es un vrai ami. On ne peut pas en dire autant de moi.

– Bien sûr que si, après ce que vous avez fait pour moi.

– Rentre chez toi et ne pense plus à tout ça. Rien n'est de ta faute. Et ce Bubba Joe, il n'est pas plus important qu'une puce. Autre chose. Si je ne fais pas ce que je suis censé faire, tu n'as pas à avoir honte de prendre mon job. Un homme est responsable de ses actes. Tu m'entends ?

– Oui, m'sieur… Mais, Buster… S'il vous plaît, venez.

– D'accord. Je vais vraiment essayer de tenir parole. Mais, des fois, cette saleté de bouteille me rattrape. Tu as déjà chassé le raton laveur, fiston ?

– Non, m'sieur.

– Hé bien, tu lances ton chien derrière un raton laveur, tu descends dans les marais, et cet animal-là, quand on le poursuit, il entraîne ton cabot jusqu'à l'eau profonde, et là il lui saute sur la tête et il essaie de le noyer. Je te raconte pas de blague. C'est ce qu'il fait. Et ton chien, il s'est engagé dans l'eau, il a ce raton laveur qui lui a planté ses griffes et ses crocs dans le lard – et cette bête-là, c'est puissant même si c'est pas gros – et qui pèse sur lui, et tout ce qu'il peut faire, c'est de nager et de résister et de garder la tête à l'air libre. Des fois il y arrive. Et des fois non. L'alcool, c'est pareil. C'est comme si j'étais dans l'eau profonde, et que ce machin me sautait sur la tronche pour tenter de me couler. Je continue à me bagarrer. Un jour, si je ne réussis pas à l'éjecter, ça sera lui qui gagnera. Il me fera plonger pour de bon… Ce qui est bien, pourtant, c'est qu'aujourd'hui je n'ai plus de whisky, et plus d'argent non plus pour en racheter.

La pluie avait cessé, mais le temps était toujours brumeux. Je décidai qu'il fallait que je rentre, de toute façon. Une fois rhabillé, je me sentis bizarre dans mes fringues – elles me cuisaient par endroit et restaient humides à d'autres.

– Allez, file. Et bichonne-le bien ce chien, tu entends ?

– C'est promis, dis-je.

Je descendis de la véranda, non sans hésitation, et je m'éloignai. Buster, qui m'avait suivi sur le seuil, me lança :

– Tu n'as plus rien à craindre de lui, maintenant. Tu peux me croire. Mais cet orage n'est pas encore fini. C'est juste une accalmie. Faut pas que tu traînes. D'accord ?

Je hochai la tête et continuai à marcher.

Comme le vent s'était calmé et que le ciel était moins sombre, la chaleur était revenue et des nuages de vapeur montaient du sol et de la végétation. Bientôt, je transpirai comme une chèvre en broche lors du pique-nique de la fête de l'Indépendance.

En passant près de l'endroit où on avait liquidé Bubba Joe, j'aperçus son arme par terre. Buster avait oublié de la ramasser.

Je regardai autour de moi. Personne en vue. Je m'approchai, et d'un coup de pied je poussai le couteau contre un arbre et le dissimulai dans la terre avec le bout de ma chaussure.

Je me mis à trembler. Je repensai à Bubba Joe qui nous pourchassait l'autre nuit, et à son énorme main qui, une heure plus tôt, tordait le col de ma chemise, et à son haleine empestant le tabac et le whisky… Je revis la façon dont Buster lui avait tranché la gorge – un geste simple et rapide à la façon d'un maître d'école qui trace une ligne à la craie au tableau noir – et puis comment il s'en était débarrassé dans la rivière comme une branche pourrie.

J'entendais son flot rapide, chargé de toute la puissance de l'orage. J'imaginai Bubba Joe flottant entre deux eaux, les écrevisses s'attaquant à lui comme à un vulgaire bout de jambon accroché à une ficelle. J'eus très envie de m'approcher de la rive pour jeter un coup d'œil. Mais je n'en fis rien.

15

En arrivant chez moi en fin d'après-midi, je m'efforçai de me comporter comme si de rien n'était. Au début, pourtant, j'aurais juré que mes parents étaient déjà au courant. Quand Lazare était sorti de la tombe, sa famille n'avait sans doute pas été aussi émue.

– On s'faisait bien du souci pour toi, m'sieur Stanley ! s'exclama Rosy Mae. On pensait qu't'aurais eu assez d'bon sens pour rentrer tout d'suite, avec c't'orage qui menaçait.

– Mais visiblement non, dit Callie d'un air moqueur.

– J'ai été coincé en ville, expliquai-je. J'ai attendu au drugstore.

Ça me retournait l'estomac de mentir comme ça, mais je ne voyais pas d'autre solution. Leur avouer que j'étais allé chez Buster, que Buster était ivre mort, que Bubba Joe avait essayé de m'assassiner et que notre projectionniste lui avait tranché la gorge ? Ce n'était sans doute pas le genre d'informations qu'ils avaient besoin d'entendre, là, maintenant. Et d'ailleurs, j'avais promis de ne raconter ça à personne. Jamais.

– On n'aurait pas dû te laisser partir avec cette tempête qui couvait, dit maman. Je m'en veux tellement quand j'oublie tout bon sens juste parce que j'ai envie de te faire plaisir !

– Je suppose que ce n'est pas la peine d'ouvrir le drive-in ce soir, grommela papa qui, depuis la porte, regardait à l'extérieur. J'ai l'impression que le déluge va recommencer.

Maman me poussa à travers la cuisine jusqu'à la salle de bains, prit une grande serviette dans la commode et me la tendit. J'étais toujours mouillé, et mes vêtements aussi, mais je me sentais vachement mieux que tout à l'heure, quand j'étais vraiment trempé jusqu'aux os.

– Monte enfiler des habits secs, m'ordonna-t-elle. Et puis tu auras un chocolat chaud... Oh, Nub est blessé ?

Elle avait repéré le filet de sang qui tachait sa fourrure. Elle se pencha pour l'examiner.

– Ouais, dis-je. Il m'a échappé un moment. Je suppose qu'il en a profité pour se bagarrer.

Voilà que j'aggravais mon cas.

Papa entra et l'examina.

– On dirait un coup de couteau..., murmura-t-il. Il a dû s'attaquer à un chat. Je vais lui mettre un peu d'alcool.

– Ça ne lui plaira pas, dis-je.

– Il ne s'en apercevra même pas.

Mais depuis que Buster l'avait désinfecté et que Nub l'avait mordu, je savais qu'il n'aimait pas ça.

Une fois dans ma chambre, je passai des vêtements propres, puis je me recoiffai devant la glace. J'observai mon visage et, quelque part, je trouvai qu'il avait changé. Il était plus vieux. Apeuré. Troublé, peut-être.

Je m'assis un instant et me concentrai sur ma respiration. J'essayai de retrouver ma force et mon courage. J'avais l'impression que quelque chose qui vivait en moi avait été kidnappé et maltraité, puis m'avait été rendu avec un membre en moins...

En bas, je retrouvai Nub séché et soigné. Il était allongé par terre sur une épaisse serviette que ma mère lui avait installée.

– Alors, l'alcool ? demandai-je.

– Tu avais raison, répondit mon père. Il n'a pas apprécié.

Je sirotai mon chocolat pendant que maman jouait les mères poules avec moi.

Callie n'avait presque rien dit. Elle était à l'autre bout de la table devant son bol et elle me fixait de ses yeux de braise.

Finalement, tout le monde sauf moi passa au salon. Ils avaient envie de regarder la télévision, mais l'orage se déchaînait à nouveau avec une telle violence qu'ils comprirent vite que c'était inutile.

Avec seulement trois chaînes, dont l'une captée uniquement grâce à l'orientation judicieuse de l'antenne extérieure, ils devinèrent qu'ils n'auraient que des crépitements et de la neige.

Rosy Mae revint pour préparer le dîner.

– On dirait qu't'as vu un fantôme, m'sieur Stanley.

– Stanley tout court. Tu te rappelles ?

– Tu t'es pas fourré dans des embrouilles, hein, Stanley ?

Je secouai la tête. Rosy Mae n'insista pas. Elle prit une tasse, se servit le reste du lait chaud, puis ajouta du cacao et touilla.

– Ça marche mieux si tu mets le cacao d'abord, dis-je.

– J'savais même pas, et pourtant j'suis une cuisinière ! Mais j'ai presque jamais bu d'chocolat.

Elle s'assit à table et m'observa.

– T'es sûr qu'ça va, fiston ? J'ai lu une d'ces histoires de Sherlock Holmes dans ton livre. Il est malin, hein ?

– Vrai.

Papa arriva, sortit le pichet de thé glacé du réfrigérateur et s'en versa dans un grand verre décoré de fleurs. Il y mit du sucre, tourna avec une petite cuillère et s'installa à côté de moi.

– Si le temps reste aussi mauvais, je ferme le cinéma pour ce soir, annonça-t-il. Je me disais qu'on pourrait aller voir le Minstrel Show en famille.

Je savais que l'expression « en famille » excluait Rosy Mae. Celle-ci comprit aussi l'allusion et quitta la pièce.

– C'est quoi, un Minstrel Show ? demandai-je.

– Hé bien, c'est un spectacle comique, avec des Blancs qui se griment en Noirs avec de grosses lèvres dessinées en blanc, et qui jouent de la musique. Ils font des sketches. J'ai vu ça plusieurs fois. C'est rigolo.

Après ce qui m'étais arrivé, j'aurais été incapable de rester seul à la maison à écouter le vent hurler.

– Ça a l'air pas mal, dis-je.

– On va attendre pour voir si ça s'éclaircit, ajouta papa. Si c'est le cas, on ouvrira. Pour être franc, j'espère que ça va durer. Ça ne nous fera pas de mal d'être tous ensemble.

Buster se pointa au travail vers 18 heures. Il pleuvait toujours, et il passa comme d'habitude par le côté d'où sortaient les véhicules. Il portait un imperméable avec la capuche rabattue sur la tête. Il tenait une petite valise métallique à la main et une thermos sous le bras. Il alla directement à la cabine de projection.

Papa, qui se trouvait debout à la porte de derrière, le regarda y entrer.

– Qu'est-ce qu'il fiche là ? grommela-t-il. Il n'a pas pu se pointer quand on était ouverts, et il faut qu'il se montre maintenant ! Enfile ton imper, fiston, et va lui dire que c'est relâche, ce soir. Et j'espère qu'il ne s'attend pas à être payé juste parce qu'il a ramené ses fesses. Il aura du pognon comme nous tous, et aujourd'hui, personne n'en aura. Sauf peut-être les fermiers. Et les types de ce Minstrel Show.

Je mis mon imperméable, remontai la fermeture Éclair et filai à la cabine. Buster avait allumé sa petite lumière et il était assis là, à extraire des coupures de journaux de sa valise.

– J'ai apporté quelques articles à lire, dit-il, et plein de café noir.

– Il n'y aura pas de film ce soir, lui annonçai-je en retirant ma capuche.

– C'est bien ce que je pensais, mais je crois qu'il valait quand même mieux que je vienne. Stan, je ne donne peut-être pas toujours l'impression d'être un ami, mais j'apprécie que toi, tu en sois un.

– Vous m'avez sauvé la vie.

– Ça lui pendait au nez, à Bubba Joe. Il se trouve que c'est moi qui l'ai zigouillé. Ç'aurait pu être n'importe qui d'autre. Il serait certainement tombé sur quelqu'un, en fin de compte.

– La mère de Margret… Vous avez dit qu'elle était… euh…

– Une prostituée.

– Ça signifie qu'il y avait beaucoup d'hommes qui lui rendaient visite là-bas. Vrai ?

– Ouais.

– Et donc le coupable pourrait être n'importe lequel d'entre eux, n'est-ce pas ?

– C'est vrai.

À ce moment-là, mon père m'appela depuis la maison.

– Allez, Stanley. Faut que tu te prépares.

– On va au Minstrel Show, expliquai-je à Buster.

– Quel régal ça va être ! Voir une bande d'abrutis déguisés en Noirs… File. On discutera plus tard. Hé, je vais rester ici et lire un peu. Tu crois que ton paternel n'aura rien contre ?

– Non, si vous ne lui dites pas.

– Peut-être que ton chien…

– Nub ?

– Ouais, Nub. Peut-être qu'il pourrait venir me tenir compagnie ?

– Je demanderai à Rosy Mae de le laisser sortir quand on sera partis.

– Parfait. Stan, ces lettres de Margret ? Je peux les voir ?

– J'essaierai de vous les passer discrètement. Je ne peux rien vous promettre, mais j'essaierai.

– Ça marche.

Je remis ma capuche et m'éloignai sous la pluie.

Le Minstrel Show se tenait dans le groupe scolaire, qui, à l'époque, accueillait tous les niveaux, sauf la maternelle. Celle-ci était hébergée dans le logement d'un enseignant.

La représentation avait lieu dans la grande salle et coûtait cinquante *cents*. Il y avait des panneaux à l'entrée, où on lisait : « SPECTACLE NÈGRE. Humour convenable pour toute la famille. Musique. Sketches. Farces. Cinquante *cents*. »

On s'assit vers le devant. Dans le fond, un vieux concierge noir, avec sa poubelle à roulettes, se tenait prêt à ramasser les détritus quand ce serait fini – car la PTA, l'association des parents d'élèves et des professeurs, vendait à boire et à manger au profit de l'orchestre et de l'équipe de base-ball de l'établissement.

Des bénévoles avaient dressé une table le long du mur. Ils avaient des boissons non alcoolisées dans des glacières et ils préparaient des hot dogs sur place. Ils sortaient les saucisses d'une cuiseuse électrique avec des pincettes et ils les posaient sur des petits pains enduits d'une moutarde délicieuse.

Une quinzaine de minutes plus tard, la salle était comble. Derrière, il y avait même quelques personnes debout.

Quand les lumières s'éteignirent, deux Blancs au visage noirci et aux grosses lèvres peintes entrèrent en scène ; l'un se mit à jouer du banjo, et tous les deux se lancèrent dans des chansons considérées comme des classiques de la musique noire, comme *Way Down Upon the Swanee River* et *Jimmy Crack Corn*, puis ils enchaînèrent quelques hymnes religieux, dont *The Great Speckled Bird* et *I'll Fly Away*.

Ensuite, il y eut des sketches, qui tous se moquaient des Noirs. Ils évoquaient des parties de pêche, des festins de pastèques et de poulet frit, des types feignants et insouciants comme des oiseaux – juste des Noirs marrants qui adoraient blaguer, chanter, danser et faire rigoler les Blancs.

Pris par l'ambiance, je riais avec tout le monde, puis j'entendis tout à coup un gloussement grossier au fond de la salle. Je me retournai. C'était le vieux concierge noir debout près de sa poubelle dont émergeait le manche d'un balai. Il se bidonnait tellement que j'avais l'impression qu'on allait devoir l'assommer pour le faire taire.

Et soudain, quelque chose bascula en moi. Je pensai : voilà un Noir qui trouve ça drôle. Qui croit que c'est de l'humour que de se moquer de son peuple et de lui-même.

Du coup, je cessai de rire. Et ça n'avait rien à voir avec de la résistance. À partir de ce moment-là, rien de ce qui se passa sur scène, tout le reste de la soirée, ne me parut marrant.

Sur le chemin du retour, je fus tellement silencieux que mon père me demanda si tout allait bien et si je m'étais amusé.

Je lui répondis que oui. Je ne savais pas quoi dire d'autre.

– Moi, j'ai rigolé plusieurs fois, intervint Callie, et j'ai bien aimé la musique, mais je ne connais aucun Noir qui ressemble à ça. Et je ne pense pas que ça aurait plu à Rosy Mae.

Elle était assise à côté de moi, à l'arrière. Je la regardai, et j'eus le sentiment de l'aimer vraiment pour la première fois de ma vie. Au cours de ces derniers jours, j'en étais venu à l'apprécier, mais à présent, oui, je l'aimais vraiment.

– Je crois que tu as raison, Callie, dit maman. En fait, j'ai un peu honte d'être allée voir ça. Et vous avez noté ce panneau à l'entrée ? *Spectacle nègre*. Pas *noir* ou *de couleur*. Mais *nègre* !

– Ils ne pensaient pas à mal, fit papa.

– Ça me blesse, murmura maman.

On se gara devant le Dairy Queen, sous l'auvent. Par les vitres baissées, on entendait la pluie qui martelait la toile.

Une jeune fille blonde avec une queue-de-cheval, vêtue d'un jean et d'une chemise d'homme, s'approcha de la voiture. L'eau éclaboussait ses chaussures et son pantalon, et on voyait bien à son expression qu'elle n'appréciait pas tellement.

Quand elle aperçut Callie, elle poussa un cri perçant et Callie lui répondit par le même genre de hurlement. Apparemment, c'était la manière de se saluer entre adolescentes. De toute évidence, elles se connaissaient. Ma sœur semblait connaître tout le monde. Elles échangèrent des salutations, se promirent de se revoir, et puis la fille – Nancy – tira un crayon de derrière son oreille, un bloc-notes de la poche arrière de son jean et nous demanda ce qu'on désirait.

On passa notre commande et Nancy s'en alla.

– Vos cris, les filles, on aurait dit des oiseaux blessés, rigola mon père.

– Oh, arrête…, fit Callie.

Puis la nourriture arriva sur un plateau qui fut accroché à la fenêtre du conducteur. Il nous distribua ce qu'on avait choisi et on mangea, là, dans la voiture. Papa essaya de revenir sur le Minstrel Show, d'évoquer tel ou tel passage amusant, mais même si on avait tous rigolé à certains moments, on n'en était pas très fiers à présent, sauf lui, peut-être, qui ne voyait aucun mal à tout ça.

On a rendu le plateau et on est repartis en voiture, toujours matraqués par la pluie.

16

Les vacances d'été touchaient à leur fin. L'idée de la rentrée prochaine dans une nouvelle école me rendait nerveux, et Bubba Joe me préoccupait toujours. La nuit, quand j'essayais de m'endormir, je ne pensais plus à la présence fantomatique qui avait hanté ma chambre jusque-là. Non, je pensais à Bubba Joe. À la façon dont il m'avait regardé juste avant que la lumière ne s'éteigne dans ses yeux et que son âme soit aspirée dans ce long tunnel vers l'enfer.

Il avait mérité son sort. Buster m'avait sauvé la vie. Mais ce n'était pas aussi simple. Il suffisait que quelqu'un s'éclaircisse la voix en ma présence ou que l'eau s'engouffre dans le siphon de l'évier pour que les gargouillis de Bubba Joe au moment de sa mort me reviennent immédiatement à l'esprit.

Même certains des films que nous projetions me mettaient mal à l'aise. La disparition de Bubba Joe n'avait rien à voir avec celles de tous ces acteurs, à l'écran – pas de dernières petites phrases, pas de mélodrame. Juste du sang et point final.

Pour oublier, j'essayais de m'occuper l'esprit – entre autres avec notre énigme, à Buster et à moi. Comme je supposais qu'elle concernait aussi Callie, je tenais ma sœur au courant, mais cela ne semblait plus l'intéresser beaucoup.

Elle s'était mise à fréquenter Drew Cleves. Il avait l'air assez sympa, et il m'avait plutôt bien traité le jour de mon accident, dans le lotissement des riches.

Maman l'aimait bien aussi.

Mais pas mon père. De façon générale, papa avait du mal à accepter les garçons qui sortaient avec Callie ou montraient simplement qu'ils en avaient envie.

Maintenant qu'elle était avec Drew, Callie était souvent absente. Elle passait son temps à se balader en voiture, à traîner en ville, au cinéma et au drugstore où elle se goinfrait de hamburgers et de milk-shakes au malt.

Toute la famille pensait encore de temps en temps à Bubba Joe, mais pas si souvent que ça. Mes parents supposaient qu'il avait déguerpi puisque les flics ne l'avaient plus revu dans les parages et n'en avaient plus jamais entendu parler non plus.

Moi, bien sûr, je savais qu'il était mort, et chaque jour je m'éveillais avec l'idée que la nouvelle allait éclater. Un vrai scoop. Le corps de Bubba Joe repêché quelque part dans la rivière ! Avec le temps, pourtant, moi aussi je l'oubliai.

Papa s'était habitué à me voir passer des heures avec Buster dans la cabine de projection, et je crois que quelque part dans sa tête il s'imaginait que j'étais en train de me perfectionner au maniement du projecteur. C'était une considération pratique pour lui. Pour moi, c'était de l'amusement.

On n'avait toujours pas parlé à Winnie.

Je demandai pourquoi à Buster.

– Je me retiens, dit-il. Pour nous, c'est un jeu, mais c'est sa fille qui a été tuée.

– Je veux vraiment découvrir le coupable. J'aimerais que la police l'attrape.

– Peut-être bien, Stan, mais cette femme, elle ne comprend pas ça.

– Qu'est-ce qu'il y a à comprendre ?

– Tu penses qu'elle va croire aussi facilement que ça qu'un gamin et un négro peuvent être les justiciers de sa fille ? C'est dur à avaler, tu sais, même si on est sincères… Et puis, à mon avis, il n'y a pas beaucoup de chances pour qu'on résolve quoi que ce soit. Moi, je fouille dans ce passé pour ne pas penser tout le temps au whisky et pour arrêter de ruminer ce que j'aurais dû faire et que je n'ai pas fait et que je ne ferai ni ne pourrai jamais faire… Tu me suis, fiston ?

– Oui, m'sieur.

– Je ne dis pas que tu n'as pas bon cœur, mais simplement la vie n'est pas juste. C'est pas parce que tu as envie de quelque chose que tu vas forcément l'avoir. Rien à voir avec les histoires de Sherlock Holmes. Mais au moins, elles t'aident à penser. C'est pour ça que je t'ai donné ce bouquin. Tu peux le garder. Je veux pas que tu me le rendes. Et s'il m'arrive quelque chose, tous ces livres sont à toi...

– Il ne va rien vous arriver...

– Écoute un peu. Je te le répète, la vie n'est pas juste, et du coup les choses ne s'emboîtent pas toujours comme dans un puzzle. Certaines sont comme elles sont et on n'a pas moyen de les expliquer. Tu peux toujours te ramener avec des «peut-être». Bon, d'accord, tu réussiras à trouver de temps en temps la vraie raison. Mais des tas de trucs se produisent sans logique ni rapport. Tu piges ?

– Oui, m'sieur... Mais on ne pourrait pas trouver un moyen pour parler avec elle ?

Buster m'adressa un grand sourire.

– T'es pas du genre à lâcher le morceau, hein? Ça, je te l'accorde. Oui, peut-être qu'il y en a un. J'y ai un peu réfléchi. Mais si je discute avec elle, ça ne sera pas en ta présence.

– Mais vous aviez dit que...

– Je ne me souviens plus de ce que j'ai dit, mais de toute façon je ne vais pas traîner un gamin blanc dans la maison d'une putain pour parler de la mort de sa fille... Comment crois-tu que ton père prendrait ça? Tu penses que ça ferait du bien à mon boulot ?

J'étais déçu. Je m'étais imaginé que je serais dans ce coup-là. Pour continuer à enquêter, bien sûr, mais aussi pour rencontrer la mère de Margret – une prostituée en chair et en os ! Je restai assis un moment à écouter la bobine cliqueter dans le projecteur. Mais ça ne servait à rien de bouder avec Buster. Finalement, je lui demandai :

– Eh bien, quand est-ce que vous allez le faire ?

Buster fit la moue.

– Ce soir, quand j'aurai terminé ici.

– C'est pas un peu tard ?

– Pas pour elle. Je te raconterai ça demain matin, si tu viens me retrouver dans la rue qui longe l'épicerie. On s'assoit au bord du trottoir et on discute. Disons neuf heures ?

– Si je ne suis pas là, c'est que mon père ou ma mère m'auront mis le grappin dessus. D'accord?
– Je comprends.

Le lendemain, je fus debout de bonne heure. Je laissai un mot pour dire que j'étais parti acheter des bandes dessinées au drugstore avec mon argent de poche.
Mais Rosy me coinça au moment où je filais.
– Où c'est qu'tu files c'matin sans ton chien?
Elle s'était redressée sur le canapé où elle dormait et se grattait la tête.
– Je vais me payer des bédés. Je pensais que je resterais peut-être en ville un bout de temps, alors j'ai laissé Nub dans ma chambre. Tu le feras sortir plus tard?
– Ces comics, y seront plus là après l'p'tit déjeuner?
– Je n'ai pas faim.
– T'as pas d'raison d'sortir sans ton p'tit déj. Laisse-moi te préparer que'qu'chose.
J'essayai de lui échapper, mais je ne voulais pas paraître non plus trop pressé de me tirer.
Rosy fit cuire des œufs et du pain grillé pour nous deux et prépara du café. Elle avait pris de l'assurance à la maison, et il lui arrivait même de donner des ordres à papa – qui filait doux.
Pendant que je mangeais, Rosy me dit:
– J'peux lire plus mieux maint'nant. J'vais m'mettre à bosser sur ma façon d'parler. J'veux pas causer comme une péquenaude tout'ma vie. Tu pourras m'aider pour ça.
– Tu sais, je n'ai pas non plus une élocution parfaite.
– Mais t'as pas l'air d'êtr'un ignorant quand t'ouvres la bouche.
– Eh bien, tu pourrais par exemple commencer par dire «Je lis bien mieux» au lieu de «Je lis plus mieux». «Plus mieux» n'est pas une expression correcte.
– Ça doit l'être. J'ai toujours dit ça!
– Oui, m'dame.

– J'suis pas sûre qu'tu d'vrais sortir d'la maison quand y a p'têt'Bubba Joe dans les parages. J'suis pas comme ton papa. Moi, j'jurerais pas qu'il embêtera pas un p'tit garçon blanc.

– Je pense que ça ira, Rosy. Vraiment.

– Ouais, ben, j'peux pas t'commander, mais fais attention à toi, compris ?

Je pédalai jusqu'à l'endroit où Buster m'avait donné rendez-vous. On était samedi, et la ville était en ébullition. Buster m'attendait en sirotant un soda.

En m'approchant, je me rendis compte à quel point il était vieux. Il avait cessé d'enduire ses cheveux de cirage, et leurs racines étaient blanches. Il était grand, mais voûté, comme si le monde entier pesait sur ses épaules et qu'il était devenu trop lourd à porter.

Je calai ma bicyclette au bord du trottoir avec la pédale et je m'assis à côté de lui. Une Blanche qui passait avec un panier à provisions prit un air vaguement dégoûté à notre vue.

– Qu'est-ce qu'elle a à froncer le nez celle-là ? grommela Buster. Si elle était encore un peu plus moche, elle serait obligée de cacher sa tête dans un sac et il faudrait embaucher quelqu'un pour la guider.

Ça me fit marrer. Il m'adressa un grand sourire et tira de la poche de sa chemise une barre chocolatée PayDay au caramel qu'il me tendit.

– J'ai pensé que ça te ferait plaisir. Moi, je me suis juste pris du chocolat Hershey. Mes dents n'apprécient plus les cacahuètes des PayDay.

– Tu as discuté avec la mère de Margret ?

– Oui. C'était assez intéressant, Stan. Et il faut qu'on revoie quelques-unes de nos théories.

J'avais déballé ma confiserie et, malgré le petit déjeuner de Rosy, je l'entamai allègrement.

– Bon, je ne pouvais pas aller simplement là-bas et lui dire « Salut, comment ça va, je veux te parler de ta fille qui a eu la tête coupée par un train… », ou un truc comme ça. J'ai pris ces lettres que tu avais, Stan, et je les lui ai rendues.

– Tu as fait ça ?

– Oui oui. Peut-être que tu considères qu'elles sont à toi, mais en réalité elles appartenaient à Margret, alors j'ai estimé que sa mère devrait les récupérer. J'en ai gardé deux pour l'atmosphère, au cas où on aurait besoin de les relire pour vérifier quelque chose. Je lui ai juste donné celles qui n'avaient pas trop d'importance, qui répétaient ce qu'elle avait déjà dit dans les autres. Je lui ai fait croire que je les avais trouvées pendant que je peignais la palissade du drive-in. Qu'elles étaient enterrées dans un bocal. Je sais pas pourquoi j'ai parlé d'un bocal, mais c'est ce que j'ai dit.

– Qu'est-ce qu'elle a répondu ?

– Laisse-moi te dresser le tableau. J'y suis allé tard hier soir. Son mec – ils vivent en concubinage, ça signifie qu'ils habitent ensemble sans être mariés – m'a invité à entrer et il m'a offert une tasse de café, parce qu'elle était occupée dans la pièce du fond, si tu vois ce que je veux dire.

– Il est au courant ?

– C'est son maquereau, Stan.

– *Maquereau ?*

Il m'expliqua ce que ça signifiait et il ajouta :

– Il lui pique une grosse partie de son pognon. Il aime tellement l'argent que moi aussi j'ai dû lui en filer, juste pour discuter une demi-heure avec elle. Il n'en avait rien à foutre que j'apporte à Winnie des lettres de sa fille. Il a considéré que je prenais sur son temps de travail. Alors il fallait que je paie. Ça fait cher le café.

– Ce n'est pas le papa de Margret, c'est bien ça ?

– Je te l'ai déjà dit. Le père était un Portoricain, ou un Mexicain. Winnie est de sang mêlé elle aussi. Ce gars-là est un Noir.

– Cette Mlle Winnie, qu'est-ce qu'elle en a pensé ?

– Désolé de te décevoir, mais elle a réagi exactement comme son mec. Ou, au moins, elle a dû faire semblant, tant que son jules est resté dans les parages, parce qu'il lui fout la rouste quand elle n'obéit pas. Je ne l'ai pas vu la tabasser, mais je sais comment ça marche entre les maquereaux et les putes, même s'ils vivent en couple.

– C'est terrible.

– Eh bien, Stan, rappelle-toi qu'on n'est pas chez les parents d'élèves. Tu vois ce que je veux dire ? Elle a jeté un coup d'œil aux lettres et elle me les a rendues. Elle m'a dit de les balancer, d'en faire ce que je voulais.

– Elle n'a pas pleuré ?

– Même pas une larme. Elle m'a juste dit : « Le temps c'est d'l'argent, mon gars, pourquoi t'utilises pas l'tien pour que'que chose qui compte ? » Bon, j'étais tenté. Elle est pas trop mal, et c'est vrai que j'avais claqué dix dollars… J'ai répondu que c'était d'accord et on est allés dans la pièce du fond, mais quand elle a refermé la porte, elle m'a murmuré : « Va falloir que tu restes un peu tranquille pour qu'on puisse causer. » Alors, on s'est assis sur le lit, elle a repris les lettres et elle les a relues plus soigneusement. Et cette fois, elle a un peu pleuré.

– Donc elle était triste ?

– À sa façon. Tu vois… Bon, laisse-moi te raconter. Elle m'a assuré que Margret avait toujours été gentille avec elle. Mais elle ne croyait pas que sa fille était enceinte.

– C'est pourtant ce qu'elle écrit dans les lettres.

– Non, Stan. Elle parle de grossesse, mais à aucun moment elle ne dit qu'elle attend un enfant, et ça je l'avais remarqué tout de suite. Pas une seule fois elle n'annonce qu'elle est enceinte. Elle écrit qu'elle et J. peuvent « gérer » la grossesse, mais elle ne parle pas d'elle-même.

– C'est qui d'autre, alors ? James ne peut pas avoir d'enfant !

– Non, dit Buster. Non, il ne peut pas. Mais j'y reviendrai. Quand j'ai interrogé Winnie sur James Stilwind, elle m'a répondu qu'elle ne le connaissait pas, mais que Margret était amie avec sa sœur.

– Jewel Ellen.

– Exact. D'après elle, elles étaient tout le temps fourrées ensemble. Elle savait aussi que les Stilwind n'appréciaient pas. Margret n'avait pas le droit d'aller la voir chez elle, par exemple. Les Stilwind n'approuvaient pas la profession de Winnie ni le fait qu'elle ait embarqué Margret là-dedans.

– *Embarqué là-dedans ?*

– Qu'elle en ait fait une putain.

– Sa propre fille ?

– Winnie a probablement estimé qu'elle lui transmettait le métier familial, Stan.

– Mais Margret était très jeune !

– Il y a plein d'hommes qui adorent ça. Les gamines, je veux dire. Tu sais, il y a des salopards de première classe sur cette terre, Stan. Margret ramenait vraiment pas mal d'argent, sa mère le reconnaît. Mais elle n'aimait pas cette vie et elle voulait mieux. Elle pensait partir à Hollywood et devenir actrice, parce qu'elle était très jolie. Winnie m'a avoué qu'elle essayait de lui faire comprendre qu'elle n'était bonne qu'à se prostituer.

– C'est horrible.

– Oui. Mais elle m'a raconté tout ça avec les larmes aux yeux. Elle aimait sa fille, à sa façon, mais elle n'a aucune jugeote, Stan. Elle était incapable d'imaginer qu'elle réussisse mieux qu'elle et devienne quelqu'un. Par exemple, elle avait été fâchée que Margret demande à aller à l'école, alors qu'elle, elle voulait pas. C'est comme ça avec les gens qui s'aiment plus que leurs propres enfants. Ils n'ont aucune envie de voir leurs gosses les dépasser. Margret a tout de même fini par quitter la prostitution et à se chercher des petits boulots ici et là. Elle mettait de l'argent de côté pour partir à Hollywood. Sa mère disait en ricanant que tout ça était merdique, comme si son métier à elle était bien mieux.

– C'est difficile à comprendre, murmurai-je.

– Quand on vient d'une famille comme la tienne, c'est sûr. Mais Winnie était furieuse que Margret refuse de continuer à se vendre. Puis elle a découvert que sa gosse était différente. Au début, ça l'a énervée, mais après elle a pensé que ça serait peut-être un moyen inattendu de se faire du pognon. Et finalement Margret a été assassinée.

– Comment ça, *différente*, Buster ?

– Quand Winnie m'a dit ça, certaines choses dans les lettres ont fait tilt. J. c'est pas James. C'est Jewel.

– Mais c'est une fille !

– Oui oui. Des fois ça se passe comme ça.

– Tu veux dire…

– Ouais. Différente, c'est ça.

– Une fille peut mettre une autre fille enceinte ?

– Non, fiston. Pour ça, il faut un homme. Ou un adolescent. D'après moi, ce n'était pas Margret qui était enceinte. La mère ne pouvait pas en être absolument certaine, bien sûr, mais d'après ces lettres et ce journal intime, et aussi d'après ce que j'ai appris hier soir, je pense que c'est Jewel Ellen qui attendait un bébé. Et Margret parlait d'élever l'enfant avec elle, une fois qu'il serait né.

Buster me regarda, vit ma stupéfaction.

– Grandir, c'est troublant, hein, Stan ?

– Oui.

– La vraie question, c'est : qui est le père du gosse de Jewel Ellen ? On commence avec cette idée, même si c'est juste une idée, et on voit où elle nous mène. Voilà ce que je pense : si Jewel en pinçait pour Margret, alors elle ne voulait pas d'homme. Ou peut-être qu'elle avait envie des deux. Ça arrive. Si c'est pas ça, ça signifie qu'elle a été violée. Mais par qui ? Voilà où on en est.

– Waouh !

– Il y a un truc que je ne t'ai pas encore avoué, Stan, c'est que j'avais quand même fini par m'acheter un peu de gnôle de contrebande chez Jukes avant d'aller là-bas. Je l'ai apportée avec moi et on l'a sifflée avec Winnie. Du coup, elle a beaucoup parlé. De tas de choses. Mais pas tellement de trucs au sujet de sa fille. Elle a fini par me rendre les lettres, et elle m'a dit d'en faire ce que je voulais. Comme elle commençait à être un peu pompette, j'ai insisté : « Tu es sûre que tu ne connais pas ce James Stilwind ? » Elle m'a répondu qu'elle ne l'avait jamais vu, mais que son mec – c'est-à-dire son maquereau – avait reçu du pognon du père de James. Je lui ai demandé pourquoi, et elle m'a avoué que c'était pour qu'ils la ferment.

– À quel propos ?

– Sur le fait que leur fille fréquentait Jewel. Le vieux Stilwind a craché pas mal d'argent et elle n'a jamais rien dit parce qu'elle ne pensait pas que c'était important. Elle suppose qu'ils ne voulaient pas voir salir la réputation de Jewel Ellen si on apprenait qu'elle était lesbienne. Donc, pour résumer, Winnie regrette sa fille, mais ça ne l'empêche pas de prendre le fric et de la fermer. Elle ne prévient pas la police, même si ça implique qu'on ne saura jamais qui a tué sa gamine. L'argent était plus important pour elle.

Buster, la tête un peu en arrière, sirota les dernières gouttes de son soda.

– C'est tout ? dis-je.

– Il me restait dix minutes sur mes dix dollars, et je les ai utilisées.

– Oh.

– C'est une chose que j'ai apprise avec l'âge. Ne jamais gaspiller son capital.

Buster m'annonça qu'il rentrait chez lui pour piquer un roupillon. Moi, je décidai de m'offrir des bandes dessinées pour de bon. J'avançais comme dans un rêve. Le monde se révélait un endroit bien étrange, oh oui, et j'étais en train de devenir un jeune garçon perplexe.

Jewel et Margret ? Elles étaient petites amies ? *Vraiment* petites amies ?

Chez Greene, j'ai fouillé dans les comics. Trois longues étagères débordaient de bédés et de tas de magazines. Plusieurs me parurent très intéressantes. Je vérifiai combien j'avais de *cents* en poche – un dollar en tout.

J'achetai donc un *Adventure Comics*, un *Challengers of the Unknown*, et un truc intitulé *Strange Worlds*. Et finalement je craquai aussi pour un *Superman's Girlfriend Lois Lane*.

Ensuite, j'allai au fond de la boutique voir la table où étaient entassés les comics à cinq *cents*, ceux auxquels il manquait la moitié de la couverture. Certains étaient relativement récents, mais la plupart dataient peut-être de deux ou trois ans. Je supposai que tout le monde sauf Richard Chapman et moi préférait les bédés neuves.

J'en choisis trois ou quatre, y compris un *Captain Flash* couvert de poussière, dont la moitié supérieure de la couverture avait disparu, comme pour tous les autres. Ici, la coupe avait décapité un dinosaure. Il ne restait qu'un bonhomme dans un habit rouge et bleu, un gros caillou à la main. Son compagnon masqué, tout vêtu de jaune, était étendu à ses pieds, inconscient. Le sous-titre annonçait : « Les monstres d'un million d'années avant Jésus-Christ. »

J'achetai aussi un Royal Crown et j'allai m'asseoir sur le trottoir pour lire un moment.

Il faisait chaud, mais ce n'était pas désagréable. Une légère brise charriait une bonne odeur de chèvrefeuille.

Les bédés finirent par produire leur effet. Elles me permirent d'échapper au monde dans lequel je vivais, un monde qui, en quelques semaines, s'était révélé bien plus déroutant que ce que j'imaginais. En cet instant, je préférais me retrouver dans un univers divisé en cases aux couleurs vives et peuplé de super-héros.

Je lus deux comics et puis, hélas, la réalité reprit le dessus. Je repensai à Margret et à Jewel.

J'avais déjà été passablement troublé par les relations entre hommes et femmes, et maintenant – ça. Je décidai d'en parler à Callie qui semblait être un puits d'informations sur ces sujets-là. Buster l'était aussi, mais parfois il était un peu trop compliqué pour moi.

Un coup de klaxon me tira de mes rêveries. Je levai les yeux et découvris une super Cadillac bleue avec des ailerons dignes d'un vaisseau spatial. Callie, avec une queue-de-cheval exubérante, se pencha par la vitre ouverte, côté passager, et elle m'appela.

Je pensai : quand on parle du loup.

C'était Drew Cleves qui conduisait.

– Viens faire un tour avec nous, Stanley ! proposa Callie.

Je rassemblai mes bandes dessinées, ramassai la bouteille de Coca, puis je m'approchai.

– Fais gaffe avec ça ! me prévint Cleves. C'est la bagnole de mon père. Il va me tuer si je tache les sièges.

– O.K., dis-je. Attendez une minute.

Je terminai le soda et je ramenai la consigne chez Greene qui me la reprit deux *cents*.

Drew m'aida à mettre mon vélo dans le coffre.

Quand je fus dans la Cadillac, Callie s'exclama :

– C'est pas divin ?

– Mon paternel dit qu'il a l'impression d'être au volant de notre salon, rigola Drew.

C'était la voiture la plus immense et la plus luxueuse dans laquelle j'étais jamais monté ! Les sièges étaient en cuir tendre. Je fus tenté de m'y allonger et de dormir comme un bienheureux.

– On va au lac, annonça Callie.

– T'es pas obligé de venir si t'as pas envie, dit Drew immédiatement. Je peux juste te faire faire le tour du pâté de maisons et te relâcher ici si tu préfères...

– Drew, ça ne sera pas suffisant pour qu'il ait une idée de cette merveille, protesta Callie. Allez, Stanley, t'es d'ac ?

– Je ne sais pas combien de temps on passera là-bas, ajouta Drew. Ça risque d'être un peu long.

– Pas grave, assurai-je.

– Il fait plutôt chaud..., dit encore Drew.

– Mais non, pas avec cette brise, fit Callie. Et au lac, il fera encore meilleur.

– Ouais, possible, murmura Drew, l'air mécontent.

Il se pencha par-dessus le siège et me lança un regard presque suppliant.

– Tu es sûr que tu veux venir ?

– Sûr.

– Eh bien, d'accord, alors, dit-il.

Et on se mit en route.

Les bulldozers qui avaient creusé le lac avaient abattu beaucoup d'arbres. L'argile rouge descendait jusqu'à l'eau. Il n'y avait pas le moindre grain de sable sur la rive, juste de l'argile. J'en fis la remarque.

– Ils vont l'apporter avec des camions, dit Drew, tandis qu'on sortait de la voiture.

– Ç'aurait été quand même beaucoup plus beau s'ils avaient conservé un peu plus de végétation, murmura Callie. Peut-être que dans ce cas les berges ne s'effondreraient pas comme ça.

– Mon père est propriétaire de l'entreprise responsable de ce chantier, expliqua Drew.

– N'empêche qu'ils auraient pu laisser plus d'arbres, dit Callie, qui n'était pas du genre à changer d'opinion quand elle y tenait vraiment.

En réalité, Drew s'en fichait. Il marchait en tenant la main de Callie comme si ses pieds ne touchaient pas le sol.

À l'époque, ça me sembla horriblement gnangnan et je détestai voir Callie roucouler comme ça. Drew était aux petits soins avec elle. Difficile de s'imaginer que ce type était capable de courir avec un ballon dans un stade !

On bavarda tout en marchant, rafraîchis par une petite brise agréable. Et rien de ce qu'on se raconta n'avait à voir avec des meurtres, des prostituées, des filles qui aimaient les filles ou des cadavres décapités sur une voie ferrée…

On se balada au bord du lac un bon moment, mais il y avait trop de boue pour s'en approcher vraiment, et même s'il avait pas mal plu ces jours-ci, le niveau de l'eau avait beaucoup baissé et deux petits îlots avaient surgi au milieu du lac, très proches l'un de l'autre. Leur végétation était morte et ce n'étaient plus que de simples monticules de terre. Un relent de poissons en décomposition flottait dans l'air et aussi quelque chose qui vous donnait la chair de poule, une odeur qui vous faisait penser à des mocassins tapis dans la vase puante apportée par la rivière.

Au bout d'une petite heure, on prit le chemin du retour, surtout parce que le vent était tombé et qu'il faisait maintenant chaud comme dans un four. On s'arrêta près d'un arbre coupé, non loin de la voiture, et on racla avec des bâtons les tonnes de boue collées à nos chaussures.

– Mon père dit qu'ils vont installer des tables et des bancs, des coins à barbecue et des rampes pour mettre les bateaux à l'eau. Peut-être qu'ils replanteront aussi quelques arbres.

– Les mêmes que ceux qu'ils ont abattus ? demanda Callie.

– Naan. Des trucs qui poussent vite. Il y aura aussi une zone réservée aux Noirs. Sur la rive d'en face.

– Tiens donc, ricana Callie.

– J'ai rien contre les Noirs, assura Drew. Franchement.

Et il avait l'air sincère.

– Si on rentrait en ville manger un hamburger avec un soda ? proposa-t-il.

Je commençais à être affamé. Les gosses sont comme ça. Des gouffres sans fond.

– Callie, t'as de l'argent ? ai-je demandé.
– Je vous invite, dit Drew.
– Tu peux payer pour moi, dit Callie, mais j'ai le fric pour Stanley. Il n'est pas sous ta responsabilité. Tu sors avec moi, pas avec nous deux.
– Ouais, c'est vrai, dit Drew. Mais ça ne me dérange pas.
– T'es mignon, mais c'est pas un problème, murmura Callie, avec cette voix sirupeuse qu'elle utilise quand elle veut obtenir quelque chose de papa.
On revint tranquillement en ville dans la Cadillac, et j'admets que je me sentais plutôt privilégié quand on s'arrêta devant le drugstore, qu'on sortit de ce bel engin et qu'on prit pied sur le ciment brûlant du trottoir, telles trois divinités descendues des cieux.

Au drugstore, on demanda des hamburgers et des milk-shakes au malt et je dois préciser que Drew paya finalement pour tout le monde. Timothy était de service, et il n'eut pas l'air ravi de voir Callie avec Drew. Il posa notre commande sur la table comme s'il nous livrait la peste bubonique. Son front disparaissait sous son calot ridicule et il serrait si fort les lèvres que le peu qui en restait aurait pu passer dans le chas d'une aiguille.
– Qu'est-ce qu'il a ? s'étonna Drew.
– Ne fais pas attention à lui, répondit Callie.
– Il a envie de sortir avec elle, dis-je.
– Stanley ! s'exclama Callie, comme si elle était choquée par cette révélation.
– Tu veux que je m'occupe de lui ? dit Drew.
– Quoi ? Tu le frapperais simplement parce qu'il m'a draguée ?
– Je lui dis simplement de te ficher la paix.
– Non, Drew. Je veux manger tranquillement, et après, peut-être qu'on pourrait se faire une toile ? La séance est à treize heures. J'ai vérifié.
– Tes parents ont un cinéma, dit-il. Tu n'en as pas marre ?
– Non, dit-elle. Et puis quand je pense à notre drive-in, je pense surtout au boulot. En plus, j'ai envie de voir le film qui est programmé au Palace.

– C'est une histoire d'amour, ricanai-je.

– Eh bien, dit Drew. Si tu veux.

Je plaignais Drew, à voir la façon dont Callie le faisait marcher au doigt et à l'œil. Elle aurait pu lui demander mettre un tutu et un béret et de l'emmener à un spectacle de danse, et il l'aurait fait.

Le film m'a ennuyé. J'ai dormi presque tout le temps parce que la salle était climatisée. À l'époque, n'importe quel endroit climatisé pendant l'été était une aubaine.

En sortant, on est tombé sur James Stilwind. Penché par-dessus le comptoir de vente des friandises, il discutait avec la jeune fille qui remplissait les sachets avec du pop-corn.

– Voilà James Stilwind, annonça Callie.

– C'est lui ? dit Drew.

Je sentis une certaine irritation dans sa voix et je compris que James avait parfois été évoqué lors de leurs conversations privées. Pour ce que j'en savais, Callie avait peut-être divulgué tout ce que je lui avais dit.

Mais bon, moi aussi j'étais une vraie pipelette.

Stilwind tourna la tête et aperçut Callie. Son sourire éclatant aurait été parfait dans une publicité pour Pepsodent.

– Vous avez aimé le film ?

– C'était chouette, dit Callie.

– Pas mal, dit Drew.

Moi, je restai silencieux.

James vint vers nous, abandonnant la fille derrière le comptoir. Elle prit un air boudeur et continua à fourrer son pop-corn dans des sachets qu'elle empilait à côté de sa machine.

– Je ne vous ai pas déjà vue quelque part ? demanda James à Callie.

– Je crois bien que oui, répondit ma sœur. On sortait du drugstore. Vous étiez avec votre femme.

– Ma femme ? Non. C'était une copine. Je ne sais plus qui, mais ce n'était pas ma femme.

– Vous ne savez plus ? répéta Callie, étonnée.

– Eh bien, si ç'avait été vous, je m'en souviendrais.

– Faut qu'on y aille, grogna Drew.

– Sûr, dit James.

– C'est quoi, votre prénom ? demanda James à Callie.

Elle le lui donna.

Il nous demanda aussi les nôtres, mais je ne pense pas qu'il nous ait écoutés.

– Et vous, vous êtes James Stilwind ? fit Callie.

– Vous me connaissez ?

– Je sais que vous êtes le proprio de ce cinéma, alors je suppose que ça doit être vous.

– Vous êtes les bienvenus quand vous voulez. Attendez...

Il fila derrière le comptoir à friandises, ouvrit un tiroir, et revint avec trois tickets. Il nous en donna un à chacun.

– Des entrées gratuites, dit-il. Vous êtes mes invités. L'endroit est à moi, en effet. Et si je suis là le jour où vous reviendrez, je m'assurerai que vous ayez aussi du pop-corn et une boisson à l'œil.

– Merci, dit Callie.

– Faut qu'on y aille, répéta Drew, et il prit Callie par le bras.

Une fois dehors, Callie protesta :

– Drew, tu me fais mal !

– Désolé. C'était pas exprès.

– C'est pas grave, dit-elle, en se frottant le bras.

– Quel sale type ! s'exclama Drew.

– Moi, je l'ai trouvé pas mal, dit Callie.

Drew soupira. La Cadillac de son paternel ne pouvait pas rivaliser avec un adulte plutôt beau gosse propriétaire de son propre ciné et d'une Thunderbird qui n'appartenait au père de personne.

Je pensai : il faut que je discute avec ce James Stilwind si je veux vraiment enquêter sur ce meurtre. Buster ne pourra pas. Si un Noir osait seulement envisager de questionner un Blanc sur un sujet aussi sensible que la mort de sa sœur, il se ferait tabasser, ou pire encore.

Le problème, c'était que je ne savais pas comment m'y prendre.

Drew nous raccompagna chez nous en voiture. Mis à part les commentaires de Callie sur les fringues super d'une fille qui passait sur le trottoir, le voyage fut silencieux. On aurait découpé l'atmosphère au couteau.

Drew nous déposa devant le Dew Drop. Callie se pencha et l'embrassa sur la joue.

– À bientôt, Drewsy ?

Ce baiser brisa la glace. Drew sourit.

– Sûr. À très bientôt, j'espère.

– Tu peux compter là-dessus, minauda Callie.

– Alors à plus, Drewsy, dis-je à mon tour.

Drew m'adressa un regard glacial.

On descendit de la voiture et je sortis ma bicyclette du coffre.

Quand Drew repartit, et que Callie et moi on se dirigea vers la maison, je dis à ma sœur :

– Tu sais vraiment comment t'y prendre avec eux, hein, Callie ?

– C'est inné chez moi.

17

À notre arrivée, Rosy et maman étaient assises sur le canapé. Rosy pleurait et ma mère la tenait dans ses bras. Mon père était adossé à l'angle du mur qui séparait le salon de la cuisine.

– Rosy, qu'est-ce qui se passe ? demanda Callie.

– Laisse-la tranquille pour le moment, murmura papa. Venez par ici tous les deux.

On se réfugia dans la cuisine et on s'assit à table. Comme il n'y avait pas de porte entre les deux pièces, il parla doucement :

– Bubba Joe. Ils l'ont retrouvé.

– Où ça ? demanda Callie.

– Mort. La crue de la Dewmont a abandonné son corps dans un pré. La rivière a débordé avec ces orages et puis elle s'est retirée quand la canicule est revenue. Il était mort depuis un bon bout de temps. Le proprio de ce terrain ne va pas là-bas très souvent. Il est passé vérifier si sa vache était O.K. et il est tombé sur Bubba Joe. Il a d'abord pensé que c'était un veau mort, tellement ce salopard était gonflé.

– Beurk, souffla Callie.

– Mais c'est une bonne nouvelle, non ? intervins-je. Pas qu'il soit enflé comme un veau, mais qu'on en soit débarrassé.

– Rosy l'aime encore, murmura Callie. C'est si triste !

– Mais il a essayé de la tuer ! protestai-je. (Je faillis ajouter : *Et moi aussi*, mais je me retins à temps.) Et il a aussi bien pu assassiner quelqu'un d'autre.

– C'est vrai, reconnut papa. Personnellement, il ne me manque pas.

– Il s'est noyé ? s'enquit ma sœur.

– Il avait la gorge tranchée. La police pense qu'il est peut-être resté dans l'eau un moment, et bien plus longtemps encore dans ce pâturage, à mûrir.

– Comment as-tu appris tout ça ? fit Callie.

– Chez le coiffeur.

– C'est peut-être qu'une rumeur ? dit-elle.

– C'est le type qui l'a trouvé qui m'a raconté ça. Ensuite, les flics m'ont appelé pour me prévenir. Je l'ai annoncé à votre mère et à Rosy.

– Malgré la peine que j'ai pour Rosy, c'est un soulagement, murmura Callie.

– C'est vrai, dit papa.

Sur ces mots, il retourna au salon.

– Tu penses que c'est lui qui nous a poursuivis l'autre nuit ? me demanda Callie.

– J'en suis sûr, répondis-je.

– Alors je suppose que c'est bien qu'il soit mort, hein ?

– Oh oui. C'est bien.

Plus tard ce jour-là, je sortis sur la véranda où Rosy s'était réfugiée. Elle était là à regarder sans la voir la cabine de projection. Je m'assis sur une chaise à côté d'elle.

– Rosy, je suis désolé.

– Y a pas de quoi, m'sieur Stanley. C'était pas un homme bien. Ça d'vait lui tomber d'ssus. J'sais pas pourquoi j'me sens com'ça.

– Je suis triste que ça n'ait pas mieux marché entre vous. Qu'il n'ait pas été meilleur.

– Moi aussi, m'sieur Stanley.

– Juste Stanley.

– Tu sais c'que ton père m'a dit ?

– Non.

– Que même si Bubba Joe est mort, y n'voit pas d'inconvénient à c'que j'reste ici. J'ai pas b'soin d'partir. Y va arranger l'dernier étage et m'donner un ventilateur, et m'ouvrir une fenêtre là-haut juste au-d'ssus des cowboys et des Indiens.

– C'est super, Rosy.

– Il a ajouté qu'je pouvais travailler pour vous et qu'il m'donnerait un salaire et qu'j'aurai les week-ends de libre si j'les veux. Et c'est pas ta mère qui l'a proposé ni qui l'a forcé. C'est lui tout seul, et ensuite y m'a tapoté l'dos.

J'avais les larmes aux yeux. Je détournai le regard.

Rosy me prit la main. Je serrai doucement la sienne. Alors, elle s'affaissa sur elle-même et pleura encore plus fort. Je rapprochai ma chaise. Elle posa sa tête sur mon épaule et continua à sangloter. On resta ainsi jusqu'à épuisement de son stock de larmes.

Lundi, à la tombée de la nuit, j'allai avec Nub à la rencontre de Buster quand il arriva pour travailler. Une fois dans la cabine, je lui annonçai qu'on avait retrouvé Bubba Joe.

– Je suis au courant, dit Buster. Rien ne se produit dans cette ville ou dans le Quartier sans que ces drôles d'oiseaux que tu as vus sur cette véranda, près de chez moi, ne le sachent. Ils apprennent les nouvelles aussi vite que s'ils avaient le téléphone... Bon, c'était juste une question de temps... Tu n'as rien dit à personne, toi ?

– Non, m'sieur. Évidemment que non.

On projetait un nouveau film. *La Mouche noire*, avec Vincent Price en vedette. Un an plus tôt, ça m'aurait terrorisé, et ce passage où la mouche, avec sa petite tête humaine, crie « Aidez-moi ! » m'aurait donné de sacrés cauchemars.

Mais plus maintenant. Car depuis, j'avais croisé la lumière fantôme, j'avais été poursuivi dans la nuit par Bubba Joe et presque renversé par un train, et on avait essayé de me tuer et Buster avait tranché la gorge de mon assaillant avant de balancer son cadavre dans la rivière...

Ce soir-là, je ne regardai pas le film. Buster et moi, on resta dans la cabine, avec la veilleuse allumée, assis à la petite table où il avait étalé un certain nombre de coupures de presse et une chemise en papier kraft.

– Ouais, je sais que tu ne diras rien, Stan. Je n'ai pas honte de l'avoir tué, si tu veux la vérité. Et ça ne m'empêche pas de dormir la nuit. Ça devait finir par lui retomber dessus un jour ou l'autre. Mais je n'ai pas besoin d'avoir les policiers dans les jambes.

– Tu es sûr qu'on ne devrait pas leur en parler ?

– Oui, j'en suis sûr. Peut-être qu'ils laisseraient filer. Qu'ils s'en foutraient. Mais ils pourraient tout aussi bien décider de m'envoyer en taule. Et ce n'est pas exactement ce que j'ai en tête comme pension de vieillesse. Les costumes à rayures et le travail avec une chaîne de forçats sous un soleil de plomb... À mon âge, je ne résisterais pas six mois.

– Ne t'inquiète pas, murmurai-je, je tiendrai ma promesse. Maintenant, ces articles et ce dossier ? Tu as quelque chose à me montrer ?

– Dans cette chemise, j'ai des rapports de police. Je t'avais promis que Jukes réussirait à les piquer pour nous. Laisse-moi t'expliquer ça, Stan, et ne m'interromps pas. Ajoute à ce que tu as déjà appris les infos que je vais te donner, mais ne sois pas obsédé par ce que tu sais. Tu me suis ?

– Je crois que oui.

– Pense plus loin que le bout de ton nez. Imagine ce que pourrait être la vérité, mais ne t'agrippe à celle-ci que quand tu auras éliminé toutes les autres hypothèses.

– D'accord.

– Ces articles nous informent que Susan Ann, la fille aînée des Stilwind, a déménagé. Je t'en ai déjà parlé, tu te souviens ?

– Oui, m'sieur.

– Et donc, Susan Ann s'est installée à Londres, en Angleterre. On lit ça ici, dans la rubrique mondaine. Dans notre ville, il y a à peu près trois familles qui composent la bonne société. Dont les Stilwind. Cette gamine est partie cinq ans avant les meurtres de Margret et de Jewel. Et puis on a un vieux rapport de police, là. Jukes ne me l'a pas trouvé tout de suite, mais quand j'ai appris dans le journal que Susan Ann s'était embarquée pour Londres, je me suis mis à cogiter. Elle a quinze ans, et c'est en janvier qu'elle s'embarque. À quoi ça te fait penser ?

– C'est l'hiver ?

– On s'en fout, de l'hiver. Réfléchis, mon gars. T'as quel âge ?

– Treize ans.

– Ouais. Et tu dois faire quoi à la fin de l'été ?

– Aller à l'école.

– On donne un bonbon à ce grand garçon ! C'est ça. L'école. Tu vois différemment ce que je viens de te raconter, maintenant ?

– Si elle s'est tirée pendant l'année scolaire, c'est qu'elle était obligée.

– Et voilà. Alors moi, je me dis, elle s'en va au beau milieu de ses études, elle a quinze ans, et on l'envoie à Londres… Pour quelle raison ? Du coup, j'ai supposé qu'elle devait être enceinte. C'est comme ça que les riches réagissent quand ils ont une fille qui se fait engrosser. Ils l'éloignent pour qu'elle accouche ou qu'elle se débarrasse de son bébé. Bon, mais peut-être qu'ils voulaient juste qu'elle soit éduquée en Angleterre ? C'est tout à fait possible. Les riches font ça aussi, au moment où leurs gosses entrent à l'université. Mais là, aussi soudainement, à peu près trois ans avant d'obtenir son diplôme… Ça m'a semblé louche. Alors, j'envoie Jukes fouiller un peu dans les dossiers de cette époque et récupérer les rapports des flics où on aurait éventuellement parlé d'elle.

– Les documents de l'hôpital n'auraient pas été plus utiles pour savoir si elle était enceinte ?

– Bien vu, mais je n'ai aucun moyen de les avoir. Et peut-être même qu'ils ont disparu, aujourd'hui.

– Mais pourquoi la police ?

– Rien ne prouvait que ça ait quelque chose à voir avec la police, mais parfois je me fie à mon instinct. Je me suis demandé : et s'il était arrivé quelque chose à Susan et que ses parents voulaient se débarrasser d'elle ?

– Mais qu'est-ce que ça pouvait faire aux flics qu'elle soit enceinte ?

– Et si elle ne l'avait pas été ?

– Buster, j'y comprends plus rien, là.

– J'ai élaboré des tas d'hypothèses. Peut-être qu'il lui était arrivé quelque chose qui serait conservé dans les fichiers de la police. N'importe quoi. Un vol, par exemple, qui aurait expliqué pourquoi son père avait préféré l'éloigner. Une histoire de délinquance.

– Je suppose que ça pourrait être ça, dis-je.

– Mais ça ne l'était pas. Tout à coup, mes deux idées se confondaient. Tu vois, Stan, l'ancien commissaire gardait soigneusement tous ses dossiers à jour. J'imagine que si j'avais été à sa place, j'aurais fait pareil. Parce que certaines choses peuvent te retomber dessus. À mon avis, Rowan – c'était son nom – avait sa propre conception de la justice et il l'appliquait à sa façon. En général, il condamnait immédiatement les gens de couleur. Pareil pour certains petits Blancs du Sud. Seuls les riches passaient devant des juges, et encore, quand les autorités décidaient de les poursuivre.

– Où voulez-vous en venir, Buster?

Il ouvrit la chemise et en sortit quelques pages.

– Ce que j'ai là a été écrit de la main du commissaire. C'est juste ses notes. Je lis: «Susan Ann Stilwind est venue me voir ce soir et elle a déclaré que quelqu'un avait déconné avec elle. Je lui ai demandé qui, et elle m'a répondu que c'était sa famille. Elle a ajouté qu'elle ne donnerait pas de nom, mais qu'elle voulait s'en aller de chez elle. J'ai insisté: "Qui, dans ta famille?", mais elle est restée silencieuse. On ne discutait tous les deux que depuis quelques minutes quand son père, M. Stilwind, est arrivé. Il m'a assuré que Susan Ann racontait des bobards. Qu'elle mentait. Elle se conduisait ainsi parce qu'il avait chassé le garçon qui lui avait manqué de respect, et maintenant elle avait honte et elle était si furieuse qu'elle inventait tout ça pour donner une mauvaise image de lui. J'ai cessé de questionner la fille. J'ai simplement dit à M. Stilwind que ce serait peut-être une bonne idée de l'éloigner un certain temps. M. Stilwind a promis de s'en occuper. Elle a fondu en larmes et elle a empêché son père de s'approcher d'elle, puis elle m'a insulté et elle est repartie avec lui.» Après ça, poursuivit Buster, tu lis les rubriques mondaines, et tu apprends que Susan va étudier en Angleterre. L'histoire était dans la presse une semaine après cette rencontre avec le commissaire. Susan était probablement déjà sur le bateau quand le journaliste l'a apprise.

– C'est le vieux Stilwind qui lui aurait fait ça? demandai-je.

– C'est ce qu'a cru Rowan. Il a dit à son père de ne pas la garder à la maison et de l'envoyer finir ses études quelque part. Tu penses à quoi quand tu entends ça ? C'est une façon pour lui de régler cette affaire sans faire de vagues. On chasse Susan pour que son vieux ne puisse plus l'embêter et qu'elle accouche en toute discrétion.

– Je suppose que le commissaire n'était pas si méchant que ça.

– Qu'est-ce que tu crois ? Il protégeait le père plus que la fille. Il a proposé de virer la gamine pour qu'on n'ennuie pas le papa et que ça ne nuise pas à l'image de la ville. Pour moi, s'il avait voulu aider Susan Ann, il aurait mené une enquête et il aurait agi. La seule raison pour laquelle il a écrit et archivé tout ça, c'est pour le cas où quelque chose lui serait retombé sur la gueule. De cette façon, il avait moyen de prouver qu'il avait essayé d'intervenir. Ainsi, personne ne l'accuserait d'avoir étouffé ce scandale. Mieux, il pourrait utiliser cette note pour s'assurer que Stilwind ne lui mettrait pas la pression, pognon ou pas, vu que c'est l'habitude du bonhomme. Il écrase les gens avec son argent. Autre chose : notre commissaire a pris sa retraite peu de temps après l'assassinat de Jewel Ellen.

– Le départ de Susan et la mort de Jewel Ellen ont un rapport avec lui ?

– Avec lui *et* la famille Stilwind. Tu te souviens de ces lettres ? Je crois que Jewel Ellen était enceinte de son père, comme sa sœur avant elle. Le vieux en a éloigné une, mais peut-être que la seconde avait décidé de parler.

– Alors il l'a assassinée.

Buster hocha la tête.

– Ça se pourrait bien. Je sais que le commissaire s'est payé une jolie petite maison près de la rivière. Et qu'il s'offre une nouvelle voiture tous les ans ou presque. Tout ça avec une simple retraite de la police ? C'est Jukes qui m'a raconté.

– Mais si on a acheté son silence, pourquoi a-t-il laissé les notes traîner aux archives, à la portée de n'importe qui ?

– Pour la raison qu'il n'a jamais essayé de faire chanter personne. C'est Stilwind qui est venu le voir parce qu'il ne voulait pas qu'il crache le morceau. Il ne savait peut-être pas qu'il avait déjà écrit quelque chose sur cette affaire, mais il craignait sans doute un truc dans le genre. Le commissaire a été d'accord pour empocher le fric sans discuter et Stilwind l'a payé parce que c'est toujours comme ça qu'il résout ses problèmes. Avec de l'argent. Quant aux notes de Rowan, ce ne sont pas autre chose que des notes. Elles n'indiquent pas que Stilwind a déconné avec sa fille. Mais c'est sûr que ça y fait penser. Il les a laissées là pour que, si jamais cette histoire lui retombait sur le nez, ça prouve qu'il ne les avait pas embarquées avec lui en vue d'un chantage. Il pourrait toujours répondre : « Elles sont aux archives. Et vous savez, on dirait bien qu'il a peut-être déconné avec cette fille. Mais je n'ai pas fait gaffe, à l'époque. J'aurais dû, mais j'ai raté ça. » Tu piges, mon garçon ?

– Oui, m'sieur, je crois. Mais pour Margret ?

– Peut-être que Jewel Ellen l'a raconté à sa copine et que Stilwind l'a découvert ? Ou qu'elle s'est foutue en rogne et qu'elle a tout balancé à son père ? Ou alors elle a très bien pu lui avouer qu'elle aimait les filles et pas les hommes ? Ça aurait encore plus blessé la fierté de son vieux. Ou alors elle lui a annoncé que Margret et elle avaient décidé d'élever le bébé. C'était impossible pour lui : il ne voulait pas avoir dans les pattes un petit-enfant né de sa propre fille. Très mauvais pour les affaires, ça.

– Et il aurait été capable de la tuer ?

– Certaines personnes sont capables de tout, Stan.

– Qu'est-ce qu'on peut faire ?

– Je te l'ai dit, mon gars. C'est juste un jeu. Qui nous écoutera si on raconte tout ça ? On retombe toujours sur le même problème. Un gosse et un vieux négro avec une histoire grosse comme une maison. Et puis ce n'est pas tout. Peut-être que ce n'est qu'une partie de l'affaire. Ça pourrait être comme la parabole des aveugles et de l'éléphant – chacun touche un bout différent de l'animal et le décrit dans sa totalité en fonction du morceau qu'il tripote. Ils ont tous raison et tort en même temps. Au final, on aura fait de notre mieux et on aura compris certains trucs, mais on sera obligés d'abandonner. C'est ce qui me reste à faire, je le sais. Jeter l'éponge.

– James Stilwind est peut-être au courant de quelque chose ?

– Tu ne vas pas lâcher, hein ?

– En effet, m'sieur.

Buster soupira.

– Il habitait avec Jewel Ellen et leur père, insistai-je, alors il a sans doute des réponses ?

– Si c'est le cas, il ne les a jamais données jusqu'ici. Alors qu'est-ce qui te permet de croire qu'il va s'y mettre maintenant ?

– Comment pourrais-je parler à James d'une histoire pareille ?

– Aucune idée, grommela Buster, en rangeant les notes du commissaire dans le dossier. C'est *ton* problème. Réfléchis-y.

– Vous n'auriez pas des conseils ?

– Non.

Ensuite, je suis retourné aider Callie à la buvette. Après m'avoir donné toutes ces explications et avoir compris que je n'étais pas décidé à abandonner un jeu qui, selon lui, touchait à sa fin, Buster s'était mis à bouder, comme si ses humeurs noires avaient repris le dessus. Mais j'en avais soupé, de son mauvais caractère.

J'étais sûr qu'il était dans le vrai, mais aussi qu'il y avait d'autres réponses plus concrètes à découvrir, quelque chose qu'on aurait moyen de montrer à la police. Si James avait des informations, peut-être qu'on réussirait à le piéger pour l'obliger à lâcher son secret ? Ce n'était pas une idée spécialement brillante, mais à l'époque les idées brillantes n'étaient pas mon fort.

Callie et moi, on n'avait plus aucun client depuis une heure. On essayait de lancer le maximum de grains de pop-corn dans des gobelets de Coca. C'était Callie qui gagnait.

– Qu'est-ce que t'as pensé de James Stilwind ? demandai-je.

– Il nous a donné des tickets, non ?

– D'accord, mais qu'est-ce que t'as pensé de lui ?

– Oh, il est mignon. Et arrogant. Il s'y croit et il crâne un peu. Et il paraît très jeune pour son âge. Il doit approcher de la quarantaine. Pas vrai ?

– Ça signifie qu'il avait environ quinze ans quand sa sœur est morte dans cet incendie.

– Sans doute... Tu crois toujours qu'il est responsable de cette chose horrible ?

– Il me semblait que c'était ton idée.

– Certainement pas.

– Bon, d'accord, c'est un de nous deux qui l'a eue. Peut-être que c'était moi.

Elle me regarda et sourit. C'était sa façon très particulière de te faire comprendre qu'elle estimait que t'étais un vrai crétin, mais qu'elle allait faire semblant de te prendre au sérieux – alors même que tu savais qu'elle faisait semblant et qu'elle savait que tu savais…

– Laisse tomber, Stanley. Arrête de fouiner.

– Dis-moi que ça ne t'intéresse pas.

– O.K., je suis un peu intéressée. James m'intrigue. Un chouia.

– Et ça fait enrager Drew.

– Ouais. Ça fait enrager Drew.

– Pourquoi tu te conduis comme ça, Callie ?

– Parce que j'en ai la possibilité, je suppose. C'est pas très grave.

– Tu penses que tu pourrais parler à James ?

– Lui parler de quoi ?

– De ces histoires de meurtre.

– Il n'y a pas d'histoires de meurtre. Tu n'es pas un détective, Stanley.

– N'empêche que c'est fascinant, non ? Tu pourrais en discuter avec lui. Tu vois, utiliser tes charmes.

– Je ne sais pas, Stanley. Flirter, c'est une chose. Mais mettre son nez dans les affaires des autres… Je ne sais pas.

– J'imagine que tu as raison. Personne ne voudrait évoquer ce genre de choses. Même si le type en question te trouvait mignonne.

– Oh, peut-être qu'il cracherait le morceau. Mais je ne suis pas comme ça.

– Bien sûr. Je comprends.

– Hé, si je le voulais, je pourrais.

– Je parie que oui.

– T'as pas l'air convaincu.

– On s'en fiche. Tu as raison. C'est idiot. Je suis certain que tu pourrais y arriver si t'en avais vraiment envie.

– Tu ne le crois pas, Stanley.

– Bien sûr que oui.

– Ouais, mais je vois bien à ton comportement que tu ne le penses pas… D'accord. Ça marche. Donne-moi quelques jours.

Je restai calme et détendu, pour ne pas tout foutre en l'air. Bon Dieu, pour une fois je m'étais montré plus malin que ma sœur !

18

Alors que l'été touchait à sa fin et que la menace de la rentrée se profilait à l'horizon, j'essayais de profiter au mieux de la liberté qui me restait.

Au cours de ces derniers jours de canicule, je pensais encore à Margret et à Jewel Ellen. Leurs images s'enflammaient de temps en temps dans mon esprit, comme des braises ravivées par le vent, et puis elles s'éteignaient aussi vite qu'elles étaient venues.

Je me baladais à vélo un peu partout, sauf sur la colline où s'élevait la Maison de la Sorcière – c'était ainsi que je l'avais surnommée. J'achetais des tas de comics et je m'installais sur la véranda pour les dévorer. Leurs dessins aux couleurs vives et leurs héros en deux dimensions se gravaient dans ma cervelle.

Je bouquinais aussi des aventures de Tarzan, des Hardy Boys et de Nancy Drew, et quand j'en avais marre des bédés, des romans et des promenades à bicyclette, je vagabondais avec Nub dans les bois et le long des ruisseaux.

Et puis Richard, que je n'avais plus vu du tout au cours de cette dernière semaine de l'été, commençait à me manquer. C'était comme s'il avait été aspiré par une tornade et emporté au Pays d'Oz. Je passai une fois devant chez lui, mais quand je frappai, personne ne répondit.

Pendant ces ultimes jours de vacances, Nub et moi on resta aussi pas mal de temps le nez en l'air à examiner les vestiges de ce fameux manoir dans les arbres. J'imaginais que, le soir, il se remettait en place là-haut, comme un puzzle reconstitué en un éclair par les dieux. Sauf l'escalier métallique qui restait à l'écart et s'enroulait sur lui-même jusqu'à une fenêtre ouverte. Je me voyais l'emprunter pour pénétrer dans la maison.

Il faisait toujours noir dans mes rêves éveillés, et quand je me hissais dans l'ouverture, je découvrais Jewel sur son lit, prisonnière de ses draps et de ses couvertures, ficelée avec des cordes et puant l'essence. Je m'asseyais sur le rebord et je l'observais. Elle tournait la tête vers moi et sa bouche crachait des flammes.

Je restais là à la regarder flamber.

Parfois, je pensais aussi à Margret, décapitée, qui vagabondait le long des rails avec cette petite lumière sautillant devant elle.

Mais ces délires étaient de plus en plus rares.

Au cours d'une de ces dernières journées d'été, aux environs de midi, alors que le soleil tapait si fort que les feuilles et les branches s'affaissaient et que les oiseaux se taisaient, épuisés par la chaleur, j'étais allongé sous les arbres à l'orée de la forêt, derrière le drive-in, de l'autre côté de la palissade, et je savourais l'ombre.

Nub repéra l'écureuil qui avait l'habitude de le persécuter, ou l'un de ses proches parents, et il se retrouva bientôt, de nouveau, sur une branche du chêne, à aboyer à cet animal ce qu'il pensait de lui… À voir l'habileté avec laquelle il avait grimpé jusque là-haut, on aurait cru que Nub avait un côté félin. Sûr que si j'avais été capable de traduire le langage des chiens, je n'aurais pas osé répéter ce que Nub balançait à ce fichu rongeur. Et ce que celui-ci lui couinait en réponse n'était sans doute pas moins incendiaire.

Je les observai un moment en rigolant, puis, une fois encore, je regardai les fragments qui pourrissaient dans les arbres. Depuis ma dernière visite, d'autres morceaux étaient tombés sur le sol, où ils s'étaient aussitôt désintégrés.

L'escalier, néanmoins, pendait toujours à la même place, et je savais que je devais y monter. L'idée m'avait poursuivi pendant toutes les vacances, et je ne pouvais pas laisser cet été-là toucher à sa fin sans avoir essayé.

C'était un projet ridicule, mais les adolescents sont coutumiers du fait.

J'escaladai donc la moitié des marches et je les sentis qui oscillaient, mais pas plus que ça. Elles semblaient bien accrochées dans les troncs des sapins et les plantes grimpantes qui s'étaient enroulées autour de l'arbre le plus proche.

L'escalier avait survécu à l'incendie de la maison. La végétation et le temps l'avaient détaché du sol et maintenu en l'air, comme un ver en métal tordu prisonnier d'une gigantesque toile d'araignée.

Soudain, il se mit à trembler plus fort et j'imaginai qu'un de ses morceaux rouillés était en train de céder. Je décidai qu'il était plus prudent de redescendre. Au moment où je me retournais, je vis arriver M. Chapman à travers les bois. Il marchait en s'appuyant sur une grosse canne. Il m'aperçut, lui aussi, s'approcha, leva les yeux et attrapa une des rampes des deux mains. Son geste déplaça l'escalier bien plus que mon poids ne l'avait fait.

– Arrêtez, s'il vous plaît, monsieur Chapman ! criai-je.

– Ça te fait peur ?

– Oui.

– Tu as vu mon garçon ?

– Non, m'sieur.

– Tu n'es pas en train de me mentir, hein ?

– Non, m'sieur.

– Parce que je n'aime pas qu'on me mente.

– Je ne l'ai pas vu.

Chapman jeta un coup d'œil autour de lui, puis il me regarda de nouveau et sourit. Il recommença à secouer l'escalier.

– Dis-moi la vérité maintenant, fiston.

– Arrêtez ! Je vais tomber.

Nub, qui s'occupait de son écureuil, se rendit compte soudain que j'étais en danger. Il sauta de la branche où il se trouvait, roula sur lui-même et se redressa, puis fonça sur Chapman.

– Hé, hé, siffla M. Chapman.

Nub planta ses dents dans sa cheville.

– Assez ! s'exclama-t-il en le repoussant d'un coup de canne.

– Il pense que vous me menacez, criai-je en reprenant ma descente. Laissez-le tranquille. Je m'en occupe.

– Je me fous de ce qu'il pense, ton cabot !

Nub s'était relevé, et il grognait. On aurait dit un berger allemand. Et peut-être qu'il le croyait. Il fonça sur Chapman comme une flèche. La canne s'abattit de nouveau, rata sa cible. Nub s'attaqua encore à sa cheville. Chapman hurla.

– Stop ! ordonnai-je à Nub. Va-t'en !

– Je vais le tuer ! grogna Chapman.

– Oh non, vous n'allez pas le tuer !

C'était Callie. Elle était sur notre terrain, debout sur quelque chose, de l'autre côté de la palissade. On apercevait juste le haut de son corps, ses bras et sa tête. Elle tenait des cailloux à la main.

– Le battre à mort ! reprit Chapman.

Il abattit sa canne et assomma Nub. Il ajouta :

– Et maintenant, enterrez ce petit bâtard !

L'idée me traversa l'esprit comme un coup de revolver – c'était là le même homme qu'on avait surpris dans les bois en train de pleurer sur la mort d'un chien ! Mais je chassai cette pensée et je continuai à descendre. Je ne savais pas ce que j'allais faire, mais mes yeux étaient pleins de larmes et j'étais fou de rage.

Callie lança une pierre qui frappa Chapman à l'épaule. Il laissa échapper un cri.

– Espèce de créature du diable ! Jézabel ! hurla-t-il.

Une seconde pierre vola, et cette fois il fut touché à la tempe. Chapman mit sa main sur son crâne à cet endroit et hurla de nouveau.

Alors Callie commença à le bombarder sans interruption. Chapman abandonna et s'éloigna de quelques pas en courant. Je sautai sur le sol. Il me considéra d'un regard furieux.

– Ne viens jamais plus chez nous, tu entends ? Et si tu vois mon garçon, dis-lui qu'il va se prendre la raclée de sa vie. Et j'en ai une pour toi aussi.

Callie lui lança un autre caillou. Chapman pensait être hors de portée, mais il fut touché à la jambe. Le projectile suivant s'écrasa contre l'arbre le plus proche de lui.

– T'as intérêt à arrêter ça, ma petite. Toi aussi, je t'aurai.

C'est alors que je repérai mon père qui arrivait le long de la palissade. Chapman, lui, ne l'avait pas remarqué. Il était trop occupé à nous insulter, Callie et moi.

Je ramassai Nub. Il respirait encore. Il ouvrit les yeux et il me regarda comme s'il y voyait double. Il avait la même expression que Buster, chez lui, le jour où il commençait à dessoûler.

Chapman était en plein délire verbal quand il aperçut papa. Il lui lança :

– Vous, z'auriez intérêt à vous casser et à me foutre la paix. J'essaie juste d'apprendre les bonnes manières à ces petits merdeux !

Comme mon père continuait à s'approcher, Chapman le menaça avec des moulinets de sa canne. Mais mon paternel réussit à la saisir et à la tirer vers lui. Puis il se déplaça latéralement et la lui arracha.

Chapman essaya de s'enfuir, et papa se lança à ses trousses. Il le fit tomber par terre en abattant la canne sur sa jambe, puis il lui planta un coup de pied dans la gorge. Chapman se contorsionna sur le sol, le souffle coupé. Callie hurla à notre père d'arrêter.

Il saisit Chapman et il l'obligea à se mettre à genoux, puis il commença à le gifler exactement comme il l'avait fait avec Chester – mais avec encore plus d'enthousiasme.

– Espèce de fouine ! T'es fort pour frapper les gamins, les femmes et les petits chiens, hein, connard ! Quand j'en aurai fini avec toi, tu ne sauras plus de quel côté du visage te curer le nez !

– Papa !

Callie avait franchi la palissade et elle courait vers lui. Moi, je ne bougeai pas.

Je serrai Nub contre moi. Il gigota.

Callie attrapa la main de notre père pour l'arrêter. Chapman, dont la bouche, le nez et les oreilles saignaient, grogna :

– Un Chapman n'oublie jamais !

– Tant mieux, dit papa. Parce que t'as intérêt à te souvenir de cette branlée.

– Et ta putain de fille ! Les femmes sont pas censées lever la main sur les hommes.

À ces mots, mon père lui balança un coup de pied dans les côtes.

– Qui a dit que t'étais un homme ? ricana-t-il.

– Papa ! s'exclama Callie en l'attrapant. Arrête !

– Je t'aurai, ma petite, promit Chapman, en crachant une dent sanguinolente.

Callie lui planta le pied dans le menton, comme si elle essayait de marquer un but. Chapman, qui était en train de se relever, se retrouva de nouveau au sol.

– Non, tu ne m'auras pas, pauvre merde ! cracha ma sœur.

– Comment tu parles ? fit papa.

– Toi, tu as dit *connard*, protesta Callie.

– Peut-être, rigola mon père. (Il ajouta alors :) Chapman ! Les Mitchel n'oublient jamais rien non plus. Ton garçon est le bienvenu chez nous quand il veut. Mais toi, fais gaffe à ne plus croiser mon chemin. Même en ville.

Chapman se releva en chancelant. Il tressaillit quand papa se pencha rapidement, ramassa la canne et la lui lança.

– N'oublie pas ça ! ricana-t-il. T'auras peut-être envie de t'attaquer à un animal blessé en rentrant chez toi…

Chapman l'attrapa, nous tourna le dos et disparut dans les bois aussi vite que possible pour un homme qui venait de se prendre une belle raclée.

De retour à la maison, je m'assis à table avec Nub sur les genoux, soulagé qu'il s'en soit tiré avec une simple bosse. J'avais l'impression d'être poursuivi par une malédiction depuis que j'avais ouvert cette boîte de Pandore pleine de lettres et d'extraits d'un journal intime.

En l'espace d'un seul été, mes parents avaient vécu davantage d'événements que dans ma vie toute entière – et peut-être même que dans la leur, même s'ils n'avaient pas conscience des tenants et des aboutissants de cette aventure. Je ne pouvais pas m'empêcher de croire qu'en déterrant ce truc rouillé et en regardant ce qu'il contenait j'avais insulté les dieux des ténèbres, que je leur avais permis de franchir, grouillants et griffant, la fragile frontière entre l'univers des mystères et la réalité. Oui, j'avais attiré en ce monde ces monstres délirants, diaboliques et malfaisants… Qui s'en prenaient même à mon chien.

Maman, adossée au comptoir, écoutait Callie raconter ce qui nous était arrivé. Ma sœur était assise à table avec nous, Rosy Mae y compris.

– Je l'ai pas loupé, avec mes cailloux ! fanfaronna-t-elle.

– Ce n'est pas bien, ma chérie, répondit ma mère. Il n'y a pas de quoi en être fière.

– Oh, je ne sais pas, intervint papa. Ça montre que notre fille a une bonne coordination entre la main et les yeux. De jeunes muscles qui fonctionnent bien. Et un sacré don pour viser.

– C'est vrai, dit Rosy Mae. Mam'zelle Callie, elle sait j'ter une pierre ! J'l'ai vue liquider un geai bleu l'aut'jour.

– Rosy, ce n'était pas mon intention ! protesta Callie. D'accord, je lui ai tiré dessus, mais je n'ai pas imaginé une seconde que ça le tuerait.

– N'empêche que ça l'a laissé raide mort ! insista Rosy.

Mon père et ma mère lancèrent à Callie ce genre de regard dont seuls les parents ont le secret.

– Vraiment, dit Callie. C'était pas volontaire. C'était juste pour m'amuser.

– N'empêche, dis-je pour essayer de faire diversion, elle a un sacré bras, ma sœur !

– Ouais, elle est digne de Whitey Ford[1], fit papa.

– Stanley ! protesta maman. Ce n'est pas correct de parler comme ça. Vanter ce genre de comportement de ta sœur ! Abattre un pauvre oiseau ! S'attaquer à M. Chapman !

– Elle a fait mouche plusieurs fois, dit papa.

– *Plusieurs fois ?* répéta maman.

– Il essayait de faire tomber Stanley du haut d'un arbre, expliqua Callie.

– D'un escalier, en fait, précisai-je.

– Un escalier ? demanda maman.

Je lui décrivis l'endroit.

– Je ne savais pas qu'il y avait ça là-bas. Vous ne m'en avez jamais parlé. Faudra que j'aille jeter un coup d'œil.

Je me tus, probablement parce que dans mon esprit cet endroit était lié à la découverte de ces lettres et de ce journal, dont je n'avais aucune envie de mentionner l'existence, même aujourd'hui. Et Callie pensait comme moi, manifestement.

---

1. Le légendaire lanceur de base-ball des New York Yankees. *(N.d.T.)*

– Qu'est-ce qu'il avait, M. Chapman, papa ? demandai-je. Il est toujours à cran, mais là…

– Il avait bu ? fit ma mère.

– Je ne pense pas, dit mon père. Je n'ai pas senti son haleine. Mais bon, j'avais d'autres soucis.

– Il était trop occupé à le gifler pour s'en rendre compte, rigola Callie.

– Picoler, ça vous rend un homme mauvais, intervint Rosy. J'suis bien placée pour l'savoir. J'parie qu'y buvait. Avant, y travaillait là où y a ces arbres maint'nant. Dans c'te ancienne maison des Stilwind. L'était tellement beau garçon à c't'époque.

– Je me souviens que tu nous as déjà raconté ça, dis-je. C'est difficile à imaginer.

– Tu es sûre, Rosy ? demanda Callie. Pour moi, ce type a plutôt l'air d'une créature sortie tout droit d'un film d'horreur.

– Après cet incendie, c'est com's'il était dev'nu laid, dit Rosy. Com'si que'que chose l'avait brûlé aussi méchamment que la p'tite fille Stilwind.

– J'ai dû rater un épisode, là, murmura maman.

– Moi aussi, ajouta papa.

Callie, Rosy et moi, on a donc bouché les trous. Plus exactement, Rosy a raconté ce qu'elle savait et ma sœur et moi on a dit ce qu'on avait le droit de dire. Je ne mentionnai pas ce que j'avais vécu avec Bubba Joe et Buster, tous les trucs que j'avais découverts. Pas question non plus que je leur parle de Winnie Wood, la mère de Margret, ni du fait que Buster l'avait interrogée avant de profiter de sa profession… Et par où aurais-je commencé à propos de Jewel et de Margret et de leurs rapports « différents » ? Et puis, bien sûr, il y avait cette fameuse grossesse. Bref, en ce qui concernait mes expériences estivales, il ne manquait plus que les soucoupes volantes et le monstre du Loch Ness.

– Comment Callie et toi pouvez-vous savoir tout ça ? s'étonna maman.

– On a entendu des rumeurs, avançai-je prudemment.

– On raconte qu'le fantôme d'Margret s'balade sur la voie ferrée, ajouta Rosy Mae. Et y paraît qu'y en a un autr'dans c'te piaule sur la colline. Celui de Jewel Ellen.

– Des fantômes partout ! rigola papa.

– Personne n'habite plus là-haut, dis-je.

– Comment le sais-tu ? me demanda mon père.

– J'ai entendu ça quelque part, mais je ne sais plus où.

Papa réfléchit un instant, ébaucha une moue et déclara :

– Je crois que c'est pour ça que tu es monté là-haut à vélo le jour où tu as eu cet accident. Pour essayer de voir un spectre. Ça explique des tas de choses. Je me trompe ?

Comme c'était presque ça, je répondis :

– Oui, m'sieur.

Mon père hocha la tête.

– Sauf qu'il n'y a aucun fantôme, repris-je. C'est Mme Stilwind. Elle s'échappe de temps en temps de sa maison de retraite pour retourner chez elle, et des gens la voient.

– Comment peux-tu être au courant de ça ? s'étonna maman.

Je décidai que, sur ce point-là, je leur devais la vérité.

– Par Buster.

– Ah oui ? murmura mon père.

– Ouh là là ! s'exclama soudain Callie, hilare, en revenant au sujet initial de notre conversation. Papa a vraiment botté le cul de M. Chapman !

– Ça suffit avec ce langage ! protesta ma mère.

– Ben, c'est pourtant vrai, dit Callie.

– Exact, confirma mon père.

– Il l'a giflé comme il l'a fait avec Chester l'autre fois, mais plus fort, rigolai-je.

– Chester était innocent, murmura maman.

– Je l'ai déjà dit, protesta papa. Il allait forcément faire une bêtise un jour ou l'autre et il en avait probablement fait une avant… Alors, fallait que ça lui tombe dessus à un moment ou un autre.

– C'est idiot de penser comme ça, protesta maman.

– J'imagine que tu as raison, reconnut mon père. Mais c'est ma seule excuse.

– En tout cas, à Chapman aussi ça devait lui tomber dessus ! rigola Callie. Paf, paf, paf. Et puis papa l'a frappé avec sa canne. Et il a juré plusieurs fois.

– Stanley, crois-tu que c'est un langage convenable devant les enfants ? protesta maman.

– Non, en effet, ce n'est pas bien, reconnut-il. Mais c'était un moment difficile.

Il annonça cela comme si c'était la seule et unique fois où il avait jamais lâché ce genre d'insultes hautes en couleur.

– J'ai du mal à imaginer le calvaire de ce pauvre Richard, murmura maman. Ça doit être horrible. Où est sa mère pendant tout ce temps ? Qu'est-ce qu'elle fait pour empêcher ça ?

– M. Chapman la frappe aussi, expliquai-je. Et il bastonne salement Richard. Je les ai vus tous les deux avec des bosses et les lèvres enflées et les yeux au beurre noir.

– Quel homme ! s'exclama papa.

– Sauf que cette fois, c'est lui qui a morflé, rigola Callie. Vous l'avez vu quand il essayait de ramper par terre ? Il cherchait un trou où se planquer.

– Les fouines aiment les trous..., se marra papa. N'importe quel endroit plutôt que de voir la lumière du jour.

– Je n'arrive pas à comprendre pourquoi Mme Chapman supporte tout ça, reprit maman. Que Stanley essaie une seule fois de me frapper, et je fiche le camp ! Après l'avoir tué.

– Holà, je me contente de gifler des hommes ! protesta papa. Quand ils le méritent, bien sûr.

– Nub l'a mordu, dis-je. Il a essayé de me protéger.

– Pauvre Nub... Chapman l'a assommé, murmura Callie.

– Il va bien, assura mon père. Il aura une bosse et une bonne migraine, mais il va bien. Ce bon vieux Nub !

– Je vais ouvrir une boîte de pâtée pour chien à ce brave cabot héroïque, annonça ma mère.

– Et tes autres héros ? protesta Callie.

– Nub d'abord, décida maman. De toute façon, je n'ai pas assez de pâtée pour tout le monde.

– Très drôle, fit papa.

– Allez, je vous prépare des gâteaux. Et puis non ! On a droit à une vraie fête. C'est Rosy qui s'en charge et je lui donne un coup de main.

C'était un moment très spécial, pensai-je. Maman venait d'admettre que Rosy Mae était la meilleure cuisinière de la maison. Point final.

– C'sera bientôt l'heure d'dîner, m'dame Gal, dit Rosy. Et si j'm'y mettais ? Un peu d'poulet frit avec des haricots verts, du pain d'maïs et d'la purée. Après, vous aurez des petits gâteaux aux flocons d'avoine qui feront regretter à votr'ventre d'pas être deux fois plus gros.

– Je ne suis pas contre, conclut papa.

19

Un samedi, trois jours avant la rentrée des classes, maman nous envoya en ville, ma sœur et moi, pour acheter des fournitures scolaires. Callie savait conduire et donc elle prit le volant. À l'époque, les flics ne vérifiaient pas souvent si vous aviez votre permis. Moins de monde, règles plus souples. On pouvait conduire dès treize ans, sans problème.

Papa n'était pas tout à fait aussi souple vis-à-vis de ces règles, mais il avait laissé la bagnole familiale à Callie dès l'âge de seize ans. Au début, il l'avait accompagnée et désormais, de temps en temps, il la laissait partir seule.

On se procura tout ce dont on avait besoin. Surtout des crayons et des stylos. Ils avaient un stylo plume révolutionnaire dans lequel on mettait de petites cartouches en plastique pleines d'encre, qu'on remplaçait quand elles étaient vides. On s'en est payé un chacun et aussi des tas de cartouches de rechange. Et puis des cahiers Big Chief, des crayons de couleur, deux petits dictionnaires, et beaucoup de feuilles blanches et de carnets.

J'adorais tous ces trucs. C'était excitant. C'était une façon géniale de terminer l'été et de se préparer à l'année scolaire. En fait, je commençais à avoir hâte de retourner à l'école.

Bien sûr, d'ici quelques semaines, j'en aurais marre de la classe et j'attendrais avec impatience les vacances de Thanksgiving en novembre, puis celles de Noël…

On termina nos courses vers midi, on entassa notre butin dans la voiture, puis on alla au drugstore à pied pour s'offrir un hamburger. Tim était de service. Il n'avait toujours pas digéré la dernière visite de Callie aux bras de Drew. On s'assit au comptoir et il prit notre commande en essayant de ne pas avoir l'air intéressé. Mais finalement les yeux verts de Callie et sa queue-de-cheval luxuriante le firent craquer.

– Alors, l'interrogea-t-il après avoir tout noté sur son bloc. Où est ton petit ami ?

– Je n'en sais rien, minauda Callie.

– Il est du genre permanent ? Je veux dire, vous êtes sérieusement engagés tous les deux ?

– Non, murmura-t-elle.

– Tu sors avec d'autres gars ?

– Pas en ce moment.

– Je vois. Mais tu pourrais.

– Sûr. Je pourrais.

– Et Stilwind ? Il t'intéresse toujours ? Il est trop vieux pour toi, tu sais.

– Je m'en fiche, de Stilwind.

L'espoir renaissait chez Tim.

– Je lance votre commande, annonça-t-il.

Et il passa sa fiche au cuisinier à travers la fenêtre de service.

On s'attaqua à nos hamburgers tandis que Tim nous couvait comme une mère poule. Callie se montra très gentille avec lui et lui sourit beaucoup. Tim avait l'air au bord des larmes. Il sentait qu'il avait ses chances, à présent. On eut droit à des Coca gratuits avec notre repas.

Quand on s'est retrouvés dehors, j'ai demandé à ma sœur :

– Lui aussi, tu l'aimes bien ?

– Pas vraiment. Mais je ne voulais pas qu'il crache dans notre bouffe, tu vois. Et puis on a eu des Coca à l'œil.

– Je pense que tu te régales à l'embrouiller, tout simplement.

– Tu me connais.

Callie fila vérifier les horaires de la double séance à la caisse du cinéma, puis elle revint et regarda sa montre.

– Ça commence dans une quinzaine de minutes. Tu veux y aller ? On s'offre au moins le premier film ?

– Tim t'a rappelé James Stilwind. Moi, ce gars-là ne m'intéresse plus.

Ce n'était pas absolument exact, mais l'approche de la rentrée et l'excitation qui en résultait, plus la raclée que papa avait mise à Chapman, tout cela avait en effet émoussé ma curiosité.

– Pourtant, l'autre jour, tu voulais à tout prix en savoir davantage à son sujet, me rappela Callie.

– C'est vrai, avouai-je. Mais plus maintenant... Tu n'as certainement pas envie à ce point de voir un film, Callie. Je te connais. Tu veux flirter avec Stilwind.

– Juste un peu..., reconnut-elle. Au fait, j'ai noté l'horaire, mais j'ai oublié de regarder le programme.

Ils passaient *Frankenstein 1970,* avec un de mes acteurs favoris, Boris Karloff, dans le rôle principal. Le film vedette, c'était *La Soif du mal*, avec Charlton Heston et Orson Welles. En y repensant, c'était un mélange bizarre, mais le Palace n'avait pas encore tout à fait compris l'art subtil des doubles séances. *Frankenstein 1970* aurait été plus à sa place dans notre drive-in.

On utilisa les tickets gratuits de James Stilwind et, dès qu'on entra, Callie chercha immédiatement à repérer le propriétaire des lieux, mais il n'était visible nulle part.

Je me rendis compte qu'elle était déçue, mais l'idée de voir un film nouveau – et sans payer – l'excitait suffisamment pour qu'elle oublie sa frustration. Et l'air conditionné était le bienvenu, car la température extérieure commençait déjà à être étouffante.

On s'installa et on attendit que les lumières s'éteignent et que ça commence.

– Tu as vraiment tué un geai bleu ? demandai-je à ma sœur.

– Oui, avoua Callie. Je ne pensais vraiment pas que je le toucherais. C'était juste pour essayer. J'adore le base-ball et je voulais voir si je savais lancer. Je ne comprends pas pourquoi il n'y a pas de base-ball féminin. Maman dit qu'il y en a eu pendant la guerre. Elle a même vu un match. Sinon, Drew prétend que les filles ne jouent pas au base-ball parce que c'est un jeu rude et qu'elles risquent de se blesser. C'est ridicule. Les garçons se blessent aussi.

– Les filles sont moins fortes que les garçons, dis-je.

– Hé, t'es moins fort que moi !

Elle avait raison sur ce point. Je décidai de me taire.

La salle fut soudain plongée dans le noir. Ils projetèrent d'abord des actualités comme dans toutes les séances du samedi matin pour les jeunes. C'était un vieux documentaire qui datait de la Seconde Guerre mondiale. Je n'avais aucune idée de la raison pour laquelle ils passaient ce truc-là. Tout ce que j'en retins, ce fut la voix du présentateur qui annonçait : « ... Les Japs sortent de leur trou sur Iwo Jima... »

Puis il y eut des dessins animés. Vil Coyote et Bip Bip. On rigola tout du long. Et enfin, *Frankenstein 1970.*

Après, ce fut *La Soif du mal.* À la différence d'aujourd'hui, il suffisait de payer un ticket pour avoir droit à l'ensemble du programme – le film pour les jeunes, puis le film principal, en général à double séance (mais pas cette fois-ci car *La Soif du mal* était plus long). Oui, on pouvait regarder tout ce qu'ils proposaient jusqu'à la fermeture. C'était une façon géniale de dépenser trente-cinq *cents* et d'occuper une journée.

En sortant, je filai aux toilettes. À mon retour, James Stilwind était là qui discutait avec Callie. Il affichait un sourire si large que ses dents avaient l'air d'un clavier de piano.

– Jim me propose de m'expliquer comment fonctionne le projecteur, dit Callie.

– On en a un chez nous, répondis-je. Je peux te le montrer.

– Celui-ci est un peu différent, assura James. Ça ne prendra qu'un instant. Pourquoi tu n'irais pas à la buvette t'offrir quelque chose qui te ferait plaisir, tu préviens la fille que c'est sur le compte de la maison. Et toi, tu veux quelque chose, chérie ?

– Non, moi ça va.

Chérie ? Ça, c'était du rapide ! Il lui parlait déjà comme s'ils sortaient ensemble.

– Je reviens tout de suite, promit Callie.

– D'accord, grognai-je.

En arrivant à la buvette, je me rendis compte que je n'avais envie de rien. J'avais encore le ventre plein et, de toute façon, on vendait le même genre de choses au drive-in. Je restai debout le long du mur, près de la porte, et j'observai la rue.

Après l'obscurité de la salle, c'était comme une claque incandescente. Je clignai des yeux jusqu'à ce que j'y voie de nouveau quelque chose.

Une petite pluie était tombée pendant qu'on était à l'intérieur. Elle avait cessé depuis un bon moment, mais la vapeur de la condensation montait encore du sol. On aurait cru que les voitures flottaient sur du coton ou sur un nuage.

Quand j'en eus marre de regarder dehors, je finis par me diriger vers la buvette, histoire de faire quelque chose. Je demandai un Coca en précisant que James avait dit que ça n'était pas un problème.

La fille me le versa rapidement, comme si c'était la chose la plus immonde qu'elle eût jamais faite. Quand elle le posa devant moi sur le comptoir, je me rendis compte que c'était elle qui était déjà là lors de notre dernière visite.

– Il a filé avec ta sœur? fit-elle en mâchonnant son chewing-gum.

– Il lui montre comment marche le projecteur.

– Et autre chose…, ricana-t-elle.

– Qu'est-ce que ça veut dire?

Nouveau ricanement.

– T'es trop jeune.

Je n'étais pas aussi jeune que j'étais censé l'être. Plus maintenant. Pas après l'été que je venais de passer. Un pressentiment me traversa l'esprit comme des aiguilles chauffées à blanc. J'abandonnai mon Coca et je fonçai vers la porte qui menait à la cabine de projection.

La fille m'interpella:

– Hé, tu le veux ou pas, ce Coca?

Je poussai le battant et je me retrouvai dans un étroit couloir sombre avec des escaliers en face de moi. Une petite lumière permettait tout juste de voir où on mettait les pieds.

Je grimpai en vitesse. À ma droite il y avait un mur et à ma gauche une rampe et la cabine. De là où j'étais, en baissant les yeux, j'aperçus les gens assis au balcon. Même dans l'obscurité, je me rendis compte qu'il n'y avait là que des Noirs. Au-delà du balcon, je repérai les premières rangées du parterre « réservé » aux Blancs. Je vis aussi l'écran et j'entendis le ronronnement du projecteur. Dans la cabine, il y avait comme un son assourdi et quelque chose qui cognait contre le mur.

Je restai là un instant, sans trop savoir quoi faire, et puis je me décidai. Je me précipitai vers la porte et j'essayai d'ouvrir. Elle était verrouillée.

J'appelai :

– Callie ?

– Va-t'en, répondit James. On va bientôt sortir.

Sa voix était à peine audible, comme étouffée par des coussins. La pièce était quasiment insonorisée.

Je donnai un grand coup de pied contre le battant.

– Va chercher papa ! lança Callie. Va...

Je n'entendis pas le reste.

J'écrasai plusieurs fois mon épaule contre la porte, et hurlai le nom de ma sœur.

Finalement, elle s'entrouvrit une seconde et James me saisit par le col et me tira à l'intérieur avant de refermer derrière moi.

– Tais-toi ! m'ordonna-t-il. Tu déranges tout le monde. Je devrais te foutre une claque !

Le projecteur cliquetait tranquillement, avec sa petite lumière bleue – et dans cette faible clarté je vis que Callie s'était réfugiée contre le mur. Deux boutons manquaient sur le devant de son chemisier. Je notai alors que James avait de longues marques sur une joue, entre l'œil et le menton.

– Qu'est-ce que vous fabriquiez ? soufflai-je.

– T'es trop jeune pour comprendre.

Callie se précipita vers moi. Une fois à la porte, elle lui lança :

– Ne t'approche plus jamais de moi ! Tu entends ? Quand mon père apprendra ça, il te cassera les os !

James s'avança un peu, et laissa échapper un petit rire.

– Ça n'aurait pas été intéressant, de toute façon. Une nénette d'un quartier pourri. Une racaille du drive-in. Espèce de traînée ! T'es rien qu'une allumeuse !

Callie le gifla et lui écrasa le pied. Il se plia en deux et cracha : « Salope ! », mais il eut du mal à parler.

Callie m'attrapa par le bras et on s'empressa de redescendre dans le hall. Elle retenait d'une main le haut de son chemisier.

Quand on passa devant la buvette, la nénette qui y travaillait rigola :

– Hé, fillette ! Il aime bien quand c'est rude, n'est-ce pas ? Et laisse-moi te dire un truc. S'il l'obtient une fois, il n'en veut plus. Je suis bien placée pour le savoir.

Mon Coca était encore sur le comptoir. Callie s'empara du gobelet et en aspergea la fille.

– Ça ne m'étonne pas ! cracha-t-elle, et on sortit au soleil.

On marcha jusqu'à la voiture. Quand elle fut derrière le volant, ma sœur y posa sa tête et elle se mit à pleurer et à trembler.

– Il t'a fait mal, Callie ?

– Il m'a tripoté les seins, le salopard ! Je l'ai griffé et je lui ai mis un coup de pied là où il faut. Non, ce qui me fout vraiment la rage, Stan, c'est qu'il s'est imaginé que je le laisserais faire. Il l'a toujours pensé, dès le premier instant où il m'a vue. Bon, je suppose que j'ai joué avec le feu, en l'allumant comme ça. Mais c'était pas pour… Enfin, tu comprends. Je voulais juste flirter. Je… Oh, Stan, je ne sais plus ce que j'ai fait.

– Quoi que tu aies fait, dis-je en lui caressant le bras, ce connard n'avait pas de raison de se conduire de cette façon.

Elle se releva, s'essuya la figure du dos de la main et on rentra à la maison.

Quand on se gara dans l'allée, devant chez nous, Callie avait plus ou moins retrouvé ses esprits.

– Tu vas raconter ça à papa ? demandai-je.

– Je crois que je ne devrais pas. Je ne veux pas qu'il soit au courant que je…

– Tu n'y es pour rien. Stilwind t'a juste proposé de voir comment fonctionnait le projecteur.

Je m'en fous de cette saleté d'appareil ! Je voulais être avec lui… Mais pas comme ça… Il est plus âgé que moi et il est mignon, et j'ai pensé, eh bien… En réalité, je ne sais pas trop ce que j'ai pensé… Oh, Drew ne va pas être content non plus. J'aime bien Drew. Je n'aurais pas dû embrouiller tout le monde de cette façon ! J'avais envie de te prouver que j'étais capable d'obtenir l'information qui t'intéressait. Mais je ne sais pas si c'était vraiment ce que je cherchais. J'étais… Je me sens si… minable.

– Tu n'es pas minable ! Tu t'es défendue, n'est-ce pas ?

– Oui.

– Ça l'a surpris que tu lui résistes ?

– Sûr. Il a essayé de m'embrasser et je l'ai repoussé. Bon, y a plein de gars qui veulent m'embrasser, alors ça n'avait pas grande importance et j'en ai pas fait une maladie. J'ai juste dit : « Ah ah » ou un truc comme ça. Mais il s'est mis à me peloter et là, je l'ai giflé. Il n'a pas apprécié et il m'a rendu ma gifle. Alors, je lui ai griffé le visage. Il a attrapé mon chemisier et il a arraché les boutons et il a annoncé qu'il allait avoir ce qu'il voulait. Mais je lui ai mis un coup de pied là où tu sais, et il est tombé à genoux. Il ne s'est relevé que quand tu es arrivé. J'étais décidée à continuer à me battre, n'empêche que j'ai été soulagée de te voir arriver et de ne pas avoir besoin de me défendre encore. C'était presque insonorisé là-dedans. C'est pour ça qu'il m'a emmenée là-haut. Comme ça, si je hurlais, personne n'entendrait rien à moins d'être assis de l'autre côté de la porte. Je suis contente que tu sois monté, Stan. Vraiment contente.

– Moi aussi.

Callie prit un mouchoir dans la boîte à gants et nettoya son rouge à lèvres étalé partout et le Rimmel qui avait coulé sur ses joues. Elle se remaquilla en vitesse et arrangea son chemisier là où les boutons avaient été déchirés.

– Je n'ai jamais pensé que les choses se passeraient comme ça, murmura-t-elle.

– Moi non plus.

– J'ai l'air O.K. ?

– Ouais, sauf pour ton chemisier… Et tu ressembles à un chien battu. Si j'étais toi, je filerais directement dans ma chambre.

– C'est bien mon intention.

Rosy lisait un magazine sur le canapé. Elle se leva à notre entrée, sans doute un peu gênée qu'on tombe sur elle à un moment où elle ne faisait rien. Elle nous sourit, mais soudain l'inquiétude assombrit ses traits. Elle étudia Callie un instant et souffla :

– Qu'est-ce qui t'est arrivé, mam'zelle Callie ?

– Oh, rien. Tu veux dire à mon chemisier ? Je l'ai déchiré toute seule. Un faux mouvement. C'est idiot, vraiment. Je…

– Mam'zelle Callie, tu me mens.

– Rosy, comment oses-tu… ?

– Y a un homme qu'a mis les mains sur toi.

– Qu'est-ce que tu racontes, Rosy ? Je n'arrive pas à croire que…

– Je l'sais, pass'que j'suis passée par là et que j'm'en rends compte rien qu'à la façon dont tu t'tiens. T'es pas comme d'habitude, j'le vois bien.

– Rosy, tu dis des bêtises.

Rosy s'avança et gifla Callie – mais pas très fort. Ma sœur mit sa main sur sa joue et considéra Rosy Mae avec stupeur.

– J'veux pas en faire plus qu'ce qui a déjà été fait, mais c'est pour ton bien, Callie. Va pas garder ça pour toi. Fais pas comme moi à l'époque. Aucun homme n'a l'droit d'te toucher si t'as pas envie. Demande à ta maman. Ton papa n'la traite pas comme ça. Est-ce que c'était ce Drew ?

Callie éclata soudain en sanglots.

– Non, gémit-elle.

– Il t'a frappée ? demanda Rosy Mae en la prenant dans ses bras.

– C'est pas Drew, dis-je. C'est James Stilwind.

Rosy hocha la tête et entraîna Callie vers le canapé. Mon père entra à cet instant et vit Callie avec Rosy qui la berçait en murmurant :

– Ça va aller, ma fille…

– Qu'est-ce qui se passe, nom de Dieu ? s'exclama-t-il.

Personne ne lui répondit.

Maman arriva à son tour et elle cria :

– Pourquoi est-ce que tu pleures, Callie ? Ma chérie ?

Elle s'assit à côté d'elle. Callie se détacha de Rosy et se blottit dans ses bras.

– Raconte-moi, Callie.

– Obéis à ta mère, ordonna papa. Réponds-lui… Qui a déchiré ton chemisier? Callie?

– Laissez-la tranquille, m'sieur Stanley, dit Rosy. Faut qu'elle prenne son temps.

Papa se tourna vers moi.

– Qu'est-ce qu'il y a, Stanley? Bon sang, t'as plutôt intérêt à me le dire, mon gars! Toi ou ta sœur.

– M'sieur Stanley, vaudrait mieux qu'vous nous laissiez…, dit soudain Rosy.

– Pardon? fit mon père. C'est à moi que tu parles, là?

– C'est bien vous qu'j'regarde, non?

– Attends, Rosy…

– Maint'nant, c'est vous qui allez m'écouter, m'sieur Stanley. J'vous suis reconnaissante pour tout c'que z'avez fait pour moi. Mais aujourd'hui j'suis dans c'te famille, oui ou non?

Papa chercha ses mots – et ne les trouva pas.

– Oui, Rosy. Oui, tu en fais partie, hoqueta Callie entre deux sanglots.

– En effet, intervint maman.

– Eh bien… Ouais, grogna finalement papa.

– Alors j'ai mon mot à dire, n'est-ce pas, m'sieur Stanley?

– Bien sûr, murmura papa, mais…

– Pas d'mais. Z'avez pas besoin d'vous occuper d'ça pour l'moment. C'est une histoire entre femmes. Après, on vous dira tout quand z'aurez besoin d'savoir.

– Si quelqu'un a fait du mal à ma petite fille, je dois être prévenu! protesta mon père.

– Vous l'découvrirez bien assez tôt, dit Rosy. Et maint'nant, s'il vous plaît, fichez l'camp d'ici.

Papa me regarda, et grommela:

– Et lui?

– Il est déjà au courant, répondit Rosy. Allez-y maint'nant.

Papa, l'air perplexe, fit demi-tour et quitta la pièce. Je l'entendis qui sortait sur la véranda.

– Callie? murmura maman. On peut connaître l'histoire à présent? Qu'est-ce qui t'est arrivé?

Callie lui raconta tout.

Quand elle eut fini, maman annonça :

– Si on met ton père au courant, et on ne peut pas faire autrement, tu sais ce qui va se passer.

– Il va casser la gueule à James, dit Callie.

– Ou peut-être le tuer…, marmonna ma mère. C'est ça qui m'inquiète. Il ne t'a pas violée. Juste maltraitée.

– J'ai flirté avec lui.

– Les femmes flirtent, assura maman. C'est ce qu'on fait. Une jeune fille comme toi, c'est normal. Ça commence à seize ans, et ça ne s'arrête pas là. Ça continue jusqu'à ce que tes charmes soient rouillés…

– Ou qu'y disparaissent juss'comme ça, dit Rosy.

– Je suis vraiment désolée, murmura Callie.

– T'as rien fait, ma chérie, la rassura Rosy en lui tapotant le dos.

– C'est exact, assura maman. Mais ton père va réagir. Je ne sais pas exactement comment gérer ça. Bon, file dans ta chambre et arrange-toi un peu. D'ici que tu redescendes, j'aurai bien trouvé quelque chose.

– Et moi, je vais vous préparer des cookies, annonça Rosy.

Chez nous, on avait toujours considéré la nourriture comme un remède.

Callie grimpa à l'étage. Maman dit à Rosy :

– Je suis tentée de tout expliquer à Stanley immédiatement pour qu'il aille corriger ce type.

– Vous savez qu'y risque d'l'tuer, non ?

– C'est exactement ce que j'ai annoncé à Stilwind, fis-je.

Maman se tourna vers moi.

– Tu as été très courageux, Stanley. Je suis fière de toi. Et ton papa sera fier de toi aussi.

– Callie l'a repoussé, expliquai-je. J'ai eu l'impression que James était soulagé que j'enfonce la porte. Je pense que je lui ai sauvé la vie.

Rosy et maman rigolèrent.

– Faut que j'explique tout ça à ton père de façon qu'il n'attrape pas immédiatement un bâton pour partir à la recherche de ce Stilwind, dit ma mère. Trouvons vite quelque chose.

– Vous pourriez mentir, suggéra Rosy.

Maman la regarda et éclata de rire. Elles tombèrent dans les bras l'une de l'autre.

– Ne va pas t'imaginer que ça ne m'avait pas traversé l'esprit, hein, Rosy ? Le mensonge a son utilité. Et peut-être qu'il serait efficace ici, justement. De mon point de vue, l'affaire est classée. James Stilwind a eu ce qu'il méritait, et Callie va bien.

– Y l'a fait une fois et y va recommencer, promit Rosy Mae.

Maman, qui lui tenait la main, dit :

– Tu as raison, bien sûr. Rien n'assure non plus que c'est la première fois qu'il se conduit ainsi.

– Oh, ouais. L'est assez vieux pour avoir déjà fait des choses pareilles.

– Je suppose que dans ce cas, on ne peut pas mentir, grommela ma mère.

– Essayons au moins d'arrondir les angles, proposa Rosy.

– Oui, mais comment ?

– J'en sais rien, m'dame Gal.

Maman éclata de rire.

– T'as vu la tête de Stanley quand tu lui as dit que ça n'était pas ses oignons et qu'il devait s'en aller ?

Rosy gloussa.

– J'l'ai bien vu, oui. Ça lui a vraiment pas plu, n'est-ce pas ?

– Non, mais moi j'ai adoré, avoua ma mère.

20

On ne raconta rien à papa tant que Callie ne fut pas redescendue, un bon moment plus tard. Elle avait pris un bain et avait enfilé un jean et une chemise d'homme trop ample pour elle. Aucun maquillage.

Mon père était assis devant un café. Quand il la vit, il dit :

– Jeune fille… Maintenant tu pourrais m'expliquer ce qui s'est passé ?

Callie acquiesça d'un signe de tête et s'installa à côté de lui. Ma mère et Rosy finirent de préparer une pâte à gâteau que Rosy versa dans un moule et mit dans le four.

– Elle va te dire ce qui lui est arrivé, Stanley, intervint maman. Mais je t'en prie, garde ton calme. C'est important. Ensuite, on discutera de ce qu'il convient de faire. Mais je t'interdis de te lever d'un bond et de foncer droit devant toi sans réfléchir.

– Quelqu'un t'a agressée, c'est ça ? s'exclama papa, en se redressant à moitié.

– Tu vois, Stanley, c'est exactement ce que je voulais dire…, fit maman. Rassieds-toi, s'il te plaît.

– Tout va bien, assura Callie.

– Quelqu'un ne t'a pas… On n'a pas…

– Non, je t'assure, je suis O.K.

Il se laissa retomber sur sa chaise.

Et puis, juste au moment où Callie allait commencer à raconter son histoire, on frappa à la porte.

Rosy alla répondre. Je l'entendis qui disait :

– Oui, m'sieur ? J'peux vous aider ?

De là où j'étais, je ne compris pas bien la réponse de notre visiteur.

– Oui, m'sieur. C'est la résidence Mitchel, ici… Oh, attendez juss'un p'tit moment.

Rosy revint dans la cuisine.

– C'est m'sieur Stilwind. Le vieux. Le père. L'est d'vant la maison.

– Fais-le entrer, dit maman.

Mon pauvre papa avait l'air dépassé par les événements.

M. Stilwind était bien plus âgé que ce que j'avais imaginé. Buster m'avait prévenu – les monstres n'ont pas toujours la tête de l'emploi… Il avait un beau visage ridé, des joues roses et quelques gouttes de transpiration au-dessus des yeux. Grand et bien habillé, il portait un costume avec veste et cravate et un chapeau qu'il enleva en franchissant la porte. Ses chaussures de cuir étaient lustrées et sa main s'y refléta quand il la tendit à mon père.

– Je suis Irving Stilwind, annonça-t-il. Je suppose que vous devinez la raison de ma visite ?

– Non, répondit papa.

– Oui, intervint maman. Vous êtes ici pour nous parler de ce que votre fils a fait à notre fille.

– Comment ? s'exclama mon père.

– Mon mari n'est pas encore au courant, précisa ma mère à l'intention de Stilwind. On allait justement parler de tout ça.

– Je vois, dit le vieillard. Puis-je m'asseoir, maintenant ?

– Votre fils de pute peut préparer son testament ! cracha papa.

– Calmez-vous, monsieur…, murmura Stilwind.

– Stanley ! protesta maman. Attends un peu, tu veux ? Prenez un siège, monsieur Stilwind.

– J'vais préparer du café, annonça Rosy.

Tout le monde se retrouva autour de la table, sauf Rosy, qui était aux fourneaux, et moi. Je m'étais perché sur le comptoir, les jambes ballantes.

– Mon fils m'a assuré qu'il y avait eu un malentendu, commença M. Stilwind.

– Non ! protesta Callie. Un malentendu ne m'aurait pas déchiré mon chemisier.

– Je pense qu'il est préférable que nous discutions de cela entre adultes, dit M. Stilwind.

– C'est à moi que c'est arrivé, répliqua Callie, j'estime que ça donne donc une certaine valeur à mon opinion.

– Une jeune fille. Un jeune homme. Les choses peuvent parfois aller un peu trop vite...

– *Un peu trop vite ?* répéta Callie. Son moteur vrombissait dès le départ, oui, et il avait le pied sur l'accélérateur.

– Par ailleurs, poursuivit M. Stilwind, reconnaissez que vous n'auriez pas dû l'accompagner dans cette cabine de projection. Et encore moins l'encourager.

– Elle l'a pas encouragé, intervint Rosy Mae. Votre garçon n'est plus un gosse. C'est un homme. Y sait c'qu'il fait.

– Je ne suis pas habitué à ce que les domestiques s'adressent à moi de cette manière. Ni les miens ni ceux de n'importe qui, dit Stilwind.

– Je commence à me faire une idée de ce qui se passe ici, fit mon père. Et voilà ce que j'ai à vous dire, Stilwind ! Si ce garçon est votre seul fils, votre famille n'aura pas de descendance. Si vous me comprenez...

– Seriez-vous en train de nous menacer ? fit M. Stilwind.

– Si j'ai bien compris toute cette affaire, alors ce n'est pas une menace. Mais une promesse. À vous deux.

– Ce n'est pas ce que tu imagines, papa, dit Callie. Je n'ai pas été... Enfin, tu vois. Rien de ce genre.

Callie raconta alors son histoire. Quand elle eut terminé, je donnai ma propre version des faits.

– Les filles sont des allumeuses, grommela Stilwind. Les garçons ne comprennent pas toujours lorsqu'il s'agit d'un jeu. Peut-être que vous l'avez encouragé, mademoiselle ?

– Ça m'est égal qu'elle ait flirté avec lui ou non, répliqua papa. Votre fils a été trop loin, encouragé ou pas.

– Y n'avait pas l'droit d'lever la main sur mam'zelle Callie, intervint Rosy.

– Taisez-vous ! On n'a pas gardé les moutons ensemble ! cracha Stilwind.

Callie fit : « bééé... »

Stilwind devint tout rouge.

– Monsieur Stilwind, dit mon père, vous et moi nous sommes déjà dans une situation assez embarrassante. Parlez encore une seule fois à Rosy Mae comme ça, dites encore une seule chose désobligeante sur ma fille, ou suggérez-la simplement, et je vous jure que j'oublie les vingt ans que vous avez de plus que moi et que vous risquez de ne pas vous réveiller...

– Vous me menacez encore. La police en sera informée.

– Je vais enterrer votre gros cul bien sapé au fin fond de mon jardin et je planterai une putain de rangée de cactus par-dessus.

J'éclatai de rire.

Papa me jeta un regard noir et je me tus.

M. Stilwind, le feu aux joues, avait l'air de respirer avec difficulté. Finalement, il parvint à retrouver un semblant de calme.

– Très bien, reprit-il. Revenons à notre problème. Mon fils m'a raconté ce qu'il a fait. Il en a honte. Disons que c'était de sa faute...

– Ça l'est, assura papa.

– D'accord. Je suis prêt à vous présenter mes excuses en son nom, et à vous offrir une compensation pour votre douleur afin que cette histoire ne soit pas rendue publique.

– *Une compensation ?* répéta mon père.

– De l'argent.

– Vous voulez payer Callie pour qu'elle se taise ?

– Les flics ne s'occuperont pas de cette affaire, dit Stilwind. Je vous en donne ma parole. Je les connais plutôt bien. L'actuel commissaire, son prédécesseur et le jeune homme qui a toutes les chances d'hériter du poste sont tous les trois des connaissances. J'ai toujours eu de bons amis dans la police.

– Vous leur donnez du fric et du coup ils sont vos potes ? demanda papa. C'est bien ce que vous nous dites, là ?

– On pourrait le voir comme ça. Mais ce que je vous offre, ce n'est pas une petite somme. (Stilwind regarda autour de lui.) Vous pourriez faire un tas de choses ici avec cet argent.

– Il n'y a rien à changer chez nous, du moins rien qu'une bonne fumigation ne désinfectera efficacement après votre départ, ricana mon père.

– Je ne suis pas obligé de vous donner quoi que ce soit, monsieur. La police n'ira pas déranger mon garçon pour un flirt raconté par une gamine. J'en suis sûr. Mais je souhaite éviter les rumeurs. Ça ne serait pas bon pour mon image, ni pour celle de mon fils. Et certainement pas non plus pour votre fille.

– Pourquoi n'est-il pas venu lui-même pour en parler? intervint maman.

– J'ai estimé que c'était la meilleure façon de mettre un terme à tout ça.

– Débarquer chez nous, nous faire un chèque, repartir, et ne plus y penser..., grommela papa.

– Si vous voulez dire les choses crûment, c'est ça, oui, je suppose. Il n'est dans l'intérêt de personne de traiter cette histoire d'une autre façon. Ni pour votre famille ni pour la mienne.

– Je pense que votre fils est un lâche! s'exclama mon père. Oh oh, taisez-vous, Stilwind. Vous allez m'écouter. Vous aussi, vous êtes un lâche. Vous croyez que votre pognon peut régler tous vos problèmes. Vous avez de la chance qu'il ait simplement déchiré le chemisier de ma Callie. Autrement, je l'aurais tué.

– Vous auriez fini votre vie en prison, cracha Stilwind. J'y aurais veillé.

– Ça se peut. Mais laissez-moi vous dire une chose, et je le nierai si vous le répétez. Je ne vais pas emmerder votre fils. Ma gamine n'a rien. Elle s'est plutôt bien remise de cette mésaventure. Mais un jour, il aura sa raclée. Je vous le promets.

– Ne levez pas la main sur lui, dit Stilwind. Jamais. Je vous jure que, sinon, je m'arrangerai pour que les choses deviennent très difficiles pour vous dans cette ville. Vous n'appliquez sûrement pas tous les arrêtés municipaux à la lettre dans votre drive-in. La police passera chez vous de temps en temps, histoire de vérifier que vous vous conduisez correctement

– Vous savez, fit papa, je ne crois pas que vous pensez à James en ce moment. Vous ne pensez qu'à vous-même et vous vous demandez si cette affaire peut nuire à votre nom. Je parie que ce garçon a déjà eu un bon paquet de problèmes identiques par le passé, et que vous l'en avez sorti par tous les moyens possibles. Il ne se sent pas le besoin d'être responsable. Tout comme vous, j'en suis sûr.

– J'ai travaillé dur pour gagner tout ce que je possède, répliqua Stilwind. Absolument tout.

– Moi aussi. Certainement beaucoup moins que vous, mais je l'ai gagné. Et je pense que ça m'a forgé le caractère. Vous, ça ne vous a apporté que du fric et des chaussures bien cirées.

– Très bien, grommela Stilwind. (Il récupéra son chapeau posé sur ses genoux et se leva.) Je vous ai donné une chance. Ce n'était pas censé être un pot-de-vin. Juste un geste d'excuse.

– Vos excuses n'ont aucune valeur à mes yeux. Et si j'étais vous, je ne me fatiguerais pas avec ces histoires d'arrêtés municipaux. Je suis un coriace.

– Bonne journée, monsieur, dit Stilwind.

– Je ne vous souhaite pas la même chose, répondit papa. Je n'aurais aucun regret si votre voiture se retournait et vous écrasait par la même occasion !

– Stanley ! protesta maman.

– Et prévenez votre fils. Qu'il ne s'approche plus de ma fille. Plus jamais.

Stilwind remit son chapeau et se dirigea vers la porte. Je me précipitai à la fenêtre et je l'observai. Un homme de couleur en costume noir, coiffé d'une casquette assortie, l'attendait devant une longue voiture sombre. Il lui sourit et lui ouvrit la portière. Stilwind s'engouffra dans le véhicule sans un mot. Son domestique se mit au volant et démarra.

Rosy débarrassa la tasse de Stilwind et jeta son contenu dans l'évier.

– L'en a pas bu une goutte, murmura-t-elle. Et moi qui ramène ma grand'gueule !

Callie attrapa la main de mon père et la serra.

– Merci, papa.

Il la prit dans ses bras.

– Tu t'es bien débrouillé, Stanley, reconnut ma mère. Sauf vers la fin, avec cette histoire d'accident de voiture.

– Peut-être, mais j'étais sincère.

– Oh oh ! s'exclama Rosy. C'serait pas une odeur d'gâteau brûlé qu'je sens là ?

– Il était ici chez vous ? demanda Buster en essuyant la lentille du projecteur avec un chiffon doux.

– Oui.

– Ça, c'est quelque chose, hein ? Il est vieux, pas vrai ?

– Ouais. Pas vraiment vraiment vieux. Mais plus que papa.

– Comme moi ?

– Non, m'sieur. Je ne pense pas.

– Il n'y en a plus beaucoup, des gens de mon âge. Et je te le dis, je commence à le sentir. Venir à pied jusqu'ici, ça me tuera. Ces derniers jours, j'ai été obligé de partir vingt minutes plus tôt que d'habitude pour m'arrêter de temps en temps en chemin, histoire de reprendre mon souffle.

– Buster ?

– Ouais, Stan.

– Et si ce n'était pas le père ?

– Pardon ?

– Si c'était James qui avait fait ça à Margret ? Et pas M. Stilwind ?

– Tu as encore ruminé tout ça, toi, hein ?

– Vous vous souvenez de ce que vous m'avez montré dans les lettres de Margret ?

Buster rangea le chiffon dans la poche arrière de son pantalon et se percha sur le tabouret devant le projecteur.

– Qu'est-ce que tu racontes ?

– Je croyais que Margret voyait James. Et que J. c'était James, alors qu'en fait c'était Jewel.

– C'était logique de le penser, Stan. Mon hypothèse l'était beaucoup moins.

– Ce rapport que vous m'avez lu. Celui du chef de la police. Est-ce que Jewel a clairement déclaré qu'il s'agissait de son père ?

– J'ai suggéré qu'il y avait peut-être d'autres pistes, n'est-ce pas, Stan ?

– Exact.

Buster se gratta le menton, écrasa un cafard qui courait sur le sol, puis reprit :

– Donc, tu prétends que puisque le rapport ne précise pas qu'il s'agit du père, ça pourrait être ce James... Tu sais, c'est possible. Il a très bien pu fricoter avec sa première sœur, puis avec la seconde. Il avait l'âge. Il a la quarantaine aujourd'hui, et pourtant il se conduit toujours comme un gamin – s'attaquer à ta sœur comme ça ! Susan Ann voulait peut-être dénoncer son frère, qui sait ? Le vieux est juste allé au commissariat pour arrondir les angles, comme il a tenté de le faire aujourd'hui avec vous. Certains hommes estiment qu'un fils est plus important qu'une fille. Ça pourrait être ça, oui.

– Papa pense que Stilwind se fiche pas mal de son James. Il ne veut simplement pas qu'il lui foute la honte.

– Il n'a sans doute pas tort là-dessus, Stan. Alors maintenant tu penses que c'est James notre coupable, et pas son vieux ?

– Peut-être bien.

– T'est-il venu à l'esprit que ça pourrait être le père pour l'une et le frère pour l'autre ? La plupart du temps, tu vois, les enfants reproduisent le comportement de leurs parents. À la façon dont il se conduit, on ne peut pas dire que le vieux Stilwind soit un brave type. C'est évident que c'est un salopard. James a peut-être découvert que son père prenait du bon temps avec la sœur aînée et il a voulu faire pareil avec la plus jeune. Bon, je te préviens, je ne jurerais pas que ça s'est passé comme ça. Je veux juste te montrer qu'on ne doit jamais penser dans une seule direction. C'est pour ça qu'il y a des procès et pas des lynchages. La plupart du temps, les choses sont ce qu'elles semblent être, mais parfois ce n'est pas le cas.

– C'est quoi, un lynchage ?

– Beaucoup de gens croient que c'est juste une pendaison. Mais nous, les Noirs, on sait bien que c'est aussi quand on brûle, quand on castre, quand on torture. Voilà comment la loi aime à fonctionner : s'ils sont incapables de trouver un coupable, alors ils descendent simplement dans la rue et ramènent le premier nègre qu'ils croisent. Parfois, ledit nègre est coupable. Et la plupart du temps, non. C'est ce que je veux dire quand je parle de jury, et pas de simples spéculations. Tu comprends, on peut envisager une chose sous des tas d'angles différents, même si on a des bouts de preuves. Mais au final, la preuve dépend de la façon dont tu la vois. À moins de choper le coupable la main dans le sac ou d'être sa victime. Comme avec Bubba Joe.

– Oui, m'sieur.

– J'ai assisté à un lynchage une fois.

– Vraiment ?

– Oui oui. Vers Nacogdoches. En 1902. Un nègre nommé Jim Buchannon[1]. On l'avait cueilli pour le meurtre d'un homme et de sa femme, je crois. On a prétendu qu'il leur avait volé un fusil. Et il avait en effet un fusil, mais il a juré qu'il l'avait acheté à un Blanc. Et c'était peut-être vrai. Ou peut-être qu'il avait tué ces deux-là. Impossible à dire.

« Je passais simplement par là, alors que j'allais rendre visite à un de mes cousins, et il se trouve que c'était le jour de la pendaison. C'était une belle journée d'octobre. Ils ont dit qu'il aurait un procès, mais le shérif, John Spradley, a estimé qu'il ne serait pas équitable, et il a tout fait pour que Jim ne soit pas jugé de cette façon. Il l'a caché dans des trains et tout ça, il l'a promené d'un endroit à un autre. Mais finalement, ils l'ont attrapé et lui ont dit que s'il n'était pas pendu maintenant, il le serait plus tard, et qu'il n'avait qu'à choisir. Jim a préféré être pendu tout de suite. Moi, j'étais à l'arrière de la foule. Ils avaient fabriqué une sorte de trépied avec du bois de charpente. Ils ont placé le gars sur une caisse qu'ils ont renversée d'un coup de pied et Jim est mort étranglé. Lentement, je dirais. J'ai décidé que je n'assisterais plus jamais à un lynchage. C'était comme un pique-nique, Stan. Les hommes et les femmes, des Blancs pour la plupart, mais il y avait aussi des Noirs, ils étaient sortis pour voir ça, exactement comme moi. Et on était tous là à observer ce pauvre nègre pendu qui se balançait avec ses doigts de pied qui frottaient presque le sol, et cette corde qui lui volait sa vie. Le nœud coulant n'avait même pas été fait correctement, et si tu veux mon avis c'était volontaire. Comme ça, le spectacle durait plus longtemps. Pas de nuque

1. La ballade de la pendaison de Jim Buchannon est un des classiques de la musique country du Texas. *(N.d.T.)*

brisée, mais une agonie lente et horrible. Le gars se débattait et sa langue sortait d'au moins dix centimètres de sa bouche. Il y avait un type qui vendait des cacahuètes, et des hommes qui déjeunaient tranquillement dans leurs carrioles, avec femmes et enfants.

« Quand tout a été terminé, j'ai vomi, et puis je me suis remis en route, en évitant de croiser quelqu'un et surtout pas des Blancs. J'avais la trouille qu'ils n'en aient pas eu assez, et qu'ils aient envie de s'offrir un autre nègre... Il y a une morale à tout ça, Stan. C'est quoi ?

– Éviter les conclusions hâtives ?

– Exactement. L'autre jour, tu étais certain que le vieux Stilwind était coupable parce que je t'avais raconté ma petite histoire... Maintenant, tu penses que c'est peut-être James. Et moi, qu'ils le sont tous les deux... Et il y a autre chose : sauf en cas de légitime défense, c'est la loi qui est censée faire régner la justice. Ni toi ni moi.

– Mais elle ne le fait pas toujours, n'est-ce pas ?

– En effet, fiston, c'est pas comme dans les westerns d'Hopalong Cassidy. Parfois, ce sont les gentils qui perdent.

Assis à côté de Buster, je regardai le film qu'on projetait ce soir-là, puis je retournai dans ma chambre après la première séance. Je me couchai et je réfléchis à tout ce que j'avais appris et je repensai au récit de Buster. J'étais malade rien qu'à l'idée de cet homme qui se balançait au bout d'une corde.

J'étais allongé les mains sous la nuque et Nub était installé sur mes pieds. Ses pattes battaient l'air de temps en temps – sans doute rêvait-il qu'il chassait des lapins imaginaires.

Je me sentais très mal à cause de la mésaventure de Callie. Je me plaisais à penser que mon arrivée l'avait sauvée. N'empêche que je n'aurais jamais dû la laisser seule. Surtout avec un type comme James Stilwind. J'avais ma petite idée sur le genre de salopard que c'était, et au lieu de ça, j'étais resté planté là dans le hall à bâiller aux corneilles !

Le monde en général et Dewmont en particulier étaient une véritable jungle. C'était sans doute pareil dans toutes les villes du pays, et la plupart des gens ne s'en rendaient pas compte. J'aurais tant voulu avoir encore leur innocence ! Mais une fois qu'on avait soulevé le couvercle, tout ce qui était laid et caché apparaissait soudain au grand jour.

Et dire qu'il n'y avait pas si longtemps, mon souci principal et ma plus grande déception avaient été de découvrir que le père Noël n'existait pas !

Je soupirai et fixai le plafond.

Les choses devaient s'arranger.

– Il le faut ! dis-je tout haut.

Hélas, le destin n'en avait pas encore terminé avec moi.

21

Le lendemain matin, après le petit déjeuner, je fis sortir Nub. Il se précipita vers la cabine de projection en aboyant. Je pensai qu'un raton laveur ou un opossum avait dû s'y planquer. D'après mon père, c'était déjà arrivé plusieurs fois quand Buster laissait la porte ouverte.

Papa m'avait expliqué que, dans ce cas, il fallait chasser la bestiole avec un balai et la poursuivre jusqu'à ce qu'elle saute la palissade et retourne dans la forêt.

Ça ne m'était encore jamais arrivé à moi et cette idée m'excitait plus ou moins. Mais j'avais aussi un peu la trouille, car ces animaux-là peuvent se montrer dangereux lorsqu'ils se sentent coincés.

Je récupérai la pique dont on se servait pour ramasser les ordures, et je m'avançai. La porte était close. Or, ni les ratons laveurs, ni les opossums ne referment derrière eux.

Buster?

Si ç'avait été Buster, Nub n'aurait pas aboyé.

Je l'appelai quand même pour m'en assurer.

Pas de réponse.

– Nub, dis-je. T'es sûr de toi, là?

Nub gratta le bas de la porte et grogna.

– Je ne sais pas qui est là-dedans, mais j'ai un fusil! lançai-je. Vous feriez mieux de sortir tranquillement.

Sur ces mots, je m'éloignai un peu, prêt à appeler mon père.

J'entendis une voix.

– C’est bon, Stanley. C’est moi. Ne tire pas.
– Richard ?
– Ouais. Ne préviens pas tes parents.

Le battant s’entrebâilla et la tête de Richard apparut. La moitié de son visage était maculée de boue.

– Salut, dit-il.
– Salut.
– T’as pas d’arme.
– Non. Qu’est-ce que tu fabriques dans la cabine de projection ?
– J’ai escaladé la palissade quand vous avez tout éteint, hier soir. Et j’ai dormi là.
– Rentre. Je te rejoins.

Quand je fus avec lui à l’intérieur, Richard m’expliqua :

– J’ai roupillé par terre, sur ce bout de tapis. Pas trop mal. C’est le meilleur endroit où je pionce depuis plus d’une semaine.

Richard portait une salopette, sans chemise, qui semblait avoir été lavée dans la boue et séchée dans la vase. Son visage avait été dévoré par les moustiques et de la morve mélangée à la crasse lui faisait une petite moustache à la Hitler sur la lèvre supérieure. Un genou de sa salopette était déchiré et la rotule qui en sortait était écorchée. Il n’avait pas de chaussures. Ses pieds nus étaient couverts d’argile, et je vis des égratignures sur ses chevilles qui dépassaient de sa salopette trop courte.

– Ton père te cherche.
– Je sais, répondit-il.
– Il s’est engueulé avec le mien et il a pris une branlée.
– Quand ça ?

Je lui racontai ce qui s’était passé, et j’ajoutai que j’étais vraiment désolé.

– C’est pas la peine, Stan. J’étais déjà plus à la maison à ce moment-là. Cette bagarre a dû se produire le lendemain de ma fugue. Il me cherchait parce que j’avais filé et qu’il avait encore envie de me cogner. Il m’était tombé sur le râble au beau milieu de la nuit, et si j’avais pas dormi avec ma salopette, je serais complètement à poil à présent…

Il se retourna. Son dos était couvert de longues croûtes rouges.

– Il m'a pas loupé, ajouta-t-il, mais je ne pouvais pas en prendre plus, alors je me suis carapaté.

Je remarquai qu'il avait des cicatrices blanchâtres à côté de ces affreuses traces rouges. Je savais que son père le battait au-delà du raisonnable, mais à présent je me rendais vraiment compte à quel point il y mettait de la sauvagerie.

– Bon Dieu ! soufflai-je.

– Il s'est servi du fouet du cheval, ce coup-là. La ceinture, c'est déjà dur, mais quand je me suis enfui il a attrapé le fouet et il a réussi à me coincer dans la cour. S'il n'avait pas fait noir, je ne pense pas que je lui aurais échappé. Il m'a pourchassé sur deux bons kilomètres à travers le champ de maïs, et après dans les bois. Il a dit qu'il me tuerait s'il m'attrapait.

– Ça a commencé comment ?

– À cause de mes bandes dessinées. Il a dit que toutes ces lectures me faisaient croire que j'étais mieux que lui, et qu'il ne le tolérait pas.

– C'est ça qui a tout démarré ?

– Ouais. Une chose en a amené une autre… Je lui ai annoncé que je préférerais finir l'année scolaire. Lui, il voulait que j'arrête. Il a gueulé que la loi n'y changerait rien. Que par chez nous, tout le monde s'en foutait.

Richard se rallongea sur le tapis. Je m'assis sur le tabouret.

– Et t'étais où pendant tout ce temps ? lui demandai-je.

– Ici et là. Dans les bois. Je me suis planqué dans l'étable d'une ferme de nègres, à l'extérieur de la ville. J'ai piqué de la nourriture dans une maison. Juste de quoi ne pas crever de faim, tu vois. Un vieux pain de maïs qui traînait sur la cuisinière et un morceau de poulet dans leur frigo. Je leur ai laissé un mot de remerciement, mais je l'ai pas signé.

– Bon sang, Richard !

– Je ne pouvais pas rentrer à la maison. Papa a promis qu'il me tuerait.

– Il voulait sûrement pas dire ça.

Richard eut un petit rire, mais il n'avait pas du tout l'air de s'amuser.

– Toi, t'as de la chance, et tu ne te rends même pas compte de ton bonheur. Avant de te connaître, je ne savais pas que c'était différent dans les autres familles. Je pensais juste que c'était comme ça. Les coups et le reste... Les mères qui avaient en permanence les yeux au beurre noir et les lèvres éclatées... Stanley, tu pourrais pas me trouver un truc à manger ?

– Je vais te chercher ça.

– Tu peux me faire un petit paquet ? Du pain, peut-être ? Et tu me prêtes ta vieille gourde ? Tu sais, celle de l'armée. Ensuite, j'essaierai de grimper dans un train.

– Pour aller où ?

– Là où mon vieux ne me retrouvera pas. J'ai déjà voulu le faire l'autre nuit, mais le convoi allait trop vite. Je vais marcher jusqu'à la prochaine ville. Je crois qu'il y a une gare de triage, là-bas. J'irai à un endroit où je pourrai décrocher un petit boulot quelconque. Dans une ferme. Je sais travailler, et s'ils embauchent des gosses de Mexicains, il n'y a pas de raison qu'ils me refusent.

– Et ta mère ?

– Elle n'en a rien à foutre de moi. J'ai pensé qu'elle s'inquiéterait, mais finalement j'y crois plus. Elle l'a laissé me battre.

– Il la massacre de la même façon, dis-je.

– Je sais. Mais...

– Mais quoi ?

– Je pense qu'elle aime ça.

– Elle aime les coups ?

– Oui oui. C'est comme ça que tout a commencé.

– Mais tu viens de me dire que c'étaient les comics et le fait que tu voulais continuer l'école...

– Ouais, c'est ce qui l'a mis en colère au final, mais en fait c'est surtout parce que je lui ai sauté dessus, l'autre jour, pour l'empêcher de frapper ma mère. On s'est battus. Il m'a flanqué une foutue rouste à coups de poing – et au bout du compte maman m'a dit de m'occuper de mes oignons. Que c'était leur manière à eux de faire les choses.

– Elle t'a dit ça ?

– Ouais.

– C'était peut-être pour t'aider ? Pour te garder en dehors de tout ça ?

– Ça m'aurait plu de le penser, mais la manière dont elle se conduisait… On aurait dit qu'elle s'amusait. Personne ne devrait aimer se faire bastonner, n'est-ce pas ?

– J'aurais jamais imaginé une chose pareille.

– J'ai été idiot, Stanley. Je restais chez nous juste pour elle, alors qu'elle ne veut plus de moi. (Il se mit à pleurer.) Je suis si fatigué.

– Viens, Richard. C'est inutile que tu continues à te planquer ici.

– Je ne veux pas que tes parents soient au courant. Je ne veux raconter ça à personne.

– C'est O.K., Richard. Sérieusement. Allez. On va demander à Rosy qu'elle te prépare un super petit déj'. Tu sais que c'est un cuistot génial.

Je lui tendis la main et il l'attrapa, et je l'aidai à se relever. Il renifla un moment, puis il s'arrêta de pleurer. On marcha jusqu'à la maison. Richard avançait la tête basse sur ses pauvres pieds blessés.

Lorsqu'on entra dans la cuisine, Rosy aperçut Richard et me regarda.

– Il a besoin de manger quelque chose, Rosy.

– Eh bien, on va lui préparer ça, dit-elle, et les casseroles se mirent à tinter.

Ma mère arriva un moment plus tard. Elle avait fait la grasse matinée. Elle était encore en robe de chambre et elle avait les cheveux dans les yeux.

– Tu veux démolir la maison ou quoi, Rosy ? Oh, bonjour Richard.

– Bonjour, m'dame Mitchel.

– T'as l'air dans un sale état, mon garçon. Qu'est-ce qui t'est arrivé ?

Richard posa sa tête sur la table et recommença à pleurer. Maman tira une chaise, s'assit à côté de lui et passa son bras autour de lui.

– Je suis désolée. Je ne voulais pas te blesser.

– C'est pas ça, dis-je.

– Qu'est-ce qu'il y a, alors ?

– Laissez-le manger, maint'nant, m'dame Gal, dit Rosy. C'est d'ça qu'a besoin un p'tit gars en pleine croissance.

Et donc Rosy cuisina et Richard dévora. Quand il eut fini, maman ne lui posa aucune question. Elle lui expliqua où prendre un bain et j'allai lui chercher des vêtements à moi.

Une fois que Richard fut récuré, il s'habilla – mais resta pieds nus – et il redescendit à la cuisine où Rosy et Maman l'attendaient. Elles l'obligèrent à se mettre à genoux sur une chaise et lui lavèrent les cheveux au-dessus de l'évier avec du savon noir et de la térébenthine pour le débarrasser des poux. Quand elles eurent terminé, elles le rincèrent, le séchèrent puis le peignèrent. Exténué, il s'allongea sur le canapé du salon.

Il s'endormit instantanément.

Papa rentra pour le déjeuner, et pendant que Rosy préparait le repas, maman lui montra Richard qui roupillait sur le canapé.

– Qu'est-ce que ça signifie ? demanda-t-il.

Ma mère m'appela.

Je le lui expliquai.

– J'ai déjà entendu dire que certaines personnes aimaient souffrir, dit mon père. On les appelle des « masochistes », et ceux qui leur font mal sont des « sadiques ».

– C'est malsain, murmura maman.

– Je suppose que quand quelqu'un prétend adorer frapper une autre personne, ou quand quelqu'un veut être battu ou pense qu'il le mérite, c'est malsain, en effet.

– Tu as eu l'air d'apprécier de filer des baffes à Chester, lui rappelai-je.

– Oui, tout comme ça m'a plu aussi de taper sur Chapman, c'est sûr. Et d'autant plus maintenant que je sais ce qu'il a fait subir à ce pauvre gamin. Sauf que dans mon cas, je ne m'attaque pas à n'importe qui. Ce James Stilwind par exemple… J'aimerais bien lui casser la gueule.

– Qu'est-ce que nous allons faire de Richard ? demanda maman.

Rien, répondit papa. Il peut rester dans la chambre de Stanley jusqu'à nouvel ordre. Mais où est Callie, bon sang ?

– Elle dort encore, dit ma mère.
– J'espère qu'elle arrivera à se réveiller quand l'école reprendra, grommela papa.
– Nous aussi on s'est levés tard aujourd'hui, protesta maman.
– C'est vrai, reconnut-il en souriant, mais on ne dormait pas.
Maman rougit un peu.
– Qu'est-ce qui va se passer si M. Chapman vient le chercher ?
– Il n'osera pas. Et ça vaut d'ailleurs mieux pour lui qu'il ne se pointe pas par ici. Dans le cas contraire, il aura droit à quelques baffes supplémentaires.
– Tu ne peux pas tout résoudre avec des coups, rigola ma mère.
– Je sais. Mais ça règle quand même certains trucs. Au moins temporairement. Je n'ai plus vu Chester dans le coin depuis un moment, et toi ?
– Et si on envoyait les policiers chez Chapman ? proposa-t-elle.
– Ils lui ramèneraient Richard, dit papa. La loi marche comme ça : quand un gamin s'échappe, on le rend à sa famille, peu importe les raisons de sa fugue. Ces gens-là croient que les gosses appartiennent à leurs parents et que ceux-ci peuvent en faire ce qu'ils veulent. La loi ne nous aiderait pas, Gal.
– La loi fait ça ? Ils renvoient les enfants battus chez leurs parents ?
– J'en ai bien peur, répondit papa.
– Et si c'était Chapman qui appelait les flics ? intervins-je. On pourrait les voir débarquer ici, non ?
– C'est possible, reconnut papa, mais Chapman pense certainement qu'on en sait beaucoup plus qu'il ne le souhaite. Et c'est le cas. La loi lui remettra Richard, mais il n'a sûrement pas envie qu'on dévoile ses petits secrets. Dans une ville comme la nôtre, ce genre d'histoires se répand comme une traînée de poudre. Tout le monde serait au courant. Au bout du compte, Stilwind et lui ne sont pas très différents.
– Tu penses que Stilwind va nous faire des ennuis, papa ? Tu sais, avec les réglementations et tout ça ?
– C'est tout à fait son style, fils. On n'y peut rien. On attend et on voit venir.

*

Par une nuit chaude et envahie par les moustiques, le vendredi du week-end précédant la rentrée, je retrouvai Buster à la cabine.

J'allais généralement le voir quand la buvette ne marchait pas fort, et c'était le cas à ce moment-là, car le premier film, *The Cry Baby Killer*, se terminait et tout le monde attendait le temps fort du film... ou d'en avoir un. Car j'étais maintenant suffisamment affranchi pour comprendre pourquoi certaines voitures garées un peu à l'écart se balançaient dans l'obscurité.

Richard gardait la buvette. Il se sentait à l'aise chez nous, et ça avait l'air de lui faire du bien.

Je me surpris à raconter à Buster l'histoire de Richard et de ses parents, alors qu'il ne m'avait rien demandé. Ça me jaillit littéralement des lèvres. Peut-être était-ce une information qu'il ne fallait pas partager, mais je fus incapable de m'en empêcher.

Buster secoua la tête d'un air triste et fit claquer sa langue.

– Plus je vieillis, Stan, plus je regrette de pas avoir de famille et aussi d'avoir foutu le bordel dans la mienne. Boire ne m'a pas aidé. Tu sais, je n'ai plus touché un seul verre depuis cette... mésaventure avec toi et Bubba Joe.

– Tu te sens mieux ?

– Je me sens déprimé. J'ai sans arrêt envie de picoler. Je suis à deux doigts de craquer au moins une fois par jour. Et parfois même toutes les heures. C'est très dur. Tout ce que ça m'a apporté pour l'instant, c'est que je commence enfin à me sentir un vieux croûton.

Buster sortit de la poche de sa chemise un papier jaune plié. Il me le tendit et je l'ouvris. C'était le rapport du commissaire Rowan sur Susan Ann Stilwind et son père.

– Pourquoi me donnes-tu ça, Buster ?

– Si le vieux Stilwind se met en tête de vous emmerder, ça sera utile. Je pense qu'on pourrait considérer ce truc comme une sorte d'assurance. Tu devrais en faire une copie et la montrer à ce salopard en lui expliquant que l'original est planqué et que tu en as confié une autre copie à un de tes amis – moi en l'occurrence. Voilà l'adresse où il crèche. C'est Jukes qui me l'a dégottée.

– Il y a quelque chose que Jukes n'est pas capable de dégotter ?

– À part ma date de naissance exacte, je ne crois pas. Si tu as le cran de faire ça, je pense que vos problèmes avec Stilwind seront réglés.

Le lendemain matin, à mon réveil, je découvris Richard couché par terre dans une couverture et accroché à son oreiller. Nub lui avait piqué sa place dans le lit – il était étendu sur le dos, les pattes en l'air et la langue pendante.

Je me levai, j'attrapai quelques affaires, passai à la salle de bains, me brossai mes dents, me coiffai et m'habillai. Quand je revins dans ma chambre, Richard était assis, l'air un peu perdu.

– T'aimes pas partager ton lit ? rigolai-je.

– Nub n'arrêtait pas de me lécher.

Je pris le document que Buster m'avait confié et que j'avais planqué dans mon tiroir à chaussettes, puis je recopiai mot pour mot le rapport du commissaire. Ensuite, je remis l'original dans sa cachette.

– Faut que j'aille en ville aujourd'hui, annonçai-je, en pliant la feuille et en la glissant dans une poche de mon pantalon. Je pars avant que les parents ne se demandent où je suis. Je serai de retour dès que possible.

– Je t'accompagne… Si tu veux bien ?

– D'accord… Écoute, peut-être que je ne devrais pas te raconter ça, mais si tu viens avec moi, tu dois savoir. J'ai besoin que quelqu'un d'autre soit au courant, de toute façon, pour protéger mes arrières.

Je ressortis le papier de mon tiroir et le tendis à Richard.

Quand il eut terminé de le lire, il grommela :

– J'y comprends rien.

Je lui expliquai tout. S'il y a bien un truc qu'on peut me reprocher, c'est d'être une vraie pipelette. En revanche, je ne lui parlai pas de la mort de Bubba Joe. Je n'osai même pas lui rappeler la nuit où on avait été pris en chasse le long de la voie de chemin de fer.

– Donc, tu vas lui apporter ça, comme Buster te l'a conseillé ? dit Richard.

– Ouais, je vais lui en filer une copie. C'est ce que je viens d'écrire.

Je récupérai le document, le repliai et le remis dans le tiroir.

– Bon, alors allons-y, dit-il.

– Mais d'abord, tu vas te passer un peu d'eau sur la figure, te laver les dents et te coiffer. J'ai une brosse à dents et un peigne pour toi. Les cabinets sont dans la salle de bains du rez-de-chaussée.

Comme tous les samedis, la ville était noire de monde. Richard n'avait pas son vélo, alors on y est allé à pied. Quand on passa devant le cinéma, j'allongeai le pas afin de ne pas être tenté de jeter un œil à travers les baies vitrées pour essayer d'apercevoir James, mais je ne pus pas m'en empêcher.

Il n'était pas là.

On arriva à l'hôtel où vivait M. Stilwind. Dans le hall, on regarda autour de nous en se demandant quoi faire. Un jeune gars à la réception nous sourit et nous fit signe d'approcher. Il portait un costume noir et une chemise blanche et ses cheveux gominés étaient plaqués sur son crâne. C'était le genre de garçon que Callie trouvait mignon.

– Je peux vous aider, les gars ?

– Je voudrais voir M. Stilwind.

– Vous êtes de la famille ?

– Non.

– Alors, je pense que je devrais le prévenir. Puis-je lui expliquer le motif de votre visite ?

– Dites-lui que c'est à propos de Susan Ann et de son bébé.

– Susan Ann et son bébé ?

– Oui.

– Dois-je lui en dire davantage ?

– Non, il comprendra.

– Très bien.

Il lui téléphona donc et lui répéta mon message. Lorsqu'il reposa le combiné, il annonça :

– Il arrive. Si vous voulez bien vous asseoir en attendant.

On s'installa dans de grands fauteuils confortables. Au bout d'un moment, l'ascenseur s'ouvrit et Stilwind en émergea, tout habillé de noir, comme s'il se rendait à un enterrement. Il ne lui manquait que son chapeau.

Il m'aperçut, eut l'air surpris, puis s'approcha.

– Ah, c'est toi, fit-il.

Je ne l'avais pas remarqué auparavant, et cela venait peut-être simplement de la violente lumière du soleil qui se glissait entre les grands rideaux de l'hôtel, mais il y avait autant de rides sur son visage que de griffures sur le plancher d'un poulailler. Il avait l'air d'avoir dix ans de plus que la première fois où je l'avais vu – et déjà, ce jour-là, je ne l'avais pas pris pour un jeunot.

– J'ai quelque chose pour vous, dis-je.

– Des excuses de la part de ton père... Il a décidé d'accepter mon offre ? Elle est toujours valable, tu sais.

– Non, m'sieur. Si c'était lui qui m'envoyait, il m'aurait chargé de vous dire que votre offre, vous pouvez vous la carrer là où je pense... Non, j'ai ici une copie d'un document. Il a été rédigé par le chef de la police, M. Rowan. Ça a quelque chose à voir avec vous et votre fille, Susan Ann. Nous avons mis l'original en sécurité. Ceci est une copie que j'ai faite.

Je lui tendis mon papier. Il le lut. Son visage perdit toute couleur. Il le tenait à la main comme s'il venait de se rendre compte que c'était un serpent venimeux.

– C'est pour vous, précisai-je.

– Je suppose que ton petit copain, là, est au courant ?

– Comme d'autres personnes.

– Si tout le monde le sait, pourquoi cela devrait-il me déranger, mon garçon ?

– Pas tout le monde. Uniquement moi et quelques autres.

– Des adultes ?

– Oui. J'ai assuré mes arrières. Je veux que vous laissiez ma famille tranquille.

– C'est ton père qui t'envoie ?

– Non. Si mon père avait voulu faire quelque chose, il serait venu lui-même et vous aurait flanqué une rouste, puis il vous aurait balancé du haut des escaliers avant de vous traîner dans la rue et de vous foutre le feu. Il n'est pas au courant de tout ça.

Le visage de Stilwind changea. Il essaya de trouver une contenance, et finalement il esquissa un sourire méprisant.

– Comment savoir si tu as bien l'original ?
– Comment croyez-vous que j'ai pu en faire une copie ?
– De quelle façon l'as-tu obtenu ?
– C'est mes affaires.
– Tu connais le chef de la police ?
– Je ne l'ai jamais rencontré et je n'en avais jamais entendu parler jusqu'à récemment.
– Il n'a rien à voir dans tout ça ?
– Non.
– Tu veux de l'argent, bien sûr. De l'argent pour te taire.
– Non. Je veux que vous fichiez la paix à ma famille. Pas de prétendus problèmes de sécurité que les flics ou les pompiers viendraient découvrir dans notre drive-in. Aucun ennui d'aucune sorte de votre part.
– Je ne serai pas responsable de tout ce que vous imaginerez être de ma faute.
– C'est vos oignons.
– Tu m'as l'air vraiment adulte pour un enfant... Et terriblement mauvais.
Je paraissais adulte, en effet, et j'en étais fier.
– Je ne suis pas mauvais. Vous avez menacé les miens. Ceci est un moyen de remettre les choses à leur place. Encore un truc. Votre fils, James. Il n'a pas intérêt à s'approcher d'un membre de ma famille.
– Et ce garçon qui t'accompagne ?
– Vous n'avez pas besoin de savoir qui c'est, mais ça vaut pour lui aussi. Vous ne vous approchez pas de lui.
– Avec grand plaisir. C'est tout, espèce de petite vermine ?
– Oui, m'sieur. C'est tout. L'espèce de petite vermine a parlé.

De retour dans la rue, sous le soleil brûlant, j'étais ravi. Bien sûr, j'avais simplement mis à exécution une idée de Buster, pas la mienne, n'empêche que j'étais vachement fier de moi. J'aimais la façon dont je m'étais exprimé, et le ton de ma voix. Richard était très impressionné, lui aussi.
– Mec, tu l'as chopé par les bijoux de famille !
– Les bijoux de famille ? Ça veut dire quoi ?

– Je ne sais pas vraiment, mais j'ai entendu cette expression et elle m'a plu. T'as vraiment été super.

– Merci.

M. Chapman sortit de la graineterie Harriman juste au moment où on passait devant. Il était coiffé d'un chapeau de feutre marron couvert de taches de sueur et il charriait un gros sac d'engrais. Il ne nous remarqua pas immédiatement. On était comme paralysés. Il descendit l'escalier jusqu'au trottoir et jeta le sac sur une demi-douzaine d'autres à l'arrière de son vieux pick-up noir branlant.

Quand il releva les yeux, il nous vit. Il m'est impossible de décrire vraiment la soudaine métamorphose de son visage. Ses traits se figèrent, mais ses yeux étaient aussi noirs et haineux que ceux d'un animal à l'agonie.

– Toi ! cracha-t-il à Richard. Tu es puni.

– Je ne serai plus jamais puni.

– Tu crois ça, hein ? siffla Chapman. Tu crois ça ?

– Oui, m'sieur, plus jamais.

Je sentais monter la tension de Richard, à côté de moi.

Chapman me lança un regard méchant :

– Quant à toi et ton père arrogant, et ta petite pute de sœur…

– La ferme ! lançai-je. Je le dirai à papa si vous levez la main sur moi ou sur Richard. Et il viendra chez vous pour vous battre comme un tapis crasseux.

– Ah bon ? ricana Chapman.

– C'est bien ce qu'il a déjà fait l'autre jour, et c'était juste pour rigoler.

– Ton vilain cul devrait connaître ma ceinture !

– Tu ne toucheras aucun de nos culs, intervint Richard. C'est la dernière fois que tu lèves la main sur moi, le vieux.

Chapman nous dévisagea.

– Au nom de notre Seigneur Jésus-Christ, tu n'es plus mon fils. Plus maintenant.

– Je ne l'ai jamais été, répliqua Richard.

Chapman émit un ricanement qui me fit penser au cri d'une des bestioles des romans que je bouquinais. Il se retourna, grimpa dans son camion, et démarra.

Je jetais un coup d'œil furtif à Richard. Il avait baissé la tête et ses épaules étaient voûtées. On aurait dit une marionnette maintenue par un nœud coulant invisible passé autour de son cou.

Je le pris par le coude.

– Allez, viens. On rentre.

22

Cette nuit-là, alors que Richard était couché par terre, je l'entendis gémir et, de temps en temps, étouffer un sanglot. Nub, allongé à côté de moi, s'assit et le regarda.

Je me redressai sur un coude et j'appelai doucement mon ami, mais il ne répondit pas.

Alors, je serrai Nub contre moi et je me rendormis.

Dimanche, Drew passa chez nous et demanda si Callie pouvait venir faire un tour en voiture. Papa l'étudia un moment. Il était vraiment différent de Chester. Il était propre sur lui, et portait une veste de sport blanche, un pantalon en daim, une chemise noire et des chaussures blanches.

– C'est d'accord, répondit-il finalement, mais seulement si tu emmènes aussi Stanley et Richard.

Drew essaya de paraître impassible, mais son sourire s'effondra comme un soufflé.

– Mais papa, protesta Callie, je ne veux pas d'eux !

– Peu importe. Moi oui.

C'était, bien entendu, un moyen de contrôler Drew, de s'assurer que Callie et lui ne se retrouveraient pas seuls sans surveillance. C'était une bataille perdue d'avance, mais dans laquelle se lançaient chaque jour les pères du monde entier.

Sauf que là, il avait besoin de notre coopération.

– Vous avez envie de faire un tour, les garçons ? nous demanda-t-il.

– J'en sais rien, grommelai-je. Je pense que je préférerais rester ici pour apprendre à Richard à jouer aux échecs.

– Et toi, Richard ? s'enquit papa.

– Oui, m'sieur. J'aimerais bien savoir me débrouiller aux échecs. Je veux dire, une promenade, ça m'irait aussi…

– Alors, on dirait que ça va être canapé et télé pour tout le monde, dit papa.

Drew comprit que le moment des pots-de-vin était arrivé.

– J'offre une glace au Dairy Queen. Après, on se baladera un peu en ville.

Richard et moi, on échangea un regard. Je dis :

– Bon, d'accord.

– Et je ne veux pas que Callie revienne trop tard, ajouta mon père. C'est la rentrée, demain.

– Oui, monsieur, promit Drew. J'avais dans l'idée qu'on irait peut-être voir un film en ville.

Sans laisser le temps à papa de répondre, Callie grommela :

– Je pense que je ne retournerai jamais là-bas.

– Pourquoi ça ? demanda Drew.

– Je t'expliquerai un de ces jours. Filons, maintenant.

– D'accord, dit Drew. On boit un soda et on fait un tour en voiture.

– Et tu sais que tu dois respecter ma fille, n'est-ce pas ? ajouta papa.

– Oui, monsieur.

Callie s'installa sagement dans son siège, mais à peine eut-on dépassé le premier virage qu'elle se colla contre Drew.

Je regardai Richard et on ricana.

Callie se tourna vers nous.

– Vous vous marrerez moins quand vous commencerez à sortir avec des filles.

– J'espère que ça sera pas pour tout de suite ! répliquai-je.

– Eh bien, dans ton cas, riposta Callie, ça n'arrivera peut-être jamais.

On s'arrêta au drugstore. Tim n'était pas de service ce soir. Un type au visage bouffé par l'acné le remplaçait. Du coup, je pensai qu'un de ses boutons avait pu éclater au-dessus de mon milk-shake, et cette image me coupa l'appétit.

Ensuite, on traîna en ville en voiture et puis on s'arrêta près du lac. Le soleil se couchait et une belle nuit se préparait, avec une lune haut dans le ciel. Sa lumière coulait sur la route et entre les arbres un peu comme quand le lait déborde.

À présent, Callie et Drew étaient serrés l'un contre l'autre. Quand mon père voyait deux adolescents installés ainsi dans une voiture, il appelait ça « le monstre à deux têtes ».

Au bout d'un moment, je dis :

– Tu sais, Drew, la baraque abandonnée en haut de la colline, dans ton quartier ? On raconte que la vieille dame y retourne de temps en temps.

– Comment ça ? demanda Drew.

– Ouais, Mme Stilwind revient. Elle est devenue folle et, parfois, elle s'y réfugie. Sa fille est morte dans un incendie, juste à côté de notre drive-in. Mais Mme Stilwind a vu son fantôme et elle a pété les plombs. On suppose qu'elle s'échappe de la maison de retraite pour essayer de retrouver sa gamine morte. On pourrait y monter et jeter un œil. Il y a des bois, par-derrière. S'il existe une route pour passer par là…

– Il y en a une, dit Drew, et l'idée sembla lui plaire.

On roula jusqu'à la forêt en question et on emprunta un chemin d'argile rouge qui se faufilait entre les arbres avant de déboucher sur la colline surplombant la vaste propriété des Stilwind.

Dans le clair de lune, à cette distance, on ne se rendait pas compte que les bâtiments étaient délabrés. Et la luminosité donnait l'impression que la piscine était remplie.

– Quand est-ce qu'elle est censée se pointer ? demanda Drew.

– Aucune idée, dis-je. Il y a peu de chances qu'on la voie. Elle est peut-être déjà à l'intérieur. Et elle peut aussi ne pas se montrer du tout.

– Et si on vérifiait ? proposa Richard.

– Et pourquoi vous ne feriez pas ça tous les deux ? rigola Drew.

– Pas question, murmurai-je. Pas tout seuls.

– Vous êtes des poules mouillées ou quoi ? dit Drew.

– Oui, répondis-je.

Drew éclata de rire.

– Ça a le mérite d'être honnête. Bon sang, on n'a qu'à y aller tous ensemble !

Drew sortit une lampe de poche de dessous son siège. On descendit de la colline, on passa près de la piscine et on entra par derrière. Seuls les rayons de lune qui passaient à travers les fenêtres éclairaient l'intérieur.

Dès que Drew referma la porte, il y eut une explosion de cris qui me firent penser à des feuilles mortes écrasées par un troupeau d'éléphants.

– Des chauves-souris, indiqua Drew.

Je ne les voyais pas, mais je les entendais voleter près du plafond et en haut de l'escalier. Dans le halo de la lampe, je distinguais leurs excréments sur le sol. Il n'y en avait pas lors de ma première visite, au début de l'été.

Du faisceau de sa lampe, Drew balaya la nuit au-dessus de nous. Il y en avait des dizaines suspendues aux grosses poutres et beaucoup d'autres tournaient autour de nous.

Dans un froissement d'ailes, celles qui étaient accrochées aux poutres se détachèrent et se joignirent à cette course folle. Puis elles se regroupèrent soudain en une boule d'obscurité et elles s'échappèrent par un trou, à un endroit où le toit avait pourri et s'était effondré.

– Oooooh… ! gémit Callie. Partons d'ici.

– Quelle honte qu'une si belle baraque tombe en ruine comme ça, dit Drew.

– Allez, Drew, on se tire d'ici, s'il te plaît, murmura Callie.

– Attends un peu, dit-il en éclairant le haut des escaliers. Voyons vite fait ce qu'il y a là-haut. Tu as déjà visité quoi, ici, Stanley ?

– Juste cette pièce. J'ai pas traîné dans le coin. Mais cette fois-là, j'ai cru apercevoir quelqu'un à l'étage.

– Ç'aurait pu être un clochard, dit Callie. Ou n'importe qui.

– Je pense que c'était elle, dis-je. Cette Mme Stilwind. C'est ce que croit Buster, en tout cas.

– Buster ne sait pas tout, protesta Callie.

– Il en sait bien plus que ce que tu imagines et sur à peu près tout.

– Y a pas de danger à jeter un coup d'œil là-haut, assura Drew.

– Ça se pourrait, protesta Callie.

On gravit l'escalier aussi serrés les uns contre les autres que des grains de raisin. Drew éclairait les marches devant nous. Elles craquaient sous nos pas.

On arriva dans un couloir avec une série de portes. On ouvrit la première et Drew pointa sa lampe. C'était une chambre vide. Son papier peint se décollait par morceaux, et notre entrée souleva un nuage de poussière.

Ce fut la même chose dans les pièces suivantes.

Finalement, on pénétra dans une chambre où se trouvait un lit. Il y avait aussi une table de nuit avec un miroir, mais ce miroir était brisé, avec juste un petit morceau de la glace encore accroché dans le coin droit. Le reste s'étalait sur le sol comme des pièces d'argent.

Une brosse était posée sur la table de nuit, avec de longs cheveux gris dessus. Le lit était couvert de vieux draps froissés, comme si quelqu'un y avait dormi. En s'approchant, on vit d'autres cheveux sur les oreillers.

– Waouh ! s'exclama Drew. Peut-être qu'elle revient ici, en effet.

– On s'en va, dit Callie. Ces chauves-souris me rendent nerveuse.

– Elles sont parties, répondit Drew.

– On s'en va ! répéta Callie.

Et cette fois, sa voix avait perdu toute douceur.

On sortit de la pièce, en s'attendant presque à tomber nez à nez avec Mme Stilwind.

Drew nous ramena à la maison. Callie se réinstalla sagement sur le siège du passager dès qu'on approcha du Dew Drop.

Ce soir-là, Richard et moi, on se coucha tôt, en prévision de la rentrée des classes, le lendemain. J'étais excité et inquiet à la fois. Au moins, j'aurais un ami là-bas. Et on ferait la route ensemble.

Je pensais à tout cela, toujours éveillé, quand Richard se souleva sur un coude et dit :

– Stanley ?

– Oui.

– Ta famille a été super avec moi, merci.
– Pas de problème.
– Mais je dois partir.
– Quoi ?

Je m'assis dans mon lit. Nub m'imita, l'air mécontent. Ce chien avait horreur qu'on perturbe son sommeil.

– Comment ça, tu veux partir ? demandais-je.
– Faut que je retourne chez moi.
– Tu ne peux pas aller là-bas. Ton père ne veut plus de toi.
– C'est pas pour mes parents. Je pensais à cette histoire que tu m'as racontée sur cette vieille femme qui revient chez elle à la recherche du fantôme de sa fille... Moi, je suis vivant et mon père et ma mère s'en foutent de moi. Je n'ai aucune envie de les revoir, tu peux me croire.
– Alors pourquoi ?
– J'ai besoin de récupérer mon vélo. C'est la principale raison. Faut que j'aille le chercher. Sinon mon père va sûrement le vendre ou le foutre à la poubelle par pure méchanceté.
– Tu es obligé de faire ça cette nuit ?
– En plein jour, il risque de me coincer, et si j'attends trop longtemps, il s'en débarrassera. C'est peut-être même déjà fait.
– Tu pourrais en avoir un autre.
– J'ai fabriqué celui-là avec des morceaux de vieilles bicyclettes récupérées à la décharge. C'est pas eux qui me l'ont offert. Ils m'ont jamais rien refilé d'autre que des coups et des boulots de merde. J'ai eu plus de vêtements depuis que je suis chez vous que pendant toutes ces années où j'ai vécu avec eux. Je n'ai même jamais eu de sous-vêtements jusqu'à ce que ta mère m'en passe.

À ces mots, il se leva, ôta le pyjama que maman lui avait donné et il se rhabilla.

– Tu vas simplement aller là-bas pour prendre ton vélo ?
– Oui. Au moins ça.
– Au moins ça ? Ça signifie quoi ?
– Je reviendrai.

Je ne savais pas de quelle folie il était capable, mais je sentais qu'il aurait besoin de quelqu'un sur qui s'appuyer, alors je dis :

– Si tu patientes encore un moment, je t'accompagne. On attend simplement qu'il soit un peu plus tard pour être sûrs que tout le monde dort, et on y va ensemble. Au retour, il faudra que tu caches ta bécane quelque part, pas trop loin. Dans les bois derrière la maison. On ira la rechercher demain, et on racontera qu'on est passés la prendre chez toi après l'école. Parce que si mes vieux la voient demain matin, ils devineront qu'on est sortis cette nuit.

– Je n'ai pas besoin que tu viennes avec moi, déclara Richard.

– Je sais. Mais je viens.

Je pris ma lampe de poche Hopalong Cassidy et on sortit en catimini par derrière. De toute façon, si on avait fait le moindre bruit, il aurait été couvert par les ronflements de Rosy.

Comme on n'avait qu'un seul vélo, on est partis à pied. Nub trottait à côté de nous, la truffe collée au sol. Le petit vent tiède de la fin août agitait doucement les arbres, et les ombres de leurs branches allaient et venaient sur la route comme si elles voulaient trancher la terre en deux.

On s'arrêta devant la vieille scierie. Nub s'assit. Il bavait, la langue pendante.

Richard me dit :

– J'ai l'impression d'être ce petit garçon noir dont personne n'a rien à foutre sous cette montagne de sciure. Sauf que je ne suis pas mort. Si j'étais mort, ce serait peut-être mieux. Peut-être qu'il est plus heureux, là où il est.

– Ne dis pas ça, protestai-je.

– Je ne connais pas d'autres façons d'exprimer ça. Viens, on se glisse dans la grange de mes vieux. On n'a plus à se méfier du chien, et on entrera facilement. J'ai besoin d'une pelle.

– Une pelle ?

– Ouais. Je veux déterrer Butch.

– Quoi ?

23

– Mais qu'est-ce que tu racontes, bon sang ? On est là pour chercher ton vélo !

– Ouais, ça aussi, dit-il.

– Pourquoi est-ce que tu déterrerais le chien de ton père ?

– Celui-là, oui. Je vais le faire parce qu'il y tenait tellement. Il a pleuré quand il est mort, alors qu'il n'a jamais pleuré pour quoi que ce soit. Il n'a jamais chialé pour moi, ça c'est sûr. Je ne l'ai jamais vu dans un tel état, sauf pour ce foutu cabot. Tu sais, une fois j'ai cueilli du coton toute la journée et j'ai rempli autant de sacs qu'un adulte, alors que j'avais juste neuf ans, et il ne m'a pas dit que j'étais un bon garçon, alors qu'il rappelait tout le temps à Butch que c'était un foutu bon chien. Mais à moi, que dalle. Pas un mot.

On se dirigea vers la scierie. Nub nous abandonna et fila dans les bois pour vivre sa vie.

– Parfois, il y a des gens qui ne savent pas comment exprimer ces choses-là…, murmurai-je.

– Il savait les dire à Butch.

– Ça te rapportera quoi de le déterrer ?

On passa devant le bâtiment en ruine, puis on tourna en direction de la ferme des Chapman.

– Je veux le mettre sur la véranda de derrière. Je veux le sortir de ce trou parce que mon vieux a pleuré pour lui et jamais pour moi. Il s'est donné tout ce mal pour l'enterrer, et moi je vais le déterrer !

– Richard, c'est bizarre.

– C'est pas bizarre pour moi. Et maintenant, ferme-la !

On était près de la maison. On s'arrêta un moment pour observer la bâtisse plongée dans l'ombre des arbres qui l'entouraient.

– Gaffe. Mon père a le sommeil très léger. Il répétait qu'il pouvait entendre un animal qui traverserait la cour, et je suis sûr que c'est vrai.

– Ça ne me plaît pas, tout ça, murmurai-je.

– On va à la grange chercher une pelle.

– Je ne sais pas, Richard.

– Écoute, Stanley. T'étais pas obligé de venir. C'est gentil de ta part, mais je t'ai rien demandé, d'accord ?

– On devait seulement prendre ton vélo.

– C'est prévu.

– Mais tu n'avais pas parlé de ce chien.

– Je n'y ai pensé que quand je me suis retrouvé devant la scierie. Ça m'est venu comme ça. Tu peux rentrer chez toi si tu veux. Je ne t'en voudrai pas. Mais moi, je vais sortir ce foutu chien et le traîner jusqu'à la véranda. Il saura que c'est moi et ça me suffit.

– Comment le saura-t-il ?

– Parce que je laisserai un truc qui lui permettra de le deviner.

– Quel truc ?

– Eh bien, je n'ai pas encore décidé. Mais je trouverai bien quelque chose. Et même s'il ne comprend pas, moi je le saurai.

Je soupirai.

– D'accord, allons-y.

La lune illuminait si bien la cour de derrière qu'on voyait même les endroits où les poules avaient gratté la terre. Devant la grange, le porc nous jeta un coup d'œil, grogna, puis se rendormit dans sa boue.

On retira la barre qui bloquait la porte de la grange et on poussa le battant. La lumière entra avec nous, mais le fond du bâtiment était noir comme les pensées du Diable.

J'allumai ma lampe de poche. Il y avait une grande croix sur le mur d'en face. On aurait dit qu'elle était éclaboussée de peinture noire. Des pages arrachées à une Bible étaient punaisées tout autour. Je me souvenais maintenant de ce que m'avait raconté

Richard. Cet endroit était une sorte d'église et M. Chapman se prenait pour un prédicateur.

Je pointai ma lampe sur elles.

– C'est quoi, ça ? demandais-je.

– Papa les a accrochées au mur, les a soulignées, et nous a obligés, maman et moi, à les apprendre par cœur. On devait rester debout devant ces conneries tant qu'on ne les savait pas.

– Tu ne m'as jamais dit ça.

– Tu avouerais ce genre de trucs à tes copains, toi ? Je t'en aurais même pas parlé maintenant, mais vu que t'as le nez dessus...

– Rassure-moi, c'est de la peinture sur la croix ?

– C'est surtout du sang d'animaux.

– Comment ça, *surtout* ?

– Quand il tuait un poulet, un cochon, n'importe quoi, il mettait leur sang dessus, et le laissait sécher. Et il ne nettoyait jamais.

– Pourquoi ?

– Pour lui, c'étaient des sacrifices à Dieu. Tu sais, merci Seigneur pour ce poulet. Merci Seigneur pour ces côtelettes de porc. Un jour où il m'a fouetté avec sa ceinture, il a essuyé mon sang et il l'a frotté sur cette croix – et ce coup-là, il n'a même pas remercié son satané Seigneur. Je valais moins qu'un poulet. Il a simplement murmuré : « Mon Dieu, voici le sang d'un pécheur. »

– Dis-moi de quelle religion il est, que je garde mes distances avec elle.

– Il prétend qu'aucune ne fait ce qu'elle devrait, et qu'il n'y a que lui qui sait ce qui est bien.

– Je ne crois pas qu'une religion pareille attirera beaucoup de gens...

– Et ses sermons en feraient fuir un paquet aussi, ajouta Richard. Il parlait principalement de la mort, de l'enfer, du feu et tout ça. Et on a souvent été obligés de faire pénitence.

– C'est quoi « faire pénitence » ?

– Souffrir pour ce en quoi on croit et montrer de cette façon à quel point on y croit.

Je levais ma lampe. D'un côté, dans une stalle, il y avait le mulet. Dans la lumière, ses yeux ressemblaient à d'énormes boutons noirs.

De l'autre, des tas d'outils brillants étaient accrochés à des supports en bois. On voyait qu'ils étaient aiguisés et huilés régulièrement. Une faux. Une hache. Une houe. Des bêches. Une pelle.

Richard caressa le nez du mulet.

– Salut mon vieux. Ça va ? Il fait travailler cette pauvre bête plus dur que quiconque. Je devrais le libérer, mais il n'aurait nulle part où aller. Il reviendrait ou il mourrait dans un coin.

– J'ai peur que tes parents nous découvrent, murmurai-je.

– Ouais, dit Richard.

Il tapota le cou du mulet une dernière fois, puis s'empara de la pelle.

On referma les portes de la grange, on remit la barre aussi silencieusement que possible et on partit vers la forêt où était enterré le chien.

Les feuilles mortes craquaient sous nos pieds et, dans les bois, il faisait noir comme dans un four. À présent, il fallait que je secoue ma lampe pour qu'elle fonctionne. Les piles étaient nazes. Finalement, elle nous lâcha.

– Hopalong est peut-être un sacré cavalier, ricana Richard, mais sa lampe est merdique.

Sans lumière, la tombe fut difficile à trouver. Mais finalement le sentier s'élargit et les arbres s'écartèrent – et là, dans la clarté de la lune et des étoiles, il y avait le monticule de terre où était enterré Butch.

– Je vais creuser, annonça Richard.

– Ça me va.

– Je m'en doutais.

– J'ai l'impression de me retrouver dans un film d'horreur, dis-je. Tu sais, ces histoires avec Bela Lugosi et Boris Karloff. Il y en a une où ils pillent les tombes pour récupérer des cadavres…

– Tu seras Boris et moi Bela, ricana Richard.

Et il se mit au boulot.

– Je me demande où est passé Nub ? dis-je.

– Il chasse des ratons laveurs et des oiseaux nocturnes, si tu veux mon avis. Ou alors, il s'est planqué dans un buisson pour pioncer.

La terre n'était pas trop dure, mais il me sembla que Richard était obligé de creuser plus profondément que la première fois. Je suppose que ce sentiment venait de ce que je me trouvais au beau milieu de la forêt, en pleine nuit, à regarder mon meilleur ami en train de déterrer un chien mort...

L'odeur nous frappa avant même que Richard ait atteint les restes de Butch. Elle était si puissante que je crus que j'allais rendre mon dîner, mais au bout d'un moment je m'y habituai assez pour la supporter, à condition de garder une main sur ma bouche et mon nez et de ne pas respirer trop profondément.

– Le voilà, dit Richard en grattant avec sa pelle le long de la tombe.

Et en effet, la tête apparut. Les yeux n'étaient plus là. Puis Richard dégagea entièrement l'animal, de la truffe au bout de la queue. Il avait rétréci, comme un paquet en partie vidé. On aurait dit qu'il montrait les dents, tellement son museau était recroquevillé.

– Sûr que ça pue ! râla Richard.

– Comment vas-tu le transporter ?

– Je vais le faire glisser sur la couverture et le tirer.

– Richard. Je pense qu'on devrait le laisser dans ce trou, aller chercher ton vélo et rentrer à la maison. Sinon, ton vieux va vraiment piquer une colère.

– Il va être fou de rage, ouais ! s'exclama Richard avec un sourire si large que la lumière de la lune joua sur ses dents.

À ces mots, il planta la pelle violemment dans le sol, à côté de la tombe du chien. Il y eut un bruit bizarre, comme si elle était entrée dans quelque chose.

– C'était quoi ? dis-je.

Richard se remit à creuser. Au bout d'un moment, il souleva... un truc. À première vue, ça ressemblait à une motte de terre, mais quand il la fit rouler sur le sol, une partie de la terre qui l'entourait se détacha, et on comprit tous les deux ce que c'était.

Un crâne humain.

On l'étudia de près. La pelle avait perforé le dessus et s'était profondément enfoncée dedans. D'un côté, il y avait un gros trou, tandis que l'autre côté était déchiqueté, avec des bouts d'os qui dépassaient, comme si le cerveau était devenu fou et l'avait défoncé pour s'enfuir.

– Ça ressemble à un coup de fusil de chasse, dit Richard.

Il recommença à creuser et mit bientôt à jour une cage thoracique où était accrochée de l'argile rouge. Puis d'autres os. Puis deux crânes. Un instant plus tard, il dégagea un os plus long, qu'il tira comme une racine.

– Ça, c'est une colonne vertébrale. Et t'as remarqué ? Elle a été tranchée.

– Comment tu peux savoir ça ?

– J'ai vu dépecer des tas d'animaux. Je ne crois pas que ce soit si différent pour les humains.

– On est tombés sur un vieux cimetière, murmurai-je.

Richard creusa encore plus profondément et remonta un autre crâne. Lorsqu'il roula sur le sol et que l'argile s'en détacha, on vit ses dents. Une incisive était en argent.

Mon estomac se serra.

– Mon Dieu…, fis-je.

– Quoi ?

Je lui expliquai que, d'après Rosy Mae, Margret Wood avait une dent en argent.

– Dans ce cas, on a retrouvé sa tête, Stanley. Celle que le fantôme recherche le long de la voie ferrée…

Richard fouilla encore un peu la terre, et tomba sur un bras. Celui-là avait encore des lambeaux de chair.

– Bon sang ! dit-il. Ça, c'est plus récent !

Il se remit au travail et déterra le reste du corps, puis la tête, qui avait été coupée et posée sous le bras droit du cadavre, comme pour rigoler. La décomposition était très avancée, mais il restait assez de chair sur le visage et une chevelure longue et noire pour voir qu'il s'agissait d'une femme.

– Mais je la connais ! s'exclama Richard. C'est une Mexicaine qui faisait le ménage chez nous et qui travaillait aussi aux champs. Je crois qu'elle s'appelait Normaleen. Elle ne parlait pas très bien l'anglais. Mon père m'a dit qu'elle s'était enfuie. Environ un mois avant qu'on ne le surprenne à enterrer Butch ici…

Richard se laissa tomber sur le sol comme si quelqu'un lui avait fait un méchant croc-en-jambe.

– Je pense qu'il y a là tous les gens qui ont bossé pour mon père. Je pense que...

– Moi aussi, dis-je.

– Il prétendait qu'ils avaient démissionné ou qu'ils s'étaient enfuis ou qu'il les avait virés. Seigneur, Stanley, il les a tous assassinés.

– Non, je ne les ai pas assassinés !

Richard se releva d'un bond et moi, je me retournai brusquement.

M. Chapman était posté à l'entrée du chemin, là où les bois s'éclaircissaient, et il tenait à la main la faux que j'avais vue dans la grange. Il portait sa salopette, mais pas de chemise, des chaussures, mais pas de chaussettes. Sa chevelure ressemblait à une explosion de germes de pommes de terre. Son visage était jaunâtre et ridé. Je n'arrivai pas à imaginer qu'il ait pu être jadis ce bel homme que Rosy avait décrit.

Ce que Richard m'avait raconté sur les capacités auditives de son père n'était donc pas exagéré. M. Chapman nous avait entendus, il était passé récupérer la faux dans la grange, puis il s'était lancé à notre poursuite...

– Vous n'auriez pas dû déterrer Butch. Je lui avais donné le repos.

– Tu l'as tué, lui aussi ? demanda Richard. Parce qu'il aboyait quand il ne fallait pas ?

– Butch ne m'a jamais laissé tomber. Quant aux autres, notre Dieu permet à l'homme juste de prendre les décisions qui s'imposent. Sais-tu qu'Il m'est apparu et qu'Il m'a ordonné de faire la même chose avec toi qu'Abraham avec Isaac ? Je devais t'emmener et te trancher la gorge. Sauf que dans mon cas, Dieu n'est pas descendu sur moi pour arrêter ma main : je n'ai tout simplement pas eu le courage d'aller jusqu'au bout. Ta mère estimait que ce n'était pas une bonne idée parce qu'on viendrait forcément nous demander où tu étais passé. Elle m'a dit aussi que tu serais un solide travailleur. Tu te souviens de tout ça, petit ?

Richard répondit en tremblant :

– Non, m'sieur.

– Non, pour sûr. Je t'ai emmené à la chasse aux écureuils quand tu avais cinq ans. Et j'avais décidé de te tirer une balle dans la nuque car Dieu me l'avait commandé. Ç'aurait juste été un malheureux accident de chasse. Mais finalement, je ne l'ai pas fait. J'aurais dû, pourtant. Ça nous aurait rendu la vie plus facile. T'élever ne nous a fait aucun bien, à ta mère et à moi. On n'aurait pas été inquiétés : les gens auraient juste trouvé cette histoire affreuse. Dieu me testait pour voir ce que je valais. À aucun moment Il n'a retenu ma main. Mais je ne l'ai pas fait, alors que j'aurais dû. C'est la seule fois où j'ai laissé tomber mon Dieu. Mais avec les autres, je ne L'ai plus jamais trahi. Chaque fois qu'Il m'est apparu pour me dire quoi faire, je Lui ai obéi. Mais toi, tu étais mon fils, alors je n'ai pas eu le courage. Maintenant, ça me revient. Tu vas me livrer aux infidèles, n'est-ce pas ?

– À quoi ça servirait ? demanda Richard.

Chapman éclata de rire.

– Tu réfléchis vite, mon garçon. Tu es un petit malin, comme ta mère. Tu sais, depuis ce jour où je ne t'ai pas tué, j'ai toujours gardé à l'esprit ce qu'elle m'avait conseillé. Mais à cause de ma lâcheté, tout a mal tourné. Les récoltes ne sont pas bonnes. Le monde change. Les nègres réclament des droits. Des tas de choses mauvaises. Je ne peux pas le tolérer. Non, monsieur. Et je ne le tolérerai pas. Ta mère, je lui fais payer tous les jours son erreur. Pas parce que je le veux, petit, mais parce que Dieu en a décidé ainsi, et en dépit de ses erreurs, c'est une femme vertueuse, oh oui, et elle encaisse sa punition sans brocher. Elle sait qu'elle le doit. Je n'ai pas éliminé tous ces gens de ma propre volonté, mais parce que c'était juste. C'était un commandement de Dieu. Tu a été ma seule faiblesse.

« Quant à toi, petit, ajouta-t-il en me regardant, je suppose que tu te retrouves au mauvais endroit, au mauvais moment. Mais tu appartiens à une famille de pécheurs. Je le vois bien. Ta sœur qui se conduit comme si elle avait les mêmes droits que les hommes. Ton père qui m'a frappé alors que j'étais seulement à la recherche de Richard. Et maintenant il l'héberge chez lui. Et il tient ce drive-in. Tout ça est mauvais.

– Tu as assassiné tes employés juste pour économiser du fric, cracha Richard. Je pense que c'est pour ça que tu les as tués. Pour ne pas les payer. Parce que t'es un radin.

Chapman grogna.

– C'est ce que tu crois ? D'accord, si tu veux. Certains de ces gens-là étaient des alcooliques, des fornicateurs… Celle-là, avec sa dent en argent. C'était une putain, et elle fricotait avec la gamine Stilwind d'une manière interdite aux filles. J'ai essayé de la sermonner, mais elle n'a rien voulu entendre.

– Vous avez fait ça près de la voie de chemin de fer ? dis-je.

– On ne choisit pas l'endroit où l'on prêche, on délivre le message là où c'est nécessaire.

– Moi, je crois que vous aviez envie d'elle, répliquai-je. Que vous ne vouliez pas qu'elle soit à quelqu'un d'autre. Alors, une nuit, vous l'avez suivie… avec cette faux et vous l'avez tuée. Et vous avez ramené sa tête ici.

– Tu n'es pas un homme de Dieu ! hurla soudain Richard. Tu n'es pas mieux que moi, tu ne m'arrives pas à la cheville.

Le visage de Chapman s'assombrit. Il regarda Richard comme s'il n'était qu'un reste de nourriture sur une assiette.

– C'est vous qui avez tué Margret et brûlé aussi la fille Stilwind, n'est-ce pas ? lançai-je.

– Tu ne sais pas ce que tu racontes, répondit Chapman. Et ça suffit les parlottes, maintenant !

Ce fut le moment que choisit Richard pour balancer une pelletée de terre dans les yeux de son père.

Et il s'élança en me criant :

– Cours, Stanley, cours !

Inutile de me le dire deux fois ! Je fonçai derrière lui. On s'échappa en direction de la scierie.

On zigzagua à travers les arbres et on arriva finalement à un endroit d'où on voyait les ruines et la route qui passait derrière. Je jetai un coup d'œil par-dessus mon épaule – Chapman gagnait du terrain sur nous. De la bave dégoulinait de ses lèvres. On aurait dit de l'écume.

Je compris qu'il nous rattraperait avant qu'on n'ait le temps de rejoindre la route.

Nub déboula des bois, et lorsqu'il nous vit courir avec Chapman à nos trousses, il s'attaqua à notre poursuivant en aboyant.

Je n'aurais pas dû m'arrêter, mais je me retournai et je hurlai pour rappeler Nub. Trop tard ! Il mordit la cheville de Chapman. Il ne réussit pas une bonne prise, mais il le fit tout de même tomber. Chapman s'affala de tout son long et il lâcha la faux.

Alors qu'il se relevait, j'ordonnai à Nub de me rejoindre. Il aboya encore un peu, mais comme par miracle, pour une fois, il décida de m'obéir. Il se précipita vers moi, l'air joyeux, comme si tout cela n'était qu'un jeu.

Je me penchai et il sauta dans mes bras. Je me remis immédiatement à fuir, jetant de temps en temps un regard derrière moi. Chapman avait récupéré son outil. De nouveau, il gagnait rapidement sur nous.

Richard était presque arrivé à la scierie. Je le suivais à quelques mètres. Le poids de Nub et la terreur me faisaient haleter.

Richard s'arrêta au pied de la vieille échelle qui montait le long du bâtiment jusqu'à la plate-forme supérieure.

– On grimpe, souffla-t-il.

Ça ne me parut pas une bonne idée. Là-haut, on serait faits comme des rats, mais je n'avais plus la force de courir. J'avais des points de côté – l'impression que mon corps risquait de se fendre en deux d'un instant à l'autre.

Richard passa le premier. J'installai Nub sur mes épaules et puis je me lançai à mon tour dans l'escalade, manquant à chaque instant de lâcher les barreaux et de perdre Nub, qui se tortillait comme un serpent.

– Plus vite ! Allez ! hurla Richard.

L'échelle faisait au moins six mètres de haut et je me sentais aussi lent qu'un escargot. Je réussis pourtant à atteindre la plate-forme avant Chapman. Je déposai Nub et je regardai au-dessous de moi.

Chapman avait placé la faux en équilibre sur son cou et il grimpait. Nub se mit à aboyer avec fureur dans sa direction.

Richard disparut un instant dans la salle et revint avec un morceau de la charpente.

– Papa ! cria-t-il. Redescends, maintenant !

Chapman leva les yeux vers nous.

– Je ne suis pas ton père, grogna-t-il. Tu n'as pas de père.

Et il poursuivit son ascension. Richard lança alors la poutre sur lui, de toutes ses forces. Elle le frappa au sommet du crâne et Chapman tomba de l'échelle. Il atterrit sur le dos et la faux s'envola. Sa lame brilla dans le clair de lune comme le sourire de la Mort.

Il se releva en secouant la tête et il porta une main à son front. Je vis quelque chose de sombre qui coulait entre ses doigts.

– Enfant du démon ! hurla-t-il. Tu es mauvais. Je vais te châtier !

Richard s'assit au bord de la plate-forme et donna un coup de pied sur le premier barreau, qui grinça. Il frappa de nouveau et le morceau de ferraille se détacha.

– Aide-moi ! dit-il.

Tandis que je le retenais par un bras, il balança une jambe dans le vide pour tenter de briser le second barreau – mais c'était trop tard, Chapman montait en hurlant. Il agitait sa faux au-dessus de lui tout en continuant à grimper. La lame frisa le pied de Richard.

– Remonte-moi ! m'ordonna Richard.

J'obéis volontiers.

Chapman arrivait et je savais que ce n'était pas un barreau manquant qui l'arrêterait.

– Viens, grogna Richard.

J'attrapai Nub et on disparut à l'intérieur du bâtiment. Le clair de lune coulait par de nombreuses fissures des murs et éclaboussait le sol.

– Attention, au milieu, le plancher est pourri, m'avertit Richard. Reste près du mur.

Tandis qu'on progressait, j'avais l'impression que toute la structure tremblait.

– Au pire, on pourra toujours se laisser glisser jusqu'au tas de sciure par le toboggan, dit Richard. Mais c'est la solution de la dernière chance. Je ne sais pas si on réussirait à en ressortir.

– On est coincés, Richard !

– Ne t'approche surtout pas du centre, répéta-t-il. Avance en restant collé contre le mur.

On réussit à atteindre l'autre côté de la salle, d'où partait le toboggan. La silhouette de Chapman s'encadra dans la porte.

– Vous vous êtes livrés à la merci du Seigneur ! tonna-t-il.

– Le Seigneur, je l'emmerde ! répliqua Richard.

Chapman laissa échapper un formidable rugissement et se précipita sur nous. Le sol grinça et se souleva en se gondolant, puis il y eut un craquement et la jambe droite de Chapman disparut à travers le plancher si brusquement que son autre jambe se plia sous lui et se tordit d'une façon tellement horrible que ça me fit mal rien que de voir ça. Un os jaillit de sa cuisse, déchira sa salopette et pointa vers nous tel un bâton sanguinolent. Au même moment, un morceau du plancher se planta dans son ventre.

Il hurla si fort que je crus vraiment que le bâtiment allait s'écrouler sous l'effet de ce vacarme.

– Espèce de bête ! éructa-t-il. Maudit démon ! Que Dieu te vomisse, bâtard de Satan que tu es ! Oh, Seigneur miséricordieux, délivre-moi de cette douleur et de cet enfant !

Je jetai un coup d'œil à Richard. Un rayon de lune illuminait ses yeux et son nez. Il pleurait. Il s'avança doucement.

– Attention, Richard, soufflai-je. Vas-y mollo.

Richard ramassa la faux.

– Écarte-toi et laisse-moi de la place, Stanley.

– Non ! criai-je. Ne fais pas ça !

– Écarte-toi.

– Ne fais pas ça, Richard !

– Gaffe à la lame, Stanley. Papa, Dieu va t'accorder une dernière faveur. Tu ne vas plus souffrir, et tu n'auras plus jamais à te soucier de ton bâtard.

Je me collai contre le mur, j'entendis un sifflement et j'entrevis une brève lueur argentée dans le noir.

Nub se mit à aboyer comme un fou.

On aurait dit que la lame était passée un peu devant Chapman et, pendant un instant, je crus que Richard l'avait raté. Et puis la tête de son père roula sur le côté et disparut par le trou du plancher qu'il avait ouvert dans sa chute. Une explosion de noirceur jaillit de son cou et nous éclaboussa, Nub, Richard et moi. Le corps de Chapman s'affaissa vers l'avant, les planches craquèrent puis cédèrent, et il passa au travers, laissant une cavité béante au centre de la salle.

Richard lâcha la faux et elle suivit son père dans le vide. Il se retourna, me regarda et se laissa tomber contre le mur si violemment que je crus de nouveau que tout allait s'effondrer. Le bâtiment trembla, s'affaissa et grinça – et puis finalement il retrouva un semblant d'équilibre et le silence revint.

Nub cessa d'aboyer. Il resta dans mes bras, sans bouger, les oreilles dressées.

Peu à peu, je recommençai à entendre les bruits de la nuit, au-dehors.

Des criquets.

Un hibou dans le lointain.

Quelque part, des chiens qui hurlaient à la mort.

24

Comment décrire le genre de commotion que ces événements suscitèrent à Dewmont ? Vous pouvez imaginer ça, bien sûr. En 1958, un crime comme celui-là fit sensation. Ou, au moins, il aurait dû, car en réalité il eut peu de répercussions en dehors de notre ville. L'histoire ne fut pas reprise par la presse comme on aurait pu s'y attendre. Les autorités et M. Stilwind – propriétaire du journal local – y veillèrent.

Richard et moi, on manqua la première semaine d'école. La police nous interrogea pendant plusieurs jours et on se retrouva en quelque sorte en résidence surveillée sans avoir été inculpés, si vous voyez ce que je veux dire. On savait qu'on ne pourrait aller nulle part tant qu'on n'y serait pas autorisés.

Les flics jouèrent un moment avec l'idée que Richard, furieux d'avoir été chassé de chez lui, m'avait embarqué pour assassiner son vieux.

Mais on ne dévia pas une seule fois de notre version des faits – qui était la vérité. On avait déterré le chien parce que Richard voulait le mettre sur la véranda de derrière pour faire comprendre à son père ce qu'il ressentait.

Notre histoire était tellement invraisemblable qu'ils furent obligés d'y croire. Et en plus, elle était véridique.

Puis il y eut les journalistes. Chacun d'eux voulait sortir le premier scoop de sa carrière. Et pourtant, si notre aventure fut évoquée dans des quotidiens au-delà de Dewmont, elle y fut minimisée et ne fit pas grand bruit. Un petit papier à la dernière page du journal de Houston, un article de la taille d'un timbre-poste dans celui de Dallas, et quelques lignes dans la feuille de chou de Tyler. À mon avis, pas mal d'argent changea de main à cette occasion…

On parla du charnier aux policiers, bien sûr, et Richard précisa que tous ces gens avaient travaillé pour son père. Personnellement, je leur expliquai que j'avais reconnu Margret et j'ajoutai que Chapman avait peut-être tué aussi Jewel Ellen. Plus tard, M. Stilwind eut vent de la chose et il monta toute une histoire autour de l'assassinat de sa gamine.

Cette partie-là de l'affaire fit davantage de bruit. La presse raconta que Chapman était mort en essayant de tuer deux enfants et qu'il était responsable du meurtre de la fille d'un des citoyens les plus connus de la ville.

Et dans tout ça, Margret passa à la trappe. Idem pour les ouvriers, noirs ou mexicains, que Chapman avait liquidés. On ne parla plus que de Jewel Ellen Stilwind. Le reste ne comptait pas.

Mme Chapman déclara qu'elle aimait son mari et qu'elle ne s'était jamais doutée qu'il faisait des choses pareilles. Personne ne crut Richard qui prétendait qu'elle devait forcément être au courant, et aussi qu'elle se laissait bastonner et qu'elle aimait ça. En revanche, on lui demanda de quitter la ville, et elle s'empressa d'obéir. Et pour ce que j'en sais, on ne l'a jamais revue.

Une fois adulte, j'ai souvent repensé à elle. Jusqu'où était-elle vraiment allée pour satisfaire les délires de son mari ? Et qu'est-ce qu'elle était devenue après son départ de Dewmont ? Parfois, quand je me rappelle tout cela, j'ai la chair de poule.

Dans la grange des Chapman, on retrouva des tas d'objets qui avaient appartenu à ses victimes. Comme une pie voleuse, il les avait collectionnés dans une espèce de nid. Portefeuilles, bagues, écharpes et même une paire de chaussures. Personne ne comprit – ni n'eut vraiment envie de savoir – ce qu'il fabriquait avec tous ces trucs, ni pourquoi il les conservait dans un carton graisseux planqué sous la paille.

Pendant un certain temps, tout le monde fit preuve de compassion pour Richard. Il resta chez nous et reprit l'école avec moi. Contrairement à ce qu'on aurait pu croire, cette mésaventure ne nous rapprocha pas particulièrement. Et même, elle nous éloigna, d'une certaine façon. On allait au collège ensemble, on parlait un peu, on regardait la télé, il nous donnait un coup de main au drive-in et il dormait par terre dans ma chambre. Mais désormais, quelque chose était cassé. Comme si Dieu était descendu du ciel et avait tracé un fossé invisible entre nous.

Et puis, un après-midi, alors que je l'attendais après les cours, il ne se montra pas. J'appris qu'il était parti à l'heure du déjeuner. Il avait juste disparu comme ça. Il ne rentra pas à la maison et personne ne sut jamais où il avait filé.

Mon père fouilla la ville de fond en comble pour le retrouver. On retourna à la ferme des Chapman, et on découvrit qu'elle avait entièrement brûlé – la maison, la grange et tous les appentis. Les animaux avaient été vendus depuis longtemps et Richard avait récupéré l'argent.

J'imagine que c'est lui qui a allumé cet incendie, mais, heureusement, il n'était pas mort dans les décombres. La police passa les lieux au peigne fin et ne retrouva pas d'ossements humains.

Après quelques semaines, on décida qu'il avait dû mettre à exécution les projets dont il m'avait parlé – attraper un train à Dewmont pour trouver du boulot quelque part et commencer une nouvelle existence. Vivre avec nous, malgré toute l'attention que nous lui avions portée, était sans doute trop difficile pour lui.

Buster continua à s'occuper du projecteur, mais, durant l'année scolaire, il décida de moins travailler. Il avait de plus en plus de mal à venir à pied de chez lui. Je pris le relais le vendredi et le samedi. Le reste de la semaine, il était là.

Une nuit, un jeudi, je vins le voir dans la cabine. Il sirotait une grande bouteille de Coca Royal Crown. Il me dit en souriant :

– Hé, cette fois, c'est vraiment du Coca, Stan !

Le carton bourré de coupures de presse et de fichiers de la police traînait par terre, à côté de lui.

– Je pense qu'on devrait rendre tout ça, murmurai-je.

– Seulement si tu en as envie. À mon avis, ça n'a plus grande importance. Tous ces trucs sont oubliés. Tu peux les garder si tu veux, ou les balancer. J'ai pas envie de les ramener. Jukes ne fait plus le ménage. Maintenant, il travaille pour les chemins de fer et il gagne deux fois plus de fric qu'avant.

Je m'assis sur l'autre chaise, à côté de lui.

– À mon avis, Richard ne reviendra pas, dis-je.

– C'est dur, mais je crois que tu as raison.

– Il a embarqué mes bottes Roy Rogers.

– C'est pas sympa, ça.

– Il m'a laissé un mot pour me remercier. Je pense que c'est pour tout ce qu'on a fait pour lui.

– Tu estimes qu'il te doit encore quelque chose ?

– Je n'en sais rien.

– Pour moi, il est parti avec trop de dettes sur le râble. C'est pas la peine de lui en ajouter.

– Ouais. N'empêche que c'étaient mes bottes Roy Rogers.

– C'est dommage. Mais, tu sais, dans un an, t'auras oublié. Et puis, dans vingt ans, tu n'arrêteras plus d'y repenser.

– Je ne comprends pas.

– Tu comprendras. On croit qu'on devient adulte et on découvre que ce n'est pas le cas.

– Vous m'aviez dit que les méchants n'avaient pas toujours une sale gueule. Mais Chapman et Bubba Joe ? Ces deux-là avaient vraiment des têtes de monstres.

– Parfois, j'ai tort. Assez souvent.

– Je ne sais toujours pas pourquoi Chapman a tué Margret ou Jewel Ellen.

– Bien sûr que tu le sais. Elles étaient différentes et il les désirait. Au moins cette Margret, en tout cas. Celle-là, il l'a assassinée, aucun doute. Il l'a guettée, il lui a sauté dessus, il l'a violée et puis il l'a décapitée.

– Et Jewel ?

– Bon, si tu m'as raconté correctement tout ce que Chapman vous a dit, alors je me souviens pas qu'il vous ait avoué l'avoir supprimée, n'est-ce pas ? Il n'a pas nié pour les autres et même il en était fier, mais sur Jewel, pas un mot.

– Il a eu l'air surpris quand je lui en ai parlé.

– C'est ce que je disais. Maintenant, Chapman a très bien pu la tuer aussi. On n'en saura jamais rien. La vie, c'est comme ça. Il y aura des tas de choses sur lesquelles tu ne connaîtras jamais la vérité – tu devras te contenter d'hypothèses.

– Donc vous continuez à penser que c'est un Stilwind qui a éliminé Jewel ?

– Oui. À mon avis, c'est une coïncidence qu'elles soient mortes toutes les deux pendant la même nuit. Ce n'était pas une affaire planifiée, où tout se met en place tout seul, comme ça se produit parfois, comme je te l'ai déjà dit. Pas cette fois, Stan. Et je te fais remarquer que les Stilwind n'ont pas des têtes de monstres. Chapman était fou, Bubba Joe était bête comme ses pieds. Mais le vrai monstre, c'est celui des Stilwind qui a commis ce crime.

– Et s'il l'avait tuée la même nuit pour faire croire qu'il n'y avait qu'un seul meurtrier ? Ça pourrait s'être passé comme ça, non ?

Buster me sourit.

– Je ne pense pas. Ça me paraît impossible qu'il ait pu connaître les intentions de Chapman aussi vite pour réussir un coup pareil en moins de deux heures. À mon avis, la haine de Chapman envers Margret et le besoin d'un des Stilwind de faire taire Jewel Ellen se sont simplement télescopés.

– Une coïncidence ?

– Exact.

– Tous les romans policiers que j'ai lus disent que les coïncidences n'existent pas.

– Ils ont tort. En grandissant, tu te rendras compte que la vie est faite de tant de coïncidences que ça te rendra fou.

– Eh bien, c'est pas vraiment satisfaisant.

Nouveau sourire de Buster.

– Voilà, tu apprends. C'est ça, la vie. Elle est pas toujours satisfaisante, en effet, mais les morceaux qui le sont paraissent parfois foutrement bons. Ce dont il faut se souvenir, c'est de profiter de l'existence, parce qu'à la fin, on ne voit plus tellement la différence entre la poussière et la chair. Tu piges ?

– Je pense que oui.

– Très bien.

L'école suivit son cours, je me fis de nouveaux amis et je m'arrangeai pour éviter d'être tabassé par des brutes pendant les interclasses – et je vis aussi Buster moins souvent. Le soir, j'étais plongé dans mes devoirs ou je regardais la télévision, et finalement, la plupart du temps, on se saluait juste de la tête quand on se croisait.

Et puis, un jour d'octobre où il caillait vraiment, il ne se pointa pas au boulot. Je m'occupai du projecteur à sa place. Il était tard lorsque la séance se termina, mais je demandai à mon père de permettre à Drew et Callie de m'emmener chez Buster en voiture.

Alors qu'on traversait le quartier noir, Drew grommela :

– Ils auraient besoin de quelques lampadaires dans ce coin.

– Je pense que ça leur ferait plaisir, en effet, répondit Callie, sauf que la ville n'a pas envie de lâcher de l'argent pour ça.

Drew se gara devant chez Buster. Aucune lumière chez lui. Je sortis, montai sur la véranda et frappai. Pas de réponse. J'hésitai à entrer. Il n'avait plus picolé depuis longtemps, mais j'avais peur qu'il ait soudain perdu les pédales.

Finalement, prenant mon courage à deux mains, je tournai la poignée. La porte était fermée à clé.

Je m'approchai de la fenêtre et elle coulissa en grinçant quand je la soulevai. Je passai la tête dans l'ouverture et j'appelai.

Toujours rien.

Alors, je pénétrai dans la maison. Buster était étendu sur son lit, la couverture sous le menton, ses mains crispées dessus comme s'il venait juste de la remonter.

Dès que je l'ai vu, j'ai su qu'il était mort.

25

Papa fit transférer le corps au salon funéraire des Noirs, et il paya son embaumement de sa poche. On essaya de retrouver la famille dont il m'avait parlé, mais sans résultats.

On l'enterra dans le cimetière noir, pas très loin de l'endroit où Bubba Joe avait essayé de me trancher la gorge. Sans pierre tombale, entre deux autres monticules identiques – des inhumations récentes.

Je récupérai ses bouquins comme il me l'avait demandé. Pendant que je les rassemblais, Callie, qui m'aidait, tomba sur une note à mon intention qui disait : « Stan, tu es mon meilleur ami. Je te donne mes livres et mes disques. Tu les aimeras. Profite de ta vie. Buster. »

– Il savait qu'il allait mourir, murmurai-je à ma sœur.

– Je suppose, répondit-elle.

Quand je suis retourné sur sa tombe des années plus tard, je n'ai pas retrouvé son emplacement. L'herbe avait tout envahi, il n'y avait plus aucun monticule, et les rares pierres tombales qui restaient étaient brisées.

Après la mort de Buster, le monde changea. On se mit à parler de droits civiques, et cela causa beaucoup de confusion et de grincements de dents, mais au fil des années, les choses finirent par évoluer.

Les Noirs n'avaient plus à s'asseoir au balcon quand ils allaient au cinéma en ville. James Stilwind vendit l'affaire et disparut.

Un matin, on retrouva le cadavre de la vieille Mme Stilwind dans la piscine de leur ancienne résidence sur la colline. Elle y était tombée et elle était restée là quelques jours avant que quelqu'un s'aperçoive de sa disparition – ou plutôt ne daigne s'inquiéter de son absence. Je me souviens surtout qu'à l'époque un garçon du collège raconta que « les corbeaux lui avaient mangé les yeux ».

Le vieux Stilwind intenta un procès à la maison de retraite et le gagna. L'institution dut fermer ses portes et il la racheta. Il la fit raser et construisit un lotissement à la place. Il se fit beaucoup d'argent dans l'opération et on ne l'accusa jamais de rien, ni lui ni son fils James.

Et puis, peu de temps après l'inauguration de son lotissement, il fut assassiné dans sa chambre d'hôtel. On ne mit jamais la main sur le coupable. On racontait qu'une jeune femme était montée lui rendre visite. Selon d'autres rumeurs, beaucoup de filles passaient le voir régulièrement. Sauf que celle-là était armée et que, manifestement, elle avait un compte à régler avec lui… Elle lui mit une balle dans le cœur, puis quatre dans la tête, histoire de s'assurer qu'il ne se relèverait pas d'entre les morts.

Personne n'entendit les coups de feu et elle s'échappa avant que quelqu'un découvre que Stilwind était mort. Elle ne laissa derrière elle qu'une paire des gants, dont les enquêteurs ne tirèrent rien, sinon que l'étiquette indiquait qu'ils avaient été fabriqués à Londres.

Cette information me procura un grand plaisir.

Jusqu'à aujourd'hui, je n'ai jamais avoué à quiconque – à part à ma femme – qui a tué Bubba Joe. Pendant toutes ces années, j'ai fait des cauchemars à ce sujet. Je le vois qui nous poursuit, Callie, Richard et moi. Richard est loin derrière moi, la queue-de-cheval de Callie me fouette le visage, et Bubba Joe se rapproche, et le train fonce vers nous…

Et parfois, dans ces mauvais rêves, il m'attrape.

Papa racheta le cinéma de James Stilwind. J'appréciai l'ironie de la chose. Il aimait bien dire en rigolant qu'il était devenu le magnat de la pellicule à Dewmont, en ville et en périphérie.

Maman commença à vendre la *World Book Encyclopedia* au porte-à-porte. Elle aimait ça. Rosy Mae s'occupait du drive-in et je me chargeais des projections. Elle s'était installée dans une chambre à l'étage. Avec un climatiseur. Ceux-ci se multiplièrent dans la maison. On en monta dans chaque chambre, dans le salon et dans la cuisine.

Drew et Callie sortirent ensemble tant qu'ils furent au lycée, mais quand ma sœur entra à l'école normale, ils se perdirent de vue. Callie devint professeur d'anglais. Elle épousa quelqu'un d'autre, divorça, et retrouva Drew quelques années plus tard. Lui aussi était divorcé. Ils se marièrent, déménagèrent à Dewmont où elle enseigna et Drew reprit la quincaillerie de son père, même s'il n'en avait pas besoin, car il avait fait un gros héritage. Callie portait de belles fringues et elle avait renoncé aux queues-de-cheval. Les hommes continuaient à se retourner sur elle dans la rue.

Des années plus tard, mon père décida de fermer le drive-in. Dès lors, ce ne fut plus qu'une simple habitation. Papa répétait qu'il allait enlever les haut-parleurs et semer du gazon, mais il ne le fit jamais. La cabine de projection servait d'abri pour les tondeuses et les outils de jardin destinés à l'entretien de la pelouse de devant.

En ville, le cinéma marchait bien. Rosy Mae tenait la buvette, et maman vendait les tickets, et puis papa prit sa retraite.

Mais il ne supporta pas de se tourner les pouces. Alors mes parents décidèrent de continuer dans le monde du cinéma et ils ouvrirent le premier vidéoclub de Dewmont. Maman cessa de vendre ses encyclopédies et ils s'occupèrent tous les deux de leur nouveau magasin jusqu'à ce que papa soit trop vieux et trop faible pour continuer.

Il prit réellement sa retraite et, un an plus tard, son grand cœur le lâcha. Maman habita encore trois ans au drive-in avec Rosy, puis elle mourut à son tour. Elle le laissa à Rosy, et Callie et moi on hérita du reste.

Rosy le loua à un type qui y installa une casse automobile. Il arracha tous les haut-parleurs. Rosy se paya une petite maison avec l'argent de la location, et y déménagea. De temps en temps, quand je revenais d'Austin, où je vivais et enseignais le droit criminel, je passais manger chez elle.

Rosy apprit à « lire vraiment bien », comme elle se plaisait à dire, mais elle ne lut jamais aussi parfaitement qu'elle cuisinait. Parfois, aujourd'hui encore, pour une raison ou une autre, j'ai soudain le goût de son poulet frit et de ses petits pains dans la bouche, et c'est comme si je venais juste d'y goûter.

L'année dernière, sentant que son heure n'allait pas tarder, Rosy a mis fin à la location du drive-in et me l'a vendu pour des clopinettes. À sa mort, je l'ai fait enterrer de l'autre côté de la ville, dans le cimetière où mon père et ma mère se trouvent aussi – celui-là même qui, trente ans auparavant, n'acceptait que des Blancs. Je lui ai acheté une pierre tombale aussi grosse que celle de mes parents.

Que Dieu ait son âme.

Ma femme et moi, on pense prendre notre retraite à Dewmont, et peut-être rouvrir le drive-in, pour avoir un petit revenu supplémentaire. C'est une idée qui fait son chemin. On verra.

Chester, que papa avait bastonné dans l'espoir d'augmenter son QI, ne devint jamais vraiment intelligent. Il se maria avec Jane Jersey, la fille qui avait balancé le préservatif dans la chambre de Callie. Ils eurent deux gosses. Un soir qu'il rentra saoul à la maison et lui flanqua une rouste comme à l'accoutumée, Jane l'abattit d'une balle. La loi décida que c'était de la légitime défense.

Nub est mort depuis longtemps, bien sûr. Mais je pense à lui au moins une fois par jour. C'était un bon chien et il a eu une longue vie. J'en ai un autre à présent, mais je ne l'aime pas autant. C'est le cabot de mon épouse, en fait. Un caniche avec un nœud rose sur la tête. Ce salopard me mord au moins une fois par semaine.

On voulait des enfants. Mais ça n'a pas marché. Sans doute a-t-on attendu trop longtemps. J'imagine que le caniche est notre bébé. Néanmoins, j'aime ma femme. Et elle m'aime aussi. On a une bonne vie. Le caniche s'appelle François. Je veux un berger allemand.

Dans un journal d'Austin, je suis tombé par hasard sur un article curieux, juste un petit truc en dernière page. Comme ça concernait ma ville natale, j'y ai jeté un œil. C'était une brève insolite.

On avait démoli une ancienne scierie à Dewmont, ou plutôt ses ruines. Le vieux bâtiment branlant en bois pourri et en tôle rouillée s'était écroulé, et on l'avait rasé. À côté, il y avait un gros tas de sciure noirci et érodé par les éléments.

En le dégageant à la pelle mécanique, on avait trouvé un squelette.

J'ai d'abord pensé à cet enfant noir dont m'avait parlé Richard, mais je me trompais.

Outre le squelette, les seuls restes identifiables étaient une paire de bottes avec des tirants sur lesquels était écrit « Roy Rogers » en lettres argentées.

Tout est fini, maintenant. Certaines énigmes ont été résolues et d'autres non.

Au fur et à mesure que je vieillis, et franchement je ne suis pas si âgé que ça – j'approche de la soixantaine –, le passé devient plus important que le présent. Ce n'est peut-être pas très bien, mais c'est comme ça. Les choses étaient plus intenses jadis. Le soleil plus chaud, le vent plus froid. Et on comprenait mieux les chiens.

Buster n'avait pas toujours raison, et il n'était pas sûr de lui tout le temps, mais ce que j'ai retenu – et qui m'a, depuis, semblé vrai –, c'est ce qu'il m'a expliqué sur la vie : elle n'est pas toujours satisfaisante, et au bout du compte, la chair et la poussière finissent par ne plus faire qu'un.

Thriller
Dans la même collection

Keith ABLOW, *Psycho killer*
Keith ABLOW, *Compulsion*
Keith ABLOW, *Psychopathe*
Keith ABLOW, *Suicidaire*
Peter BLAUNER, *L'Intrus*
Dick FRANCIS, *Dans l'œil du cyclone*
Joe GORES, *Privé*
Craig HOLDEN, *Route pour l'enfer*
Eugene IZZI, *Chicago en flammes*
Eugene IZZI, *Le Criminaliste*
Eugene IZZI, *Tony Justice*
William LASHNER, *Les Prévaricateurs*
William LASHNER, *Veritas*
William LASHNER, *Vice de forme*
William LASHNER, *Dette de sang*
William LASHNER, *Rage de dents*
José LATOUR, *Nos amis de La Havane*
Paul LINDSAY, *Liberté de tuer*
Steve LOPEZ, *Le Club des Macaronis*
Ed MCBAIN, *Le Paradis des ratés*
Kirk MITCHELL, *La Morsure du lézard*
Kirk MITCHELL, *La Malédiction des ancêtres*
Kirk MITCHELL, *Femme qui tombe du ciel*
Bill PRONZINI, *Le Crime de John Faith*
Bill PRONZINI, *Longue est la nuit*
Ian RANKIN, *Le Carnet noir*
Ian RANKIN, *Causes mortelles*
Ian RANKIN, *Ainsi saigne-t-il*
Ian RANKIN, *L'Ombre du tueur*
Ian RANKIN, *Le Jardin des pendus*
Ian RANKIN, *La Mort dans l'âme*
Dan SIMMONS, *L'Épée de Darwin*
Dan SIMMONS, *Vengeance*
Dan SIMMONS, *Revanche*
Dan SIMMONS, *Une balle dans la tête*
Jason STARR, *Mauvais karma*
Jason STARR, *La Ville piège*

Impression réalisée sur CAMERON
par BRODARD ET TAUPIN
La Flèche

pour le compte des Éditions du Rocher
en avril 2006

Imprimé en France
Dépôt légal : avril 2006
N° d'impression : 35244